# 玉落尘音

YU LUO CHEN YIN

罗晓峰 著

我行过许多地方的桥，看过许多次的云，喝过许多类型的酒，却只爱过一个正当最好年龄的人。

——沈从文

SPM

南方出版传媒
广东人民出版社

·广州·

图书在版编目（CIP）数据

玉落尘音/罗晓峰著. —广州：广东人民出版社，2020.11

ISBN 978－7－218－14537－2

Ⅰ. ①玉…　Ⅱ. ①罗…　Ⅲ. ①长篇小说—中国—当代　Ⅳ. ①I247.5

中国版本图书馆 CIP 数据核字（2020）第 203338 号

YULUO CHENYIN

玉 落 尘 音

罗晓峰　著

出 版 人：肖风华

策划编辑：赵世平
责任编辑：赵瑞艳
责任技编：吴彦斌
封面设计：张建民
出版发行：广东人民出版社
地　　址：广东省广州市海珠区新港西路 204 号 2 号楼（邮政编码：510300）
电　　话：(020) 85716809（总编室）
传　　真：(020) 85716872
网　　址：http：//www.gdpph.com
印　　刷：广东信源彩色印务有限公司
开　　本：890mm×1240mm　1/32
印　　张：10.5　字　数：250 千
版　　次：2021 年 1 月第 1 版
印　　次：2021 年 1 月第 1 次印刷
定　　价：45.00 元

如发现印装质量问题，影响阅读，请与出版社（020－85716849）联系调换。
售书热线：(020) 85716826

# 目录 | CONTENTS

# CONTENTS | 目录

# 一、广州巧遇

王哲坤，来自南方一个很普通的小县城。

二十世纪九十年代，王哲坤还是一个刚二十出头的年轻小伙子。当时的广州虽然已进入冬天，却出奇地热，空气中弥漫着一股莫名的燥热和沉闷。在北方已是棉衣裹身，而广州依然是闷热如夏。

从小王哲坤就听大人们提起广州，因为那时候的广州，在年轻人的心目中就是时尚和繁华的代名词。广州是一个大都市，经常看到人们在书中描述它的现代元素和大都市的繁华热闹，所以王哲坤一直很想去见识一下。

王哲坤从来没有去过广州，这次正好趁着单位休假，他就一个人坐火车跑去广州玩了。王哲坤有个特点，就是出去玩的时候喜欢一个人独行，不太喜欢约伴，因为他觉得独自一人才能享受到旅行的乐趣。

在广州的几天里，王哲坤觉得这座城市给他的感觉，除了人非常多，也没有什么特别的，完全没有想象中的那么繁华、那么时尚。所以他决定回家了。当他去到广州火车站的售票大厅，准备掏钱买票时，一摸口袋，才发现不知道什么时候，他的钱包被小偷偷走了。看着裤子口袋上那被刀片划开的口子，一种莫名的恐惧感瞬间涌上了他的心头。

怎么办呢，打电话回家吗？根本没有用的，这只会招来家人的痛骂和无故的担心。那时候没有银联、没有快递，连使用手机的人都极少。因为手机对于普通家庭来说是一种奢侈品，高昂的价格和通讯费用让人望而却步。

当时县城的人们普遍使用的都是呼机。王哲坤用的是一种只能在本地呼叫的呼机，一旦离开了居住地，那就是一块小废铁，一点都没有。所以那时候的人们在外联系，都非常不方便。

现在，王哲坤的口袋里只剩下十块钱了。

怎么办呀！他深深地吸了口气，紧紧地攥着口袋里这十块钱，仿佛他的生命凝聚在了这薄薄的小纸片上。

唉！开心的事变成了如此糟糕的事，这该死的广州城！王哲坤在心里忍不住骂道。

他有气无力地提着行李，拖着沉重的双腿，开始漫无目的地走在大街上。

找警察吗？可能一点用都没有。因为王哲坤看到，那么大的一个车站，就只有一个小小的派出所。派出所里只有几个警察，到派出所报案的人排着长长的队，要想立个案，没有几个小时是办理不了的。要处理的事情实在是太多，那些警察可能也累了，所以态度也不太好，这让刚到广州就碰到事情的王哲坤心里充斥着不满。

王哲坤想起几天前下了火车，去找了一间可以打电话的店铺，打电话给在广东打工的朋友。电话接通后，找了大半天，却一直没有找到人。后来王哲坤才发现，那个接电话的人就在他旁边不远处，其实就是个骗子。这个电话不但没有联系上朋友，还被他们敲诈了一百多元钱。王哲坤去找警察报案，警察对他说，就那么一点点钱，就当买个教训算了，以后尽量不要去火车站附近的私人电话点打电话，他们都是骗人的。因为所里的警察比较少，但处理的事情实在是太多了，所以他们只能给王哲坤提供一点建议。另外因为钱的数目不是很大，构不成立案标准，所以无法抓捕他们。严格来说，这应当归物价局来管，以后等到广州火车站进行全面整治，会有一个结果的。听到警察这样说，王哲坤只好作罢。

二十世纪九十年代初的广州，作为南方最大的城市，又是改革开放的前沿阵地，全国各地的人们都一股脑儿往那儿跑。

当时的广州火车站，完全可以用人山人海来形容，黑压压的一片，男男女女，老老少少。担东西的、背包的、扛着行李的，他们都怀着发财致富梦，从全国各地汇聚到这个南方最大的城市。那犹如潮水般川流不息的人群，来来去去，每走一步几乎都是人挨人、人挤人，让你时时都有一种透不过气来的窒息感。

车站广场上，已没有多少空隙，甚至可以用难有插足之地来形容。人们一堆挨着一堆，从广场的这边向那边看过去，密密麻麻，像蚂蚁一样成堆成堆的。

有举着牌子在那里招工的，有喊人去住旅社的，有喊人去坐车的，他们带着一队队的人，像旋涡般地卷出来又卷进去。

车站广场上，那些蓬头垢面，双眼空洞无神，拿着破碗讨钱的乞丐到处都是。还有坐在地上吃东西，吃完以后就将快餐盒随地一丢的；有铺床草席在地上睡觉的；有拖儿带女一整天都坐在那无所事事的；有围成一圈坐在一起打牌的，甚至还有在大庭广众之下赌钱的。

工作人员虽少，但进站工作一点都不混乱；警察和铁路工作人员都在拼命维持着旅客进站时的秩序。因为旅客实在是太多了，他们管理不过来，最后只好拿着长长的木棍子维持进站队伍的秩序，同时不断地叫喊着：

"请大家排好队，排好队！都不要插队。"

如果队伍突然歪了，他们就用一排棍子整直，因为人多的缘故，也只能使用这种野蛮的方法了。而那些渴望回家的人，他们哪管得了那么多，只要能回家，不管熟不熟大家都是我抱着你的腰，你抱着我的腰，一点一点地挪动着，因为这样才可以避免插队。人们一边挪动着，一边还要拖着沉重的行李，慢慢地从那狭小的入口挤进去。要说队伍有多长，至少还有几百米。

看到这种形势，王哲坤完全泄气了。如果没有票，你插上翅膀都无法从这里飞进去，难道找几块钱买张站台票吗？在当时的情况下根本就没有什么站台票卖，就算买了站台票，能不能上车也是个问题。

此时的王哲坤，禁不住仰天长叹，他在心里对自己说道："老天爷呀！谁要是能给我一张车票让我回去，我一定会感动得给他下跪的。"

能找个好心人帮忙买张车票吗？那真的是童话故事了，不会有人给你钱的。毕竟火车站的人实在是太多了，人家不认识你，谁会借钱给你呀！王哲坤就是想，也只能是白想而已。

要是这个时候地上有一张大额钞票，只要有谁大喊一声："这是谁掉的一张钞票呀！"那肯定会被蜂拥而上的人们抢成碎片。

"还是暂时先离开车站吧，这个地方实在是太吓人了。"王哲坤想，"还是到广州的其他地方去碰碰运气吧！"

"去哪里呢？"他心想。

在广州的这几天，王哲坤去过沙河服装批发市场买衣服，他好像依稀在那里听到过有带着家乡口音的人说话。

产生了这个念头以后，王哲坤就坐上了开往沙河的公交车。

因为是起点站，王哲坤在公共汽车的后面找了个靠窗的座位坐了下来。他上车的时候还没有几个人，当车开动了，一转过弯，到了第二个站的时候，就哗啦啦上来一大拨人，车上立刻连站的地方都没有了。人越来越多，路况也不太好，致使车里的人晃来晃去，人群随着惯性一下往这边偏，一下往那边偏。路上的车堵得实在厉害，一眼望去看不到头。只能慢慢地，像蜗牛一样爬行，走几步停一下，再走几步再停一下。

要是在车上的时候哪个人心脏病突然发作，那就完蛋了，车况太糟糕了。王哲坤在心里想着。

坐着坐着，天渐渐地黑下来了。从汽车的玻璃窗向外看去，此时的广州城已是华灯初上，一座座林立的高楼上闪烁着点点灯光。

王哲坤想：唉，要是我口袋里有钱，洗个澡，住个宾馆，该是多么幸福的事情呀！

车上的人非常多，灰尘、汽油味和满车的汗臭味混杂在一起。一路上，坐车的人哗啦啦下去一片，又哗啦啦上来一片，一直到终点，整车都是满满的。

一天的惊恐、烦躁加上劳累，王哲坤身上的衣服湿了又干，干了又湿，衣服上面留下了一块块像地图一样的汗渍。他感觉穿在身上的衣服像块抹布一样，粗糙得要命，勒得他快透不过气来了。

　　到了沙河，此时的城市已经笼罩在一片霓虹闪烁、灯火辉煌的夜色中了。街道上，人山人海，一排一排的小店铺里拥挤着购物休闲的人们。唉，看到此时的街景，真想不到一座城市的两个地方，完全就是两个无法比拟的世界呀！王哲坤心里感叹道。

　　看着一张张悠闲而快乐的面孔，听着叽哩呱啦完全听不懂的粤语，王哲坤内心的悲怆和对此刻正享受夜生活的人们的羡慕是无法形容的，他在心里不由得一阵感叹：在家千日好，出门半日难啊！

　　随着人潮的涌动，又累又饿的他就像非洲草原上一只落单的鬣狗，警觉地搜寻着周围随时都有可能会出现的可以帮助他的人。就这样，王哲坤看似有目的，实则漫无目的，跟着长长的人流像乌龟一样不紧不慢地走着、感受着、搜寻着、探视着周围的一切。这都市的街道就像他的草原，他绕着这长长的街道不知不觉地走了一圈又一圈，满满的希望和满满的失望不断地像浪花一样涌起又迅速消退。从希望到失望，再到恐慌直至麻木，他真的不想再走半步了。那种身心极致的疲惫，让王哲坤完全可以随意在这大街上的任何一个地方躺下来。

　　"叮"的一声突然在他的耳边响起，他抬头看到高楼上挂着的巨大的石英钟指针指向十一点。已经晚上十一点钟了，王哲坤独自在这拥挤的街道上已经不知不觉地走了好几个小时。

　　在路边靠着一根电线杆子停留了几分钟之后，饥饿和恐慌就像洪水猛兽一样咬噬着王哲坤的心，驱使王哲坤漫无目的而又疲劳地在这片都市草原上搜寻。他是那么迫切，又是那么颓废。当他走过路边的一条长凳时，看到正好有一个空位子，他实在是没有一点力气了，仿佛全身的骨架就要散在那长长的凳子上似的。他正要一屁股坐上去休息的时候，在他的耳边突然响起了一个惊人却带点熟悉的口音。

"这位先生，住旅社么？"

女孩子的普通话不是很标准，她的声音中夹杂着一点点王哲坤家乡的口音，王哲坤一下子就听出来了。王哲坤家乡的人，普通话讲得再出色，也能听得出那口音来。因为王哲坤是南方人，南方人发音普遍都很短，没有北方那种转舌音，而普通话本就是以北方口音为基础的，所以南方人讲普通话，普遍讲得不太标准，甚至连老师讲得都不是很标准。王哲坤他们那个县也不例外，虽然十里不同音，但女孩子这普通话王哲坤还是一听就能听得出。他想，来这里碰碰运气，难道这运气就真的来了吗？在这地方居然碰到老乡了。

听到乡音，王哲坤的身体里就像注入了一剂强心针，他的内心一阵狂跳。他猛地转过身来，装出极其惊讶的样子，以免让她一眼就看穿那过分的紧张和迫切地希望。

"你是在和我说话吗？"王哲坤很小心地问她。

"嗯，我就是在问你！"女孩子回答道。

"有心栽花花不开，无心插柳柳成荫。"就在王哲坤失望到了极点的时候，玉玉就像一个掉落凡尘的天使，瞬间就降落在他的面前，燃起了他希望的火焰。

在明亮路灯的照耀下，王哲坤仔细看了看眼前的这位姑娘：她年龄不是很大，从她稚嫩的脸蛋可以看出，不会超过二十岁。她的个子不是很高，一米六左右，但是在南方人里已经是很标准的身材了。一件略显宽松的粉红色毛线衣很随性地套在她的身上，可能是因为衣服不对称又略显宽松，露出了她一边锁骨。她下身穿着一条浅蓝色的牛仔裤，脚上踩着一双白色的波鞋，一身简单的打扮，随意而轻松。她脸蛋圆圆的，五官看上去很舒服，让人一眼看上去就是那种温温柔柔的姑娘。她的眼睛很大，眼眶很黑，睫毛长长的，一双清澈的眼睛在夜色中显得特别明亮。她有一头黑色的短发，头上别着一个蝴蝶形的彩色夹子。她的皮肤很白，在黑夜里特别显眼。

在王哲坤的观念中，按玉玉这个年龄，不应该出现在旅社，甚至都不应该从事这个行业。因为在他的意识里，在旅社工作的应该都是那种很泼辣、风风火火的中年妇女或者大娘大婶们。但此时，他也不便多问。因为在昏暗的灯光下，玉玉看上去就像一个随意溜达在街上的青春美少女，只是偶尔路过这里，才碰到他的。

说完这句话以后，玉玉见王哲坤一直盯着她，却没有回答她。她感到有点害羞，便怔怔地站在那里了。

这就是王哲坤和玉玉的第一次邂逅，在那样的环境里，她遇到了失魂落魄的王哲坤。

王哲坤怔怔地看着玉玉好长一段时间。因为内心的期待和紧张，他使劲地咽下了一口口水后，才鼓起勇气用家乡话对玉玉说道：

"你是华新县人吗？"

"你听出来了吗？不过这也没有什么稀奇的！这地方好多华新县的人，我经常碰到。"玉玉回答道，并用一种没什么大不了的眼神看了王哲坤一眼。因为他们家乡离广州不是特别远，所以在广州碰到几个老乡也不足为奇。

王哲坤努力使自己平静下来，继续用家乡话与玉玉聊天：

"我也是华新县人，和您是老乡，我想跟您说个事。"因为太紧张了，王哲坤又使劲地咽了一大口口水。

"什么事，你说吧！"可能是出于自我保护的本能吧，玉玉退后了一步问道。

"我的钱包被小偷偷走了，我骗你不是人。"

接下来，王哲坤用十分简短的言语快速跟玉玉说了自己的遭遇，并给玉玉看了一下他被刀片划开的口袋。

"我想求您帮忙给我买张回去的车票，我会给您我家的地址、电话号码和我的呼机号码，您下次回老家可以找到我，到时候我一定会将钱还给您的。请您相信我，我发誓，我真的没有骗您。"紧接着王哲坤又拿出他的身份证交到了玉玉的手上，用一种可怜巴巴的眼神盯着玉玉。

在灯光下玉玉仔细地看了一下王哲坤的身份证，又看了一下他。王哲坤知道她在比对身份证上的照片。玉玉看完以后，就将身份证还给了王哲坤。

"我没有骗你吧！"王哲坤可怜巴巴地问道。

"嗯。"玉玉轻轻地应了一声。


人活在这个世界，外表因素在很多时候会发挥重要的作用，可能长得漂亮的人天生就容易让人产生好感并且容易让人原谅。

在这个时候，王哲坤觉得老天爷给予他这副皮囊是多么幸运啊，要是他天生长着一副奸恶之相，那可能瞬间就会被玉玉打入绝望的地牢吧。毕竟在外表上他还是有一点自信的，一米七六的身高，不胖不瘦，身材挺拔，五官很精致，有点混血儿的美。他的鼻梁高挺，脸部棱角分明，皮肤白皙，在男人中还是属于容貌上乘的。虽然此时的他有点落魄和疲惫，但他那副憔悴的样子反倒让他像一个落魄的白面书生，让人心生怜爱，忍不住帮忙。此时，加上他那极其诚恳又老实的态度，玉玉瞬间对他的防备不再那么强烈了，并且还有了一点点的好感。

当然，可能为了证实她心中所想，玉玉又默默地从上到下将王哲坤打量了一番，思索了几分钟后，说："我相信你。"

就像一只快要遇难的羔羊，突然在大难临头之前意外地获得了新生一样，王哲坤感动得眼泪都要冒出来了。

"那你吃了东西没有？"玉玉继续问道。

"还没有。"王哲坤回答道。

"那你跟我走吧，我带你去吃点东西。"玉玉对王哲坤说道。

一瞬间，王哲坤觉得她就像是上帝派来解救他的光明使者，让他全身充满了一种如释重负的希望。他终于不会迷失在这都市的草原中了。

此时的沙河街上，行人已经不多了，好多店都已经关门。王哲坤跟着玉玉走了好远，才看到一家螺蛳粉店。在黑暗的夜色里，这家粉店特别显眼。

"大半夜了，没什么吃的了，要不上那去吃碗粉吧，不知道你吃得惯不？"玉玉说道。

"好的，我对吃的不太讲究，只要干净就行。"王哲坤说道。此时的王哲坤，早已饿得饥肠辘辘了，就是有碗冰冷的剩饭，他都吃得下，何况还是去吃一碗热气腾腾的螺蛳粉！

于是玉玉带着王哲坤来到了这家螺蛳粉店。

此时吃粉的人已经不多，只有隔壁的桌子有一对小情侣并排坐在一起，一边吃粉一边亲密地窃窃私语。

"请问吃几块的？"一进门，店员就大声地问道。

"只要一个粉，大碗的。"玉玉说道。从玉玉的主动招呼当中，王哲坤就深深感受到了玉玉的细心和善良。此时，王哲坤发自内心的感激之情，无以言表。

坐下后，在店里那明亮的日光灯下，王哲坤和玉玉再次打量着彼此。

玉玉有一头黑黑的短发，短发的中间还夹杂着一小撮当时很流行的挑染黄头发。她虽然穿着不是很时尚，甚至还有点土，但长相绝对是漂亮的。因为年轻，玉玉圆圆的脸蛋上有一丝粉嫩嫩的红晕。

此时的王哲坤，虽然有点落魄、憔悴，但在日光灯的照射下，那挺拔的身材，棱角分明的脸庞，白皙的皮肤，还是格外引人注目。特别是对玉玉这种十八九岁的姑娘，更加具有吸引力。

此时的王哲坤和玉玉两个人，已经放下了彼此刚认识时的那份拘谨，开始很真诚地交谈了起来。

"你家里是华新县哪里的？来广州干什么呀？"趁着粉还没有端上来，玉玉问道。

"我以前没有来过广州，趁着假期，就一个人跑到广州来玩的。"王哲坤对她说道。

"一个人来玩呀！怎么也不约个伴呀！也真是服了你。"玉玉笑着对王哲坤说道。

"我经常喜欢一个人到处玩，想玩什么就玩什么，不受约束。"王哲坤说。

"广州有什么好玩的，到处都是人，治安太差了。"玉玉接着说道。

"我以前也不知道，只知道广州是个大城市，看到那么多人往这里跑，也想来见识见识，况且我们那地方离这里也不是很远呀!"王哲坤说道。

"感觉怎么样?"玉玉问道。

"不怎么样,正如你说的,人太多了,治安太差了。你看,我第一次来,钱包就被偷了,今天要不是碰到你,就只能露宿街头了。"王哲坤说。

"那是,今天幸好是遇上我。"玉玉绽开了一个可爱的笑容,她有点得意地说道。当然再怎么说,首先王哲坤那俊俏的外表使玉玉产生了好感,还是占了很大的因素的。

"就是呀!你就像是老天爷派来拯救我的天使,以后真不知道要怎么感谢你才好。"王哲坤在说这话的同时,脸上充满着无限的感激之情。

"碰上我那也是你的缘分呀!我今天是帮一个很熟悉的大娘临时招呼生意的,那大娘是我们隔壁县的,因为她女儿在医院生孩子,所以要我今晚帮她代下班。"玉玉说道。

"原来你不是做这个的呀!"王哲坤终于解开了心里的疑惑。

"哪有年轻女孩子出来做这个的,况且还是在大半夜。我是在旁边的工厂当车衣工的,从家里出来打工也没有多久呢!只有半年。"玉玉说道。

刚聊了没几句话,粉就端了上来。

虽然有股从来都没有闻到过的酸臭味,但王哲坤还是能够适应,况且实在是太饿了,就低头吃起粉来。玉玉就在旁边静静地坐着。因为一下子不知道说什么,玉玉就不断地翻看着王哲坤的身份证。

不一会儿,王哲坤就将粉吃完了。虽说是大碗的粉,但其实也并没有多少。因为实在太饿了,王哲坤将汤都喝掉了。虽然没有吃饱,但王哲坤没有说什么。

"你比我还大一岁呀!"等王哲坤将粉吃完,玉玉就有点羞涩地说道。

"我快二十一岁了,从学校毕业出来工作已经一年多了。"王哲坤说道。

"你在哪上班呀?"玉玉随口问道。

"在邮政局上班,我读的是大专,毕业以后分配进去的。"王哲坤很认真地说道。他一来要让玉玉相信自己,二来刚参加工作不久,又碰到玉玉这种单纯可爱的女孩,所以王哲坤说话自然也是很真诚而不设防的。两人对彼此的第一感觉都很好,自然交流起来就舒服和轻松多了。

"原来还是大学生呀!"玉玉瞬间对王哲坤由欣赏变为崇敬了。因为那时候考大学是很难的,就像是千军万马过独木桥,而且大学毕业后直接由国家分配工作。虽然王哲坤读的只是一个大专,但能够考上大专,也绝对是班上的尖子生。在那个时代,能够考上大学的人不多,凤毛麟角,好的班级才能考上几个。

"我只是个初中毕业生,本来想考个中专的,但是没有考上。再加上家里穷,所以就没有继续读书了,不过我对读书厉害的人,真的是非常羡慕和崇拜的。"玉玉说道。此时,因为对王哲坤有了进一步的了解,玉玉内心对他的好感变成由衷的欣赏了。毕竟王哲坤是那么优秀的一个男孩子,不管是外表还是内涵,现在只是因为可恶的小偷,让他临时落难而已。通过刚才的交谈,玉玉对王哲坤的好感又增添了许多。

"这粉感觉怎么样?还习惯吗?这种粉是广西口味的。"玉玉问道。

"还好呀!味道很好,只是不太辣。"王哲坤说道。

"我们家乡的那种粉这边不是很多,因为广西离广东不远,又语言相通，所以广东的螺蛳粉店在这边自然开了很多家。但是广东人都不太喜欢吃辣椒，所以这粉就很清淡。不过吃这种粉时，桌子上是有辣椒可以加的，我刚才忘记提醒你了。"玉玉说道。

因为急着吃，肚子又饿，所以有没有辣椒王哲坤也没有在意。要是平时，他肯定要加些辣椒的，虽然他吃得不是特别辣，但还是需要有点辣味的。

"因为现在太晚了，只有这种粉店晚上才营业，其他店铺都关门了，太远的地方我也不太熟悉。"玉玉说道。

玉玉来广州时间不长，也没怎么出过远门，所以在吃和玩方面上不是很在行。毕竟她又来自农村，见识自然就少些。

"我去旅店打个招呼，带你去找个地方休息吧！我等下还要出来上班的，虽然只是临时代一下班，但如果不在，那旅馆老板会批评我大娘的。"玉玉说道。

"是你的亲大娘吗？"王哲坤问道。

"不是，只是一个老乡，刚才不是告诉你了吗？在这里认识的，我认她做大娘而已。今天是因为她的女儿突然生小孩了，没办法她才找我帮忙的。毕竟我对这行根本就不熟呀！"玉玉说道。

"哦！不好意思，一下子忘记了！"王哲坤有点不好意思地笑了笑。

"可能是饿昏了头，没记性了吧！"玉玉笑着说道。

"可能是吧！"王哲坤笑着回答。

"今天刚出来代班，然后就碰到你了，我们俩也真是有缘呀！"玉玉接着说道。

"那你怎么会问我呀？"王哲坤有点好奇地问道。

"看见你刚好年纪相当，又背着个包，所以就随口问问了。

要是年纪大或者长得凶的人，我是不敢问的。"玉玉有点不好意思地说道。

"确实，一看你就是个生手。"王哲坤接着玉玉的话说道。他只是觉得女孩子从事这个行业的人很少，因为在他们县城里面，一到晚上，在火车站附近招呼旅社生意的都是中老年妇女。

"我以后也不会做这个，也不适合做这个，大娘要是能找到其他人帮忙，我就不帮她代班了。"玉玉说道。

真的是有缘，如果不是因为玉玉她大娘要照顾生小孩的女儿，要玉玉来代班，王哲坤就不会遇到玉玉。要是碰到别人，那就不一定有这么好的运气了吧！这可能真是他和玉玉的缘分吧！

"等下你去我宿舍睡吧！"玉玉说道。此时的玉玉，对王哲坤已经有了充分的信任，并且有了好感。

"那你呢？"王哲坤问道。

"我还得代班到凌晨两点，到时候就在旅社将就一晚上吧！反正旅社老板我也认识，一般晚上不一定能住满，我平时有空也在这边玩的。"玉玉说道。

"方便吗？"王哲坤问道。

"省一个是一个呀！那宿舍是厂里的，现在我和我的一个姐妹住一个单间，她今晚去别的厂区赶工，正好不在，今晚你就在那将就一晚上吧！"玉玉说道。

玉玉会将一个陌生男孩子带到她的宿舍里去，是出于对王哲坤十二分的信任。毕竟玉玉也只是一个打工妹，经济上并不宽裕，所以，趁着她的小姐妹不在宿舍，让王哲坤去那将就一晚，也是合乎情理的。

"我们走吧！"将一切安排妥当后，玉玉就和王哲坤一起离开了。

此时的王哲坤，紧紧地跟在玉玉身旁，那紧绷的神经开始慢慢放松。现在他和玉玉走在一起，不再有刚开始落难时的那份不堪，就像是一对平时晚上出来散步的小情侣。王哲坤跟着玉玉穿过了一条热闹的巷子，里面的人来来往往，穿着都不是很正式，有穿着睡衣的，有穿拖鞋的。玉玉告诉王哲坤：

"我们现在走的这个街道，属于城中村里的街道。因为这边厂房多，所以会有好多人来找工作，在没有找到工作之前，他们就会先住旅馆，而这种小旅馆通常都是由村里人建的房子改造成的。因为这些房子大多位置比较偏僻、不显眼，所以得有人在马路上招呼生意。当然这些旅馆比不上大宾馆，但价格会便宜很多，而装修什么的，就相对简陋多了。这些小旅馆一般是由外地人租房子或者改造仓库建成的，本地人有钱，一般都不会开这种小旅馆的。"

"哦！原来是这样。"王哲坤应道。

还没有走多久，王哲坤和玉玉就来到了一栋临街的二层楼房前。正对着街道有一条狭小的通道，可以上楼。二楼窗口有一块霓虹灯招牌，上面写着几个很显眼的大字：德辉旅馆，30元洗澡有热水。

"你在楼下等我，我先上楼去和老板打个招呼，临时请个假，然后我再带你去我的宿舍楼。"玉玉说道。

"好的。"王哲坤回答道，然后站在路边等着。

看着玉玉迈着轻快的脚步上了二楼，王哲坤长长地舒了一口气。他不禁感叹，今天真是老天有眼，碰到了玉玉这么一个可爱又善良的女孩子。

不一会儿，玉玉就下来了。

"好了！我们可以走了。我和老板打了个招呼，说有亲戚过来了，要带他去我的宿舍，因为他不知道怎么过去。等下我就回来了。"玉玉说道。

"那老板很好呀！"王哲坤说道。

"就一会儿，他也不好说什么。"玉玉笑着说。

"那也是的。"王哲坤说道。

"我们那的宿舍呀，是老板临时租的民房。因为他的业务在扩大，部分厂房和员工宿舍还在建设中，所以那里的环境比较艰苦。老板在东莞也有业务，那边也有厂房和宿舍，那边规模大些。"

从玉玉的介绍中，王哲坤慢慢了解了广州的一些情况。而前几天，他只是随意逛了一下主要街道和步行街，对于广州的其他情况一无所知。

此时的广州城，到处都在改造，灰尘弥漫。一排排高楼大厦间夹杂着平房，或者是老式的旧房子。

"等下要是我的同事问起来，你就说你是我表哥，来广州玩的，顺便来我这里看看。不要说我们才刚认识，不然她们会笑话我的。"玉玉说道。她毕竟是一个未婚女孩子，大半夜带一个陌生男人回宿舍，肯定会害怕别人笑话她。

"好的，我知道的。"王哲坤表示理解。

走了大约几分钟，王哲坤就跟着玉玉来到了她们的宿舍门前。

那是几栋很旧的低矮楼房，带一个院落，看上去应该有上百年的历史了。房子是那种旧时的青砖砌的瓦房，安着老式木窗，一块块的青砖可能因为年代太久而被雨水侵蚀，留下了一条条充满了年代感的小沟。有点潮湿的墙上爬满了一块块青苔。

从大门进去，里面是一个大大的四合院，可能以前是一个大户人家的房子吧。房子的中间是一个长长的天井，里面可能住了好多人吧，因为木栏杆前的绳子上挂满了衣服，有的还在滴水。王哲坤跟着玉玉穿过了一条黑黑的走廊，然后爬上一条狭窄的木楼梯，嘎吱嘎吱的上到了二楼。接着又穿过一条灰暗的，摆满了各种杂物的走廊，然后到了一个房间的门前。

在王哲坤跟着玉玉走的过程中，不时有人从他们身旁走过。

终于到了玉玉宿舍门口。当玉玉插上钥匙准备开门的那一瞬间，有个女孩子打开门，跟玉玉打起招呼。

"玉玉，今天第一天帮刘阿姨招呼旅社生意，就招呼了个帅哥回来呀！"

这时王哲坤才知道她叫玉玉。

听到她们之间在相互开玩笑，王哲坤想这应该是玉玉的好姐妹了。

幸好当时过道里灯光灰暗，王哲坤有点不好意思地低下了头。

"是一个从家乡来的朋友，来广州办事的，到我这里借住一晚。"

玉玉向她的同事解释道。毕竟一个女孩子，突然间带一个陌生男人回家，她不想让别人看出他们之间的关系。因为虽然是在外地打工，但平时大家还是在一起上班的，突然间莫名其妙带一个陌生男人回来，也是会被别人笑话的。

"男朋友吧。"又有人在开玉玉玩笑了。可能在她们那种环境里，开玩笑就跟平常说话一样，是很随意的。

"再乱说，看我等下不骂死你！"玉玉有点害羞却又娇嗔地回了她们一句。

"好吧好吧，我们不开你的玩笑了！要真的是男朋友呀，以后记得要请客呀!"玉玉的那些同事说道。

"哪有啦!都说了是一个老乡,来这里找我玩的。因为我在旅社帮刘阿姨代班,英子今晚去别的厂区赶工去了,反正这边今晚空着,我就让他在这里睡一晚呀!都是出门在外的人,省一个算一个呀!"玉玉向她们说道。

"哎呀!看你俩也郎才女貌,蛮般配的,应该是刚开始交往吧!别不好意思呀!"其中一个同事笑着对玉玉说道。

此时的王哲坤也微笑着向玉玉的同事点头打招呼。只可惜今天是他落难的日子,身无分文,不然他还真想请她的这些姐妹们去吃吃宵夜什么的,以免让她的同事们觉得她的朋友那么小气。现在王哲坤才深深感受到,没钱时真的不适宜多开口。再说,人家玉玉是个女孩子,女孩子肯定是不好意思主动请客的。

"我因为好晚才找到玉玉,我们刚刚在外面简单地吃了点东西,下次吧!下次有机会再请大家呀!"王哲坤笑着说道。

"瞧瞧人家帅哥多懂礼貌呀!好的,我们下次就等着你请客呀!"一女孩子说道。

在她们的一片笑声中,玉玉打开了门。进门开灯后,玉玉就拉着王哲坤的衣袖进了她的房间。一进门,玉玉迅速将门关上。看得出,她不好意思和她们再多说什么了。毕竟她是今天才认识王哲坤的。只不过因为王哲坤长得英俊,高大挺拔,所以她才带他过来的。如果是那种特别难看的,她再想节省,也不会带他到宿舍里睡的,宁可多出几十块钱,也要带他去旅馆,以免被她的同事们笑话。毕竟在这一点上,女孩子多多少少还是有点虚荣心的。再说,毕竟都是成年人了,玉玉也开始准备找对象了。所以当她碰到王哲坤这么帅气的男孩子,了解了以后,自然也愿意带他回宿舍。

进了房间后，王哲坤仔细地打量了一下玉玉的房间。

房间不大，家具摆设简单却干净。两张一米五左右的木床靠墙边摆放着，其中一张床上放着一个大大的布娃娃，那应该是当抱枕用的吧。两张床中间的小柜子上摆着一个小小的石英闹钟，床对面的墙边摆放着一个用布做的临时衣柜和一张小小的用铁架支着的圆玻璃桌子。桌边摆了四张方形的塑料凳子，桌上摆放着一个玻璃碟子，上面整齐地放着几个玻璃杯，玻璃杯上盖了一块手工编织的白色纱巾，桌子上还摆放了一个白瓷做的小茶壶。

墙上不规则地挂满了各式明星画报，能看得出玉玉是那种很热爱生活的人。

"对她们说的话不要太认真，她们都随便惯了，喜欢乱说的！"玉玉搬了张凳子让王哲坤坐下以后，对他解释道。

"我知道，我没有放在心上。"王哲坤说。

"幸好今天英子不在，你才有地方睡，不然我也不方便带你到这里来睡。她的性格外向，像个男孩子一样。她开玩笑可厉害，会让你更不好意思的。"玉玉笑着说道。

因为对英子不了解，王哲坤此时也不知道该说什么，只是静静地听着玉玉说着什么，同时不断地点点头。

可能玉玉也感受到了王哲坤的窘态，就给他倒了杯水。不知道是因为紧张还是口干，王哲坤接过来后瞬间就喝光了。看到王哲坤这个样子，玉玉"扑哧"一下笑了。她笑起来的样子很可爱，有两个小小的酒窝。见她这么一笑，王哲坤也憨憨地回笑了一下。

可能因为天热，也可能是因为紧张吧，王哲坤的头上满是汗水。玉玉拉开布衣柜最底下的那一格，拿出一把小小的鸿运扇，摆在了桌子上。插好电源后，玉玉把鸿运扇放在了王哲坤面前。

柔和的风吹来，王哲坤瞬间就觉得凉爽多了。

"你先在我房间里休息一下吧！可能不比你家里，但起码有个地方睡觉，将就一下吧。"玉玉对王哲坤说道。

"真是不好意思，太麻烦你了！"王哲坤礼貌且感激地对玉玉说道。

"没什么的，出门在外，难免会遇到困难，这世上还是好人多的，你先坐一下，我去去就回来！"玉玉说道。

"不好意思，要麻烦你跑一趟。"王哲坤说道。

"没事的。"玉玉说完后，看了王哲坤一眼，便打开门出去了。

看到玉玉这么放心地留下一个陌生的男人在自己的房间，又出门买洗漱用品，王哲坤的感激之情是无法用言语来形容的。那种感动，足够揉碎他心里的冷漠。

可能买东西的地方不远吧，玉玉不一会儿就回来了。

只听"嘎吱"一声，门开了。

玉玉提着一个塑料袋走了进来。她把东西拿了出来，有新的毛巾和牙刷，还有两包方便面。

"我刚才看你吃粉时连汤都喝完了，想你一个大男人就吃一碗粉，肯定没有吃饱，就顺路买了两包方便面。"玉玉说完以后就开始动手泡方便面了。

"还是我自己来泡吧。"见到玉玉如此细心，王哲坤更是感激不已。哪能让玉玉动手呀！他赶紧上前用手接过玉玉手里的泡面。

"不用，你还是坐下休息吧！今天经历了那么多事，你肯定是累坏了。"玉玉说完就轻轻地推开了王哲坤的手。

然后玉玉撕开了泡面的包装袋，开始帮王哲坤冲泡面。

一个女孩子这么尽心地照顾和帮助他，况且两人才刚刚认识，王哲坤真的觉得很不好意思。他有点紧张，只能木讷地坐在床边，双手不住地摩擦着膝盖。

"看你人那么高，肯定吃得多些，我将两包都泡了。"玉玉将泡好的两盒泡面放在桌子上，然后就坐在了塑料凳子上。

接下来王哲坤详细地跟玉玉聊了一下他家里的情况，因为王哲坤想让玉玉充分相信他。在那一瞬间，王哲坤感觉玉玉就是他最亲的人。

王哲坤在讲完他的情况后，玉玉也开始聊起了自己的事情。她告诉了王哲坤她的名字，原来她叫刘紫钰，因为她的名字里面有一个"钰"字，所以大家都叫她的小名——玉玉。

"你的名字好好听，诗情画意的，是你父母帮你取的吗?"王哲坤问玉玉。

"说起名字，这里面还有一段渊源呢!"玉玉用手支着下巴，抬头看着天花板，似乎由此将她的思绪带到了一段美好的回忆中。

"我出生那年，是知青上山下乡接近尾声的时候，当时我家里正好住了一个知青，是个女孩子，叫张蓉蓉，来自武汉。因为我出生的时候，全身皮肤白里透红，长得又可爱，所以那位女知青经常抱着我玩，说我白白胖胖像个小宝贝一样。所以我的名字就是那位知识女青年翻了字典后，帮忙取的。"

"取得真好，真是人如其名呀!"王哲坤对玉玉赞叹道。

"名字取得好有什么用呢? 命又不好。"玉玉轻轻地叹了一口气。

"农村里的人一般给家里的孩子取名，都是好土的。"王哲坤看到可能说到玉玉的伤心事了，就故意转开了话题。

"我家里就是农村的，他们取名都是什么花呀果呀之类的，当时我爸妈已经给我起了那种难听的名字，叫梅子，这名字听起来是不是有点土呀?"玉玉问王哲坤。

"哪有什么土不土的，只是一方习俗，农村取名字一般都是那样的，比如桃花什么的。"王哲坤说道。

"后来那个知青帮我取了名字后，我就改名了。"玉玉说道。

"幸好改了呀，不然一辈子要'梅子、梅子'地叫，像棵植物一样。"王哲坤说道。玉玉听了轻轻笑了一下。

玉玉给自己也倒了一杯水，喝了一口水后继续与王哲坤聊她家里的事情。

"我父母都是农民，家里有两个小孩，还有一个哥哥。本来是三兄妹的，我还有一个弟弟，可惜他在五岁那年在池塘边玩耍，掉进池塘被淹死了。我初中的时候成绩很好的，但后来中考我没有考上中专，又不想给家里人增加负担，就来广州闯了。起初在厂里工作，但工资实在太低，又太累了，我还得寄钱给我的父母，因为我的爸爸有病。"她停顿了一下，继续说道，"我的一些姐妹先后都出来做这个了，我当时犹豫了好久，但看到她们做了这行以后，都解决了家里的困难，有的还建了新房子，于是就没有在厂里面做了。开始的时候，我住在我的一个姐妹那里，但我又没有什么技术，也不好意思白住太久，于是在一些姐妹的鼓动下，也来做这行了，但还没做多久，钱也攒得不是很多，家里现在的情况也不是很好。"

真是一个孝顺、实诚的女孩子，王哲坤能感觉得出来，玉玉其实并不喜欢做这行，可能是迫于生活的压力吧。人啊!有时候在残酷的现实面前，真的好无奈。王哲坤在心里默默地说道。吃着泡面的同时，他的鼻子莫名酸酸的，似乎眼泪下一秒就要涌出来，但碍于面子，他在极力地克制着。

"那你的爷爷奶奶还有外公外婆呢?"王哲坤继续问道。

"我爷爷在我很小的时候就过世了，奶奶现在跟着我们住，已经八十多岁了，外婆与我舅舅他们住。"玉玉说道。

"我父母都是家里最小的，所以我出生的时候，他们早已过世，我从来没有见过我的爷爷奶奶和外公外婆他们。"王哲坤跟玉玉说道。

"你多大了? 看上去年龄好像也不大。"王哲坤又问玉玉。

"差两个多月就二十岁了。"玉玉说。

王哲坤他们那个地方的风俗，女孩子十九岁是虚岁，如果说女孩子十九岁就说她已经二十了，也就是吃二十岁的饭了；而男孩子是按实岁算，二十就是二十岁。

"我二十一岁，那比你大一岁。"王哲坤开心地对玉玉说道。

"我知道，刚才在吃粉时，我正好看了你的身份证呀!"玉玉说道。

可能因为王哲坤比她大一岁，像个哥哥一样，在王哲坤那帅气的面容前，玉玉不知不觉就低下了头，显得有点拘谨和不好意思起来。

"你今天为什么要帮我?"王哲坤突然问道。

"我看你的样子，觉得你不像个坏人，当然从你的言行举止间我多少也能感觉得出来，有时候直觉真的很重要的。"玉玉有点羞涩地笑了。当然，虽然玉玉是一个善良热心的女孩子，但王哲坤英俊的外表也还是起了很大的作用。

"我感觉你人很好，所以我选择相信。况且还是老乡，帮忙也是应该的呀!"可能是出于女孩子的矜持吧，玉玉又刻意地补充了这句。

　　一种温暖、一份快乐，缓缓地流过王哲坤的心头！这辈子有人能在一瞬间看清他、看懂他，这感觉王哲坤无法用言语来表达。其实理解有时候就是一刹那间的事情。

　　王哲坤觉得玉玉就像天使，在他就要陷入绝境时，跋山涉水向他奔来，让他觉得，此时最美的风景就是因为她而存在。

　　一个独自在外漂泊、艰难谋生的女孩子，用她的善良和海一样宽广的胸怀，包容着一个在异乡落难的陌生人。那种来自内心的感动，不断地在王哲坤的心头涌动着。他想，前世千百次的回眸才能换来今生的一次相逢，他跟玉玉的相遇会不会也是他们前世修来的缘呢？

　　听着玉玉那善良而真诚的话语，要不是第一次相见，王哲坤真想紧紧地抱着她，表达他内心无比的感动。

　　不知不觉他们聊了很长时间，玉玉看了一下床边的闹钟，突然站了起来。

　　"哇！我得走了，今晚说好帮刘阿姨代班，谁知道第一天就耽误了。你先吃东西吧，吃完以后就在这休息，晚上要是想上厕所的话，厕所就在外面往右拐的角落里。不用等我，我晚上就在那边睡的，今天已经耽搁了太久。"玉玉红着脸有点不好意思地说道，毕竟还是小女孩，有时候一碰上事就忘记了工作。

　　说完以后，玉玉准备用脸盆帮王哲坤去外面打水洗脸。

　　"你先去上班吧！我自己来，总要你帮忙就真的不好意思了。"王哲坤带着歉意说道。

　　"好吧！那你洗完脸之后将水倒到外面就行。"玉玉交代着。从玉玉的表现里，王哲坤能够感觉到，玉玉是那种能吃苦，并且特别细心和善解人意的女孩子。

　　交代完所有事项后，玉玉就下楼了。王哲坤赶紧跑到窗口去看，目送着玉玉走到大门口，直到玉玉的身影消失在长而黑的巷子尽头，才转过身来倒水洗脸。

玉玉走了后，王哲坤松懈下来，顿时觉得全身的骨头像是散了架似的，酸痛无比。这时候他才知道自己已经很累很累了。在这个小小的房子里，一种莫名的安全感涌上了他的心头。似乎有一种区别于家的温暖，将他从这个陌生而又冷漠的世界里解救出来，让他在绝望中看到了希望。

王哲坤第一次感受到玉玉那小小的身躯里闪现的人性是那么美、那么宽广、那么善良。看着这个简单、干净而温馨的小房间，一切的一切，原来都是那么美，那么醉人心扉。

洗完脸后，王哲坤换下了充满汗味的衣服，立刻就有了一种清爽的感觉。

当他正准备躺到床上休息时，他发现玉玉的枕头边有一本言情小说。王哲坤拿起来随便翻了一下，里面有的地方还被玉玉用笔做了记号。看得出来，玉玉其实是一个很浪漫的人，她是一个对美好生活极其向往的女孩子。

王哲坤拉灭了灯，一个人静静地躺在床上。这周围的一切看着陌生而又亲切，他虽然很疲劳，但一躺床上，却又没有了睡意。

他的脑海中不断闪现着玉玉那单薄而瘦小的身影，一股担心的情绪莫名涌上心头。

她在外面还好吗？一个这么漂亮的女孩子大半夜还在外面，会不会遇到什么坏人啊？王哲坤也知道这行的风险，各式各样的人都可能遇到。

但此时的他，顿生一种无力的感受，觉得自己是那么无能、那么渺小，一张小小的车票就让他这个堂堂七尺男儿陷入绝望的深渊，最后还沦落到要靠玉玉这样一个弱女子来收留他。

此时的王哲坤觉得他和玉玉是那么近，仿佛两人共同演绎着一首艰难的谋生曲。

王哲坤在心里暗暗发誓，以后只要玉玉有求于他，无论是什么样的要求，只要他能做到，他一定会尽全力去帮她。

不知不觉，时钟已指向凌晨两点了。

楼房外的嘈杂声渐渐消失了，整座城市也慢慢地回归到一片寂静之中。

王哲坤和衣躺在床上，迷迷糊糊地睡着了。


在一片吵吵嚷嚷的响声中，王哲坤醒了，这时天已经亮了。

正准备换个姿势继续睡时，王哲坤忽然发现玉玉回来了，她怎么没有在旅社睡呀！此时的她正和衣睡在另外一张床上，她睡得那么沉，仿佛外面的一切都与她无关。玉玉睡着时就像一个可爱的芭比娃娃，睫毛长长的，嘴角带着一丝甜甜的笑意。王哲坤想玉玉一定是在美美的梦境中感受着她心目中那美好的一切吧。有那么一瞬间，他突然产生一种冲动，好想俯下身去亲她，和她依偎，就这样一动不动的，一直到永远……

王哲坤看了一下床边的闹钟，已经快中午十二点了。

他怕吵醒玉玉，就悄悄地爬了起来，走到桌子旁坐了下来。此时他看到桌子上摆着一盒早餐牛奶和两个用玻璃纸包着的面包，桌上还有一张纸条。王哲坤拿起纸条一看，上面写着：

　　　昨晚因为时间耽搁了，所以帮老板多招呼了一个多
　　小时，早上四点多才下班，旅馆没有房间了，只好回来

睡了。这是给你带的早餐，下午两点叫醒我，我带你去
买票。

虽然字条上没有玉玉的署名，但王哲坤一看就知道是她
写的。

真是一个细心的女孩子，王哲坤又一次被玉玉感动。吃完东
西后，他一个人默默地坐在桌子旁，看着熟睡的玉玉。一切的一
切都是那么坦然和亲切，就像他们俩是一对相恋已久的爱人。

下午快两点时，门外突然响起一阵剧烈的敲门声。

"玉玉，你这个死妮子，怎么将门反锁了呀？是不是在家里
藏了男人呀？"听口音，说话的人也是老乡呀。

王哲坤不敢去开门，这时玉玉突然醒了，猛地一下从床上坐
了起来，直愣愣地看着王哲坤，满脸通红。

"她怎么突然回来了？真该死，我怎么将门反锁了呀！今天
你在这里，到时候会被她笑话死的，真是跳进黄河也洗不清了。"
玉玉委屈地说道。

"玉玉你在里面吗？还不开门？"英子又敲了两下门。

玉玉赶紧下床去开门。

一位看上去比玉玉年纪要大，身材高挑，披着长发的女孩子
从门外走了进来，她的五官长得没有玉玉漂亮，但有一张标准的
瓜子脸。她身上穿着一身蓝色的工作服，看样子是刚下班不久。

她的嘴唇很厚，素面朝天，一双大大的眼睛，从她转动的眼
球就能看出她的火爆个性和大大咧咧。一进门英子就用直率且大
胆的目光上上下下打量了王哲坤一番。

"呀！我正奇怪为什么将门反锁了，原来家里还真藏着一个

男人呀!"英子一进门就用夸张的语气大声说道。

"不是你想的那样，人家只是借住一晚而已，他是我的老乡，我俩各睡一张床的，你可别乱想呀!"玉玉满脸通红地解释道。

虽然王哲坤见过一点世面，但被英子这种火辣辣的眼神一挑衅，反而有点不好意思起来，他赶紧转头看向了别处。

可能是王哲坤和玉玉两个人的窘态很好笑吧，英子"咯咯"地笑了起来。被她这么一笑，气氛一下子就缓和了起来。

"是不是看到人家那么帅，就把人家带到家里来了呀?"英子对玉玉说道。

"哪是哦!你可别乱说，是我在街上招呼旅社生意时碰到的，他的钱包被偷了。因为大家正好是老乡，我想你昨晚又不在宿舍，所以就让他在这里借住一晚。我本来是去旅馆睡的，没想到旅馆生意太好了，我一直招呼到凌晨四点，所以就干脆回来了。我昨晚是穿着衣服睡觉的。"玉玉不断地解释。

"是的，就跟玉玉说的一样，昨晚若不是她收留我，我只能露宿街头了。"王哲坤忍不住解释道。

"你们是早就认识了吧，趁我昨晚不在宿舍，偷偷来约会!替刘姨招呼一个晚上的旅社生意，就带了一个帅哥回来，明天我也不上班了，去帮刘姨喊生意去。"看到王哲坤那么帅，英子有点羡慕地对玉玉说道。

英子说完从桌上拿起一个杯子，倒了杯水独自喝了起来。从她的行为和言语中能看出她和玉玉肯定是很要好的姐妹，不然说话不会那么随意。

"你尽胡说，你要羡慕，那你去招呼生意呀!明晚也去拐一个来!"玉玉满脸通红地跟英子争辩道。

"好呀!好呀!告诉我你是在哪里拐到的?明天我也去拐一

个来呀!"英子继续调侃着说道。

"还瞎说,我不理你了!"玉玉在那布衣柜里面拿了一身衣服,到外面洗脸刷牙去了。

"你也是我们那里的吗?"玉玉离开后,英子问王哲坤。

"是的。"听完她俩的谈话后,王哲坤紧张的心情才放松下来。毕竟一个未婚女孩子大半夜地带着一个男人回家,还把门反锁,让别人产生怀疑也是很正常的事。对他一个男孩子来说倒没什么,但王哲坤生怕影响到玉玉的名声。不过因为王哲坤和玉玉两个人年纪相当,且王哲坤又长得比较俊秀帅气,自然别人的看法就变得不一样了。况且玉玉和王哲坤两个人并没有什么,就是真的发生了什么,单凭王哲坤的长相,也会让很多人羡慕的。有一句俗话,说的就是越漂亮的人越容易引起别人的好感,毕竟现实就是一个看脸的世界。

接着王哲坤跟英子说了一下昨晚发生的事情。

"玉玉这个死妮子咋就运气那么好,才替刘姨代一个晚上的班就带了一个帅哥回来,我在广州几年,都没有碰到过帅哥呢?"英子有点羡慕地说道。

"玉玉真的是个好人,我能与她相识,真的是缘分呀!昨晚若不是有她的帮助,我真不知道该怎么办了。"王哲坤说道。

"你知道吗?玉玉来广州那么久,她从来没有带过男人到这里。好多其他工厂的男孩子想到这里来玩,玉玉都不答应。除了工作上的事,她私下里从不爱和男孩子出去玩,没事就一个人看小说。"英子说道。

"玉玉是个善良的女孩子,如果昨晚不是看到我有难,可能她也不会带我来这里吧!"王哲坤帮玉玉解释道。

"玉玉本性善良,对人是很好的,她上次送了一个摔倒的老婆婆上医院，还帮人家垫付了几十块钱的医药费。不过初次认识就将一个男孩子带到家里来睡，我估计还是因为你是位小帅哥，被咱家小玉玉看上了吧！"英子笑着对王哲坤说道。

"我……"王哲坤刚要解释，玉玉就从外面进来了。

"在说我什么呀？"玉玉满脸通红，有点娇嗔地看了英子一眼。可能她听到了英子说的最后一句话吧。

"她没说什么，说你人很好，专门做好事，帮助别人。"王哲坤怕玉玉尴尬，赶紧解围。

玉玉"哦"了一声，又出去了。

"广州火车站实在是太乱了，我们一般没有什么重要的事，都不去那里的。"英子说道。

"是呀！真的好乱，比我们县城可要乱多了。"王哲坤说道，一想到昨天在火车站时的情景，他就觉得后怕。

"本来张姨是要我给她代班的，我就是想到晚上不安全，所以没答应她，哪知这个小玉玉经不住那刘姨的哀求，答应了她。我知道后就立刻批评了玉玉。你说玉玉长得那么漂亮，大半夜出去招呼旅社生意，万一碰到坏人怎么办？她为什么不直接拒绝那个刘姨呀！干吗要那么心软，不过没想到她还真走运呀！大半夜拐了个帅哥回来，早知道我当初就答应张姨，帮她去招呼旅社生意了。"英子笑着说道。

王哲坤和英子正聊着天时，玉玉从外面回来了。她换上了一身带拉链的浅蓝色的运动衣，斜背着一个红色的小布包，还化了淡妆，嘴上擦的是无色的唇膏，红扑扑的脸蛋就像一个熟透的苹果，一切都是那么清新自然，如邻家女孩般可爱，从她身上看不到任何打工妹的痕迹。

"走，买票去。英子，你一个人在家里呀！我陪他出去买票。"玉玉拉了一下王哲坤的衣袖，那份开心，从她可爱的表情中就能深深地感受到。

"怎么不留人家多玩几天呀！既然那么有缘分，就多玩几天呀！好加深一下感情呀！"英子说道。

"还是不了，我还要回家上班，只是趁着假期出来玩几天，以后有机会再来玩呀！"王哲坤说道。

"没事的，你要是想玩还是可以多玩几天的，大不了我去别的厂区睡，这里留给你们俩。"英子开玩笑地说道。

"还是不了，下次吧！以后你们回华新，我请客。"王哲坤说道。

"好的，下次回家了找你混呀！"英子开心地说道。

"没事，我一定好好地陪你们玩。"王哲坤说道。

"我们走吧！"玉玉对王哲坤催促道。

"你急什么，好像我要把你的帅哥抢走似的。"英子又开起玉玉的玩笑了。

"你再乱说，人家都怕了你了。"玉玉又被英子的话弄得满脸通红，她拉着王哲坤的衣袖往门外走，王哲坤赶紧拿着他的行李跟随玉玉走了出去。

走了几步，玉玉回过头看时，英子还在对她做着鬼脸。

从楼上下来以后，两人就一直走到了大路上。

可能是因为相处了几个小时的关系，两人没有了刚认识时的那份陌生，玉玉走在王哲坤的右边，她的神情羞涩中带着一丝兴奋。两人并排走着，倒像是一对相识已久的小情侣，变得好般配。

玉玉在一个宾馆的火车票代售点帮王哲坤买了一张从广州到华新的卧铺票，是晚上八点的票。

然后他们一起去了一家小餐馆，吃了两个套餐盒饭当作午饭。

一整个下午，王哲坤一直在看着玉玉，从玉玉的表情中能感觉到她很开心。可能因为工作强度大，经常加班的缘故，玉玉的眼角有一丝丝淡淡的紫色痕迹。从她有时很拘谨的神态和那一直都挂在嘴角的笑容可以看出，玉玉应该很少这样出来玩。

时间"刷"的一下子就过去了，快到六点时，王哲坤默默地对玉玉说："时间快到了，我要去坐车了。"

"好吧！那我送送你！"玉玉说道。

因为玉玉晚上还要回工厂做事，她只能送王哲坤到公交车站了。而王哲坤也不想让玉玉一个女孩子送他去广州火车站，因为他感觉那里好乱。

在公交站台等车时，玉玉突然从包里拿出二百块钱递给王哲坤，说："回家还要一段时间，在火车上买点东西吃吧！"

一个大男人哪好意思收女孩子的钱，但他又不能不要，毕竟车程有点远。

在冰冷的世界里突然感受到炙热的温暖让王哲坤不好意思到了极点。一个大男人在异乡，一而再、再而三地接受一个陌生女孩子的恩惠，此时的王哲坤，只能在心底一遍又一遍地对自己说："玉玉！我一定会报答你的。"

王哲坤拿出了一张纸条，那是他独自一人在玉玉房间里时写下的，上面有他家里的详细地址、电话号码还有他的呼机号码。他将纸条放到了玉玉手中。

玉玉接过后并没有看，便放进了自己的口袋里。

"记得回老家后来找我，我会还钱给你的。"

快上公交车时，王哲坤对玉玉说了这句话，因为他当时只能用这句话来宽慰自己，以此来铭记玉玉对他的一份恩情。

　　此时，异乡的那一份相遇、相知，已经深深地将他们彼此的心拉扯在了一起。从此这个世上就多了一份牵挂、一份在意。就是这么一个善良的，低到尘埃里的女孩子，无声无息地走进了王哲坤的心里。她的善良和朴实，将一个绝望的热血青年从冷漠的世界里拉到了充满温情的世界中。王哲坤深深地感受到，这个世界上还是充满爱的。

## 二、玉玉家事

回到家后，王哲坤才突然想起他忘记问玉玉要联系电话和呼机号码了。一想到这，王哲坤狠狠地骂了一下自己，但在那种情况下他因为害羞也不好意思问玉玉要。于是在很长的一段日子里，王哲坤都无法联系到玉玉。

在接下来的日子里，王哲坤渐渐减少了出门的次数，待在家里的时间也似乎多了起来。因为他害怕玉玉随时会打电话过来，如果他不在家就接不到玉玉打给他的电话了。

从那时起，王哲坤就在心里默默地等待着玉玉的电话。时间慢慢流逝着，一晃眼，三个月就过去了。

转眼间到了一九九二年的春天，但玉玉还是没有打电话过来，王哲坤没有听到玉玉的任何音讯。

此时的王哲坤，随着时光的流逝，对玉玉的想念不但没有变淡，甚至渐渐地变成了一份牵挂。

人就是那么奇怪，心里一旦有了某个人，却又见不到时，就会开始胡思乱想。

她在那遥远的异乡还好吗？还在帮忙招呼旅馆生意吗？还经常加班吗？还在为了生存而辛苦劳累吗？王哲坤经常在心里这样想着。

四月份的一个夜晚，那时已经是晚上十点钟了，王哲坤正准备上床睡觉，电话忽然响了起来。他噌地一下从床上爬了起来，因为他心里有一个预感，那电话是玉玉打过来的。接起电话后，他听到了那个熟悉的声音。

"请问是王哲坤家吗？"

"我是，你是玉玉吗？"王哲坤瞬间就听出了玉玉的声音。

"嗯，我是玉玉，你能帮我办件事情吗？"从玉玉那急促的声音中，王哲坤猜想她可能是遇到什么麻烦了。

担心的念头在王哲坤的脑海中不断闪动着，他禁不住内心一阵怦怦乱跳。

"你现在在哪里？回华新县了吗？"王哲坤连忙问道。

他太想见到玉玉了。

"是的。"玉玉停顿了一下，继续说道，"我在你家楼下的电话亭旁等你。"

"好！我马上就来。"王哲坤挂断了电话，立即去房间换了衣服。

"这么晚了，还要到哪里去？"母亲看到王哲坤在穿衣服，立即问道。

"有个朋友找我帮个忙。"王哲坤回答道。

然后他就三步并作两步地飞奔下楼，远远地就看见了玉玉的身影，于是快速跑到那个电话亭旁边。

王哲坤走到了玉玉的身边，仔细地看了看她。玉玉没有化妆，头发比以前长了，扎着一条马尾，身上依旧穿着那身蓝色运动装，还是背着那个红色卡其布小包。

"我嫂子被城关镇计生办抓走了，说是无证超生，因为我嫂子生的第一个孩子是个男孩，按国家规定要四年后才能再次生育的。可是我嫂子现在又怀上了。"一看到王哲坤，玉玉马上开口对他说道。

"别着急，我一定会想办法尽力帮你的。"王哲坤对玉玉安慰道。

那时候违反计划生育是会被抓起来的，因为计划生育是一项基本国策。

王哲坤知道，如果不是因为这件事情，玉玉可能暂时不会找他。她嫂子被计生办抓走，她可能以为王哲坤是城里人，能够找到关系帮她解决。因为那个时候，城乡之间的区别还是很大的。城里人在人脉关系方面会比农村人强些。

王哲坤拉玉玉蹲在路边，随后拿出他随身带着的一个小本子翻了起来。本子里记录着王哲坤许多熟人的电话号码和呼机号码。

王哲坤不停地翻看着，在脑海里开始搜寻着他所认识的每一层关系。他不断地在脑海中回顾着，他的同学、朋友、朋友的朋友，看谁能与计生办搭上边。王哲坤想好后，便用公用电话按照顺序给对方拨打电话。

王哲坤和他们约好见面的地点后，便带着玉玉与他们见面。就这样，王哲坤和玉玉一直折腾到大半夜，终于找到了一个非常重要的关系，他们准备给那个重要人物送点礼。

第二天买礼品的时候，王哲坤正准备付款时，被玉玉看到了，玉玉坚决不让王哲坤付钱，说是在帮她办事，哪能让他付钱呀！他这样做会让她过意不去的。在玉玉的强烈坚持下，王哲坤只好让玉玉自己付了。最后王哲坤终于帮玉玉将关系疏通了，但因为时间太晚了，计生办的主管领导只能明天才能帮忙解决问题。

王哲坤陪着玉玉去计生办的关押所。他买了几包烟送给所里的看守，让他带着他们去看一下玉玉的嫂子。因为事情来得比较突然，所以玉玉的嫂子在里面连被子都没有，于是他们又买了一床被子和一些吃的送进去。玉玉的哥哥就在传达室里守着。

王哲坤见到玉玉的哥哥，就觉得他是那种木讷而本分的男人。玉玉的哥哥一看见王哲坤就从烟盒里掏出一根烟递给他，王哲坤本来不太抽烟，不想接的，但他害怕玉玉的哥哥认为他摆架子，赶紧就接了。毕竟大晚上的，抽根烟也可以提提神。

午夜的时候，王哲坤看到玉玉单薄的身体在微微地哆嗦，他就脱下自己身上的外套给她披上。

"不要不要，脱了你也会冷的。"玉玉拒绝道。

"披上吧，我看你都有点打哆嗦了。我是男人，受得住。"王哲坤说道。

看到王哲坤这么坚持，玉玉也就不好意思地接受了。

经过一晚上的折腾，天渐渐地亮了起来，此时已经快早上四点钟了。王哲坤陪着他们坐在计生办关押所的办公室里，因为实在是太累了，王哲坤禁不住瞌睡虫的诱惑，开始不知不觉地打起盹来。突然王哲坤感到有东西盖到了身上，便醒了。原来是玉玉又将王哲坤的外衣披在了他的身上。

"我没事，你怎么不继续披着呀？"王哲坤问玉玉。

"你看你都累成这个样子了，睡着会感冒的。"

玉玉轻轻地推了王哲坤一下，说道："要不你先回家去休息吧。"

"太晚了，回去也不方便了，我家是单位宿舍，我就在这里陪你们吧。"他对玉玉说道。

"要不你们先到我家休息一下吧!"看到王哲坤这么说，玉玉的哥哥也有点不好意思了。

"方便吗?"王哲坤问道。

"没事的，去吧!"玉玉的哥哥说道。

然后他给了玉玉一串钥匙。

"我在这里守着就行了。"他哥哥接着说道。

从计生办关押所出来后，王哲坤就问玉玉："你哥哥也是住在县城里吗?"

"是的，他们夫妻俩在城里送煤球，租了间房子住，只是走路有点远，要打一辆三轮车才行。"玉玉回答道。

"三轮车! 三轮车!"看到一辆三轮车经过，王哲坤赶紧挥手拦了下来。

两人下车后，穿过了七弯八拐的巷子，来到玉玉哥哥的住处。

王哲坤进门一看，感觉房子里面还挺大的。可能这里以前是仓库的原因，房子是由两个套间打通改造而成的。房子大概有四十多平方米，天花板上的横梁将整体空间分成了两部分，客厅和卧室里乱七八糟地堆了很多东西，显得很凌乱。

看到家里面那么乱，玉玉有点不好意思地对王哲坤笑了笑，说道："乡下来的，不太讲究。"

王哲坤赶紧说道："不介意，我无所谓的。"

客厅里有一张木质的小四方桌，还有一个略显陈旧的木质餐柜。卧室里摆放了一个老式的木质大衣柜，还有两张可以挂蚊帐的老式木板床。

　　王哲坤走近木板床一看，发现床上睡着一个小男孩，看上去年龄不大，不超过三岁的样子。于是，他好奇地问道："怎么让小孩一个人睡在家里呀？"

　　"农村的孩子哪有你们城里的孩子那么娇贵呀！要是在我们老家呀！都是由着他到处跑的。"玉玉笑着说道。

　　"我哥哥抽空回来等孩子睡下后才去关押所的，因为害怕小孩子在那里着凉了呀！"玉玉说道。

　　这时候王哲坤才发现另外一张床是空的。

　　"今晚你就在那张空床上将就休息一下吧！"玉玉抱歉地对王哲坤说道。

　　"那你呢？"王哲坤反问玉玉。

　　"我和侄儿挤挤就行了。"玉玉说道。

　　"要不我和你侄儿睡！你睡那个床吧！"王哲坤说道。

　　"不用了，如果他醒了，发现床上躺着陌生人会更麻烦。"玉玉说完就拉灭了灯。

　　可能是太疲劳的缘故，王哲坤一躺到床上就睡着了。

　　迷迷糊糊中，他依稀感觉到有个小男孩在拍打着他的脸，王哲坤一下子就醒了。他看到一个小男孩就站在床边，却不说话，只是怔怔地看着他。

　　"叫叔叔吃饭呀！怎么不说话呀！"玉玉在旁边说道。

　　"可能是第一次见面，怕生吧！小孩子一般都是这样的。"王哲坤赶紧说道。

　　说完后他立刻爬了起来，抬头看了一眼墙上挂的石英钟，才知道已经中午了。此时桌上已经摆好了几道菜，原来玉玉早就起来做好了午餐等着他。

　　王哲坤也不知道玉玉是什么时候起来的，不过她昨晚一定没有休息好，王哲坤看见了玉玉眼中的红血丝，但也没有刻意去问。

"快点洗脸吧！我已经打好了洗脸水。"玉玉说道。

王哲坤怕玉玉他们肚子饿，赶紧去刷牙洗脸。

玉玉做了三菜一汤，红烧猪耳朵、青椒炒肉、清炒苦瓜和西红柿蛋汤。

"要喝酒吗？我不知道你喝不喝酒，所以就没有买，不过我哥家里有带来的米酒。"玉玉问王哲坤。

"不用不用，我很少喝酒的。"王哲坤怕麻烦，况且他也不太爱喝酒，赶紧对玉玉说道。

"好吧！那我们吃饭吧！"玉玉说道。

"好！"王哲坤应了一声。

"菜的味道很好，好合我的口味呀！"他不禁称赞道。

玉玉笑了笑，没有说什么。就这样，在愉快的气氛中他们一起吃完了午饭。

吃完饭以后，王哲坤赶紧从口袋里拿出四百元钱还给玉玉。

"来！这里是四百块钱，还你！"王哲坤对玉玉说道。

"拿钱给我干吗？"玉玉睁着一双圆圆的眼睛，用一种奇怪的眼神看着王哲坤问道。

"我在广东时借你的钱呀！我本来就是借你的嘛！"王哲坤说道。

"不用了，那是我自愿给你的，就算了吧！"玉玉反倒不好意思起来。

"借的就是借的，哪能不还呀！"王哲坤说道。

"算了吧！别分得那么清楚，你又帮了我的忙，别搞得我不好意思呀！"玉玉的脸一下子就红了。

"收下吧！别再推了，我不是要分得那么清楚，是我本来就要还给你的，我早就在口袋里准备好了。"王哲坤对玉玉说道。

"你一定要还给我呀？"玉玉再次问道。

"收下吧，别再推了好吗？"王哲坤有点央求地对玉玉说道。

最终玉玉还是收下了钱。

"你真是的，一定要这样呀！"玉玉红着脸说道。

王哲坤没有说什么，只是笑了笑。

"下午的时候我还要帮你去做事，你侄儿要放到哪里呀？"王哲坤故意岔开话题问玉玉。

"等一下我们将他送到我哥那里去吧！"玉玉说道。

到了玉玉他哥哥那里的时候，他哥哥说道："放我这也不方便，先暂时放到我老婆她亲戚家照看吧，他们也是在城里做事的。"

"那好吧！"玉玉说道。

于是他们又一起将侄儿送到了玉玉的亲戚家里。

下午三点的时候，王哲坤又和玉玉一起来到计生办，王哲坤在办公楼里跑上跑下的，终于帮玉玉将她嫂子的事情解决好了。

"要是只有我一个人，都不知道该怎么办。"玉玉说道。

"怕什么，以后有事情尽管来找我就行了。"王哲坤对玉玉说道。

"哪能经常麻烦你呀！"玉玉说道。

"你找到了我，就等于是找到了党，以后发生任何事都不用怕了。"王哲坤开玩笑地对玉玉说道。

其实说这句话的时候，王哲坤是出于真心的。他觉得只要玉玉有事情麻烦他，他能够帮玉玉做到的话，就觉得自己在玉玉的面前更像个男子汉。

下午五点，玉玉他嫂子终于被放出来了。

"处罚结果是怎么样的?"王哲坤关切地问道。

"因为找了关系，没有被强制引产，只是罚了一点钱。这位小伙子是我们家的恩人，为我们家挽救了一条人命呀!"她哥哥开心地说道。

看得出来，玉玉他们都特别高兴，从玉玉的脸上还能感受到她内心极其开心并且由衷地钦佩王哲坤。

"请你朋友去吃顿饭吧!"玉玉的哥哥对玉玉说道。

"不用，真的不用! 都折腾那么久了，你们赶紧回去休息吧!"王哲坤对玉玉的哥哥、嫂子说道。

"为我们忙了那么久，去吃顿饭也是应该的呀!"玉玉哥哥继续对王哲坤说道。

"真的不用，这本来就是我应该做的，不用去吃饭的。"王哲坤一口拒绝了她哥哥的邀请，因为帮他们办事，完全是出于王哲坤的一片心意。

"你们先回去吧! 我也回去了。"因为怕玉玉哥哥再邀请他吃饭，王哲坤赶紧说道。

向玉玉和她家人告别后，王哲坤就赶紧回家了。

## 三、河堤散步

第二天，王哲坤很早就下班了，因为他很想见玉玉，所以直接跑去玉玉她哥哥家。玉玉刚好正在家里洗衣服。

"玉玉！"王哲坤开心地和玉玉打了一下招呼。

"你来了，我去帮你倒茶。"玉玉甜甜地说道。

玉玉准备擦干手倒茶，王哲坤赶紧抓住玉玉的手，对她说道："不用麻烦你了，我自己来倒就行了。"

"那好吧！你自己倒吧，茶杯就在那边！"玉玉因为正用手洗衣服，也不太方便，只能让王哲坤自己去倒茶了。

"好的，我知道了。"王哲坤应了一声。

给自己倒了一杯水后，王哲坤便拿着杯子走到玉玉身旁，一边喝水一边陪着玉玉洗衣服。

"现在天气那么冷，你哥哥怎么不买一台洗衣机呢？"看到玉玉的手在水里泡得通红，王哲坤关心地问玉玉。

"已经习惯了，再说这是租的房子，东西买多了，以后也不太好搬呀！"玉玉说道。

洗好后，玉玉用衣架将衣服一件一件地搭好，准备挂到绳子上。

"我个子高，我来帮你吧！"王哲坤对玉玉说道。

王哲坤伸出手时，不小心碰到了玉玉的胸口，他赶紧将手缩了回来。王哲坤看到玉玉的脸瞬间变红，如果换作是别人，可能玉玉早就骂起来了。但王哲坤知道，玉玉对他是非常有好感的。而当女孩对男孩产生了好感后，她自然会无限地包容并且特别容易害羞。

他们一起将衣服挂好后。

王哲坤对玉玉说道："反正我下午也没有什么事情了，我们一起到河边散散步吧。"

他们所在县城有一条蜿蜒的江河，是长江的分支，叫资江。它的源头来自雪峰山脉，最终汇入洞庭湖。

玉玉回答道："好！那你先坐在这里等我一下，我去换件衣服。"

过了一会儿，玉玉换好了衣服。玉玉穿了一条白裙子，上身配的是一件红色的针织衫。

王哲坤从上往下地打量着玉玉。当你开始关注一个人时，你就会不自觉地开始在意她的一切。所以，玉玉每换一套衣服，都会引起王哲坤无尽的好奇感。

"走吧！"玉玉对王哲坤说道。看到王哲坤看着自己，玉玉觉得有点不好意思，赶紧催促王哲坤离开。

他们俩在街上慢慢地走着，不知不觉间就走到了河边。

河堤把这个地方分成了两半，河的这边是县城，河的对岸就是农村。那时候县城里的年轻人称它为情人堤，一般情侣散步都会去那里。河的对岸是一片荒芜的河滩，什么都没有，也没有加高，每年涨水的时候，河对岸就会变得汪洋一片。

此时的河边虽然宁静，但还是展现出了一幅春天的景象。河堤上一对对情侣，有的在散步，有的在相互依偎着，有的手牵着手，空气中弥漫着一股浪漫的气氛。

微凉的河风吹拂着脸颊，很是清爽惬意。春天的气息已经遍布江河两岸，河边的杨柳树长出了新枝，垂下的枝头就像是春天的秀发，在春风的吹拂下轻轻地摆动着。一棵棵杨柳树伫立在江河两岸。河边的草地郁郁葱葱，草地上那一朵朵小野花，就像是小孩子一样在展现着它们快乐的笑容，河堤的景色呈现出一派生机勃勃、春意盎然的景象。

河水很清澈，整个河面犹如一条银色的纱巾一样飘向远方，流淌的河水泛着轻波，在阳光的照耀下闪烁着点点星光。水面上偶尔划过几条小船，激起两排小小的浪花，浪花从船的两边分开，然后又渐渐靠拢，让人联想到一幅长长的充满着诗情画意的水墨山水图。

王哲坤和玉玉在河堤上走了一段路之后，就在河堤旁找了一块草地坐了下来。毕竟相处的时间不多，他们俩也不好意思多说什么话，只是静静地看着河面上不时划过的小船。因为无聊，王哲坤捡起草地上的一些小石子一个个地抛向水面。石子落在水面上发出一声声"咚咚"的响声，而玉玉就在旁边静静地看着王哲坤。

王哲坤本来心里有好多话想要对玉玉说的，但忽然之间却不知道从哪里开口。

"现在的计划生育搞得真严呀！"王哲坤在寻找着话题。

"是呀！要不是有你在，我都不知道该怎么办才好。"玉玉说道。

"要不是因为这件事情，我怕一时半会还见不到你吧。"王哲坤对玉玉说。

"看到了又能怎么样呢？我们是乡下的，在城里没有半点关系，我怕到时候会给你带来麻烦呀！"玉玉说。

"那有什么麻烦的，以后你家里有什么事，都可以来找我。"王哲坤用心地对玉玉说道。

"我知道，但经常麻烦你还是有点不好意思。"玉玉的双手交叉着抱着膝盖，抬起头看了一下王哲坤，笑了一下说道。

"你看这件事情我帮你解决了，其实在没有解决好前，我内心是非常担心的，以后有事情记得一定要找我呀。"王哲坤认真地对玉玉说道。

"说起计划生育，让我想起以前许多往事。"玉玉说道。

"什么往事？"王哲坤问道。

"还记得我在广州时跟你说的我的命不好的事情吗？"玉玉说道。

"我记得，是什么事情？"王哲坤又问玉玉。

"我说我的命不好，其实是有一段故事的。"玉玉说道。

"能告诉我吗？"王哲坤问道。

"多年前，我还很小的时候，曾经在武汉生活过两年，我就是在那时认识女青年张蓉蓉的。回城后，她一直没有生育，所以就跑到我家里来，和我的爸爸妈妈说，想让我父母将我过继给她当女儿。刚开始时，我妈妈是不同意的，后来经过张蓉蓉的劝说，我妈妈也为了我以后有个好的前程，便让她将我接到武汉生活。两年后，她怀上了，但是那时候计划生育的政策非常严格，如果不把我送回原来的家，她肚子里的孩子就不能要了。人都是自私的，不可能因为领养了小孩，而放弃自己的亲骨肉。所以在我两岁的时候，她不得不将我送了回来。将我送回来后，她就再也没有联系我们家了，可能是怕我们家给她带来麻烦吧。"玉玉说道。

如果没有计划生育政策，玉玉可能会一直生活在一个知识分子家庭里，长大以后应该就是一个在城市里长大的时尚女孩吧，王哲坤想道。

"好多事情都是说不清楚的，就算那户人家不将你送回来，当他们有了孩子后，等你长大了，便可能将你当做佣人使唤，让你受尽折磨也不一定。正所谓塞翁失马，焉知非福。"看到玉玉有点伤感，王哲坤安慰道。

"因为今天刚好说到计划生育，所以就想到了这件事情，我也就随口说说而已。"玉玉对王哲坤解释道，她不想让王哲坤误以为她是一个贪图富贵的女孩子。

"那不过是你人生里所经历的一段小插曲而已。"王哲坤又对玉玉说道。

"我并不后悔，只是谈到了计划生育，所以当做是一个小故事与你分享。"玉玉说道。

他们俩在河堤上慢慢走着，有一句没一句地说着话。玉玉的嘴角上有一丝不异察觉的微笑，她不时地低下头，脸上浮现着一份不易捉摸的害羞，细细的手指不停地缠挠着自己的发丝。

玉玉不时地抬头看王哲坤的表情。王哲坤感觉到了，知道他们俩都有很多话想要对彼此说，但一时半会又不知道从何说起。

为了打消空气中弥漫着的冷清而又尴尬的气氛，王哲坤问玉玉："你这几天晚上在家做什么呀?"

"没有做什么，在哥哥家帮他照看一下小孩，我很少出去玩的。"玉玉说。

"要不今天晚上我请你去唱歌吧，也算答谢你上次帮我的忙呀。"王哲坤对玉玉说。

"你总是提起那件事，让我都不好意思了，况且你这次也帮了我一个大忙呀。"玉玉说道。

"那就算我们有缘，找个机会在一起玩玩聚聚，好不好？"王哲坤赶紧解释道，其实他就是想找机会可以和玉玉相处。

"好，那我再去叫几个朋友过来，人多才好玩。"看到王哲坤这么说，玉玉开心地答应了。

"那我要怎么联系你呀？你的呼机号码是多少？"王哲坤问玉玉。

"晚上八点我在歌厅门口等你吧，我本来有个 BB 机的，但在广东的时候弄丢了。"玉玉说。

"那我晚上八点在百乐门歌厅门口等你吧！那是我一个同学的哥哥开的，我以前在那里唱过几次，对那里的情况熟悉些，到时不见不散呀。"王哲坤说。

"好呀。"玉玉很高兴地回应道。

"那我现在去订包厢了，不然晚一点就订不到了。"王哲坤说。

"那我去约人呀！"玉玉高兴地说道。

"好的！"王哲坤说。

他们俩一边走一边说着话，不知不觉就走到了分岔路口。因为赶着要去订包厢，玉玉也要去接她的朋友，于是他们就准备分开走了。

"我要从这里去歌厅，你呢？"王哲坤说。

"我得走另外一条路。"玉玉说。

　　"好的，八点歌厅门口集合，不见不散。"王哲坤向玉玉挥了挥手。

　　"好的，那等下见。"玉玉也向王哲坤挥了一下手，然后就离开了。

# 四、百乐门歌厅

快到八点时，王哲坤已经到了歌厅，他没有再约其他人，因为他怕他的朋友乱说话，再一个他想玉玉应该也约了好多人。

王哲坤今晚穿了一身黑色的西装，里面是一件白色的衬衫，打了一条银色领带，头发抹上了硬硬的发胶。

他在歌厅的门口等了大约二十分钟，就看到玉玉和她的姐妹们一起出现在百乐门歌厅门口，大概有六七个女孩子，其中也有那个叫英子的女孩。

一看到王哲坤，英子就站在门口夸张地大叫起来："哇！好久不见，真是越来越帅气、越来越潇洒了呀！"

"哪有，平时我都是这么穿的，因为是在机关单位上班，所以衣服都是比较正式的。"王哲坤笑着说道。

"以后我们在这里，就靠你的呀！"英子对王哲坤笑着说道。

"只要不违法，不触及底线，我能做到的事情，一定会尽力帮大家。"王哲坤笑道。

"好的，那先谢谢你了！"英子说道。

"你们怎么回来了呀?"王哲坤问道。

"因为政府要进行改造,我们的厂区需要搬迁,所以厂里让我们放假了。玉玉家里又有急事,我也好久没有回家了,所以就一起回来了,准备在家里玩一段时间,再回广东找工作。"英子说道。

"原来是这样呀!"王哲坤终于明白为什么她们都来了。

玉玉那天晚上穿了一件白色衬衫,外面套了一件牛仔背心,下身穿了一条蓝色牛仔裤,她挽着英子的手臂,向王哲坤走来。王哲坤笑嘻嘻地与玉玉对视时,玉玉害羞地低下头笑了。

进入包厢后,服务员帮忙打开点唱机,倒好茶水,放好果盘和零食后便离开了。英子立刻为王哲坤和玉玉点了一首合唱曲目。

虽然他们生活的县城里大部分人说普通话不是特别标准,但唱歌的时候普通话却完全没有问题,而玉玉就是这样。玉玉的嗓音柔软,吐词清晰,完全没有一点地方口音。王哲坤是在县城里长大的,从幼儿园就开始接受普通话训练了,所以普通话水平比较高。王哲坤的歌声也令人沉醉。

伴奏一结束,立刻就响起了一阵哗啦啦的掌声。

"你们两个人唱歌那么好,真是绝配了。"英子兴奋地大声叫着。

"既然唱得这么好,那要奖励一下才行,大家说是不是?"

"是!"

众人一起大呼。

"喝酒,喝酒。"英子又一次兴奋地大声喊道,同时拿起桌上斟满的两杯啤酒,递给了玉玉和王哲坤。

他们的酒杯快送到嘴边时,英子又开起玩笑来:"慢着慢着,你们不能那样喝，看你们两个郎才女貌的，得喝交杯酒才行。"

玉玉的脸瞬间涨得通红。

"你说什么呀！真是事多。"玉玉对英子说道。

"我先把这杯喝完，下一轮我一定喝。"被英子这么一闹，王哲坤也不好意思了。他觉得一直站在那里却不喝酒很尴尬，于是举起酒杯向周围的人表示敬意后，便一口气喝完了那杯啤酒。

玉玉也喝下了她手中的那杯啤酒。

因为有英子在，气氛一下子变得热闹而轻松起来。

大家都在愉快地唱着歌，不知不觉就喝了十多瓶啤酒。

突然英子有点怪声怪气地对王哲坤说道："你有注意到玉玉这次回来有什么变化吗？"

"我没发现什么变化。"

英子的话让王哲坤觉得很诧异，他赶紧从头到脚把玉玉扫视了一遍，但还是没有看出有什么变化——玉玉应该只是换了一身衣服而已。

"还没有看出来吗？"英子狡黠地问道。

"还没有。"王哲坤有点紧张地回答英子。他不清楚英子的葫芦里到底在卖什么药。

"真的没有?"英子加重了语气再次问道。

"真的没有看出来。"王哲坤老实地回答。

"你们这些男人就是粗心，人家玉玉为了见你，去理发店改变了一下发型，把头发拉直了，没想到你竟然没有看出来。"英子戏谑地对王哲坤说道。

王哲坤这时才注意到，玉玉头发上那一小撮黄色的头发消失了。其实王哲坤第一次见到玉玉时，她那撮黄发并不明显，看来他还是不够细心呀！

"就你话多。"玉玉的脸瞬间就红了。她装出一副要打英子的样子,英子立刻嘻嘻哈哈地笑着跑开了。

"你们说该不该罚?"英子大声地说着。

"该罚!"众人一起附和着,在这种场合中,只要抓对了一个主题,大家都能玩得很尽兴。

"罚酒,罚酒。"英子转向王哲坤,对他不依不饶地说道。

王哲坤只好从桌上拿起一杯酒,正要准备喝的时候,英子又大声说道:"不行不行,那是喝酒,不是罚酒。"

"要怎么罚?"王哲坤问道。

"整瓶喝下去才叫罚酒,是吹瓶子还是倒在大杯子里?由你选择!"英子大声地说道。

"我认罚,我认罚。"王哲坤不想扫她们兴,今天他也非常开心,打算不醉不归。

王哲坤的话音刚落,英子立刻从桌子上拿起一瓶啤酒,倒入大玻璃杯中,然后将那满满的一大杯啤酒递给了王哲坤。

"不许要赖呀,我们大家都在看着你哦,玉玉刻意为你改变了发型,你却没有注意到,所以,这杯酒该罚。"

被英子这么一说,王哲坤不好意思再拒绝了,于是,他从桌上拿起一个话筒,扫视了大家一眼后,深情地看着玉玉,说道:"为了感谢玉玉,也很高兴能够认识在座的各位朋友,我在这里先敬大家一杯。"说完,他拿起一大杯啤酒一饮而尽。

玉玉的朋友们看到王哲坤这么豪爽,纷纷鼓掌喝彩。

"玉玉,你看人家哲坤那么痛快,你得奉陪一下才行呀。"英子又想拿玉玉开涮了。

英子又从桌上拿起一大杯啤酒,递给玉玉。

玉玉害羞地躲着跑开了，英子就端着杯子追着玉玉满屋跑，追上以后，逼着玉玉接过了那杯啤酒。

玉玉说道："一口气我喝不完，我倒在小杯子里慢慢喝可以吗？"

"反正要将大杯子里面的酒喝完，随你怎么喝。"英子大声说道，"我们大家都在看着的，可不许耍赖呀！"

于是玉玉将大杯子里的啤酒倒进了小啤酒杯里，一杯喝完接着喝第二杯。玉玉皱了皱眉头，说："今天你们灌死我算了！"

"如果实在喝不下，可以找人帮忙呀。"英子故意对玉玉使了使眼色，让玉玉向王哲坤求救。

"还是我自己喝吧。"听到英子那样说，玉玉赶紧说道。一是她觉得不好意思，二是玉玉也不想让王哲坤受累，所以玉玉就将那第三杯酒又喝了下去。

王哲坤当然担心玉玉，怕她喝醉，同时也想表现一下自己英雄救美的心意，于是他就一把将玉玉手中那剩下的半杯啤酒抢了过来。

"人家是女孩子，哪能喝那么多呀，我代她喝完这一杯好不好？"王哲坤说道。

"好！"大家异口同声答道。

于是王哲坤将玉玉手中的半杯啤酒一饮而尽。

没想到喝完这杯酒以后，麻烦事就来了。

"我们也不要你帮，轮流敬大家一大杯算了。"

"就是，就是，看在玉玉的分上，你也应当敬我们大家一杯呀。"玉玉的一个朋友帮着起哄。

英子早已倒好一大杯啤酒递给王哲坤。

于是那天晚上，王哲坤就在喝酒和敬酒中度过，后来他躺在沙发上，不知不觉地睡着了。

当玉玉推醒他时，王哲坤发现包厢里面已经没有人了。

"唱完了？"王哲坤问玉玉，他感觉自己仿佛进入了另外一个环境里。

"嗯，谁叫你喝那么多酒？推也推不醒，太晚了，她们也要回去，我就让她们先走了。"玉玉说道。

王哲坤扶着沙发把手坐了起来，从口袋里拿出钱包，将钱包放到了玉玉手中。

"玉玉，去结一下账好吗？你在我包里拿钱就好。"此时的王哲坤，对玉玉充满着深深的信任。

"我已经结好了。"玉玉说。

"已经结账了？那怎么行？我可以打折的。"虽然王哲坤喝醉了，但知道是玉玉结了账后，他心里觉得很过意不去，他怎么能够总是让玉玉付钱呢！

"是你订的包厢，结账的时候那些收银员都知道的，他们已经打折了。"玉玉向王哲坤解释道，然后将手中的钱包放回王哲坤的西装内袋中。

"那怎么行呢？本来说好我请客的，钱包你拿着吧，今晚花了多少你就拿多少。"王哲坤又将钱包拿出来交给玉玉。

"你帮了我们家一个大忙，我请客也是应该的。我朋友她们都对你印象很好，说你是个有担当的人呢！"玉玉又强行将钱包放回王哲坤的衣服里。

"真的？"听到玉玉这样说，王哲坤马上坐直了身子，问道，"在你朋友面前，我没有给你丢脸吧？"

"没有呢！你真傻，喝不了也硬要喝那么多酒，在那种场合里，好多话都是不能当真的呀，人家就是想让你喝酒呢！"玉玉责怪道。王哲坤知道，玉玉是为了他好，心里瞬间甜甜的。

"人家就是想喝，和你在一起，我开心！"王哲坤趁着酒意，对玉玉大胆地说道。

他能感觉到，玉玉的脸上露出了一丝开心的笑容。

王哲坤继续在沙发上休息，好散散身上的酒气。过了一会儿，服务员进来打扫卫生了，玉玉问道："你还能走吗？"

"能。"王哲坤迷迷糊糊地说道。

他猛地一下站了起来，但还没来得及站稳，便倒在了沙发上。

于是在另外一个女服务员的帮助下，玉玉将王哲坤扶了起来。

就这样，王哲坤在玉玉的搀扶下步履蹒跚地走出了歌厅。随后，玉玉在歌厅门口拦下了一辆三轮车。

三轮车发动时，因为车子剧烈地摇晃，王哲坤一下子就觉得天旋地转的，好像整个世界都在翻转，肚子也如翻江倒海般，难受得要命。实在控制不住了，王哲坤"哇"的一下，就在车上吐了，把玉玉也弄脏了。

"哎呀，怎么搞的？"

只见司机边叫骂着，边把三轮车停在路边。车门打开后，王哲坤立刻下车就势蹲在路边又吐了起来。玉玉一只手扶着王哲坤的头，另外一只手轻轻地拍打着他的背部。吐完之后，王哲坤一下子舒服了好多。

休息了一会儿后，三轮车司机就在旁边催了起来。

"快点走呀！今天晚上我还要再做几单生意的呀！"

"还能走吗？"玉玉在王哲坤的耳边关切地问道。

"能。"王哲坤定了定神后回答道。

"真的能走？不要逞强呀！"玉玉再次确认。

"不会的，可以走了。"王哲坤对玉玉说。

/玉落尘音/

终于，玉玉把他送到单位宿舍的大门口，可此时，王哲坤已经睡沉了。

"到了呀！"玉玉在王哲坤耳边呼唤着。

可他还是一动不动，玉玉使劲地摇晃了几下，王哲坤终于迷迷糊糊地醒了。

他不停地摸着自己的身体，像是在找什么东西。

"在找什么呀？"玉玉问道。

"钥匙不见了？"王哲坤嘟哝着答道。

"那怎么办？"玉玉问道。

"现在已经很晚了，我家在最里面一栋，也没法找人帮忙，要不我另外去找家宾馆睡，我喝成这个样子，被父母看见了也不好。"王哲坤说道。

于是玉玉在王哲坤的耳边轻轻地问他："那等下送你去哪里？"

于是玉玉又重新拦了一辆三轮车。在车上，玉玉对王哲坤说："那就去我哥哥那里吧，那个地方你知道的。"

王哲坤回答了一声："好吧。"

当车子开动时，王哲坤觉得又是一阵天旋地转，头晕得要命，不过肚子里倒是吐不出东西了。巨大的轰鸣声让王哲坤觉得自己就像置身于一间大型的机械厂里。恍惚间，王哲坤觉得车子东倒西歪一样，似乎下一秒就要翻车。

不知道过了多久，车子终于停了下来。下车的时候，王哲坤还处于眩晕中，头昏眼花的，没走两步就差点一头栽倒在地上。玉玉和三轮车司机赶紧上前扶着他，以免他倒下去。一直站了好久，王哲坤才让玉玉继续扶着他轻飘飘地走。

他们俩刚走了几步，就听到司机的叫声。

"钱，钱，你们还没有付钱。"三轮车司机在后面大声叫喊道。

玉玉这才想起来，因为太专注于照顾王哲坤，忘记付钱了。

"不好意思，忘记了。"

"今天你们怕是要给我加点钱，我的车被你们弄成这个样子，都不知道要花多长时间才能洗干净。"三轮车司机生气地说道。

"你怎么乱收费呀？"王哲坤含混不清地说道。

"我们挣个钱也不容易，你们都是大老板，也不在乎这点小钱呀！"

"哎呀，你这个人真是的。"玉玉对司机斥责道。

"玉玉，别跟他废话了，在我钱包里拿几块钱给他就是了。"

司机拿到钱后，一溜烟便开车走了。

"今天把你累坏了吧，实在不好意思。"王哲坤搭着玉玉的肩抱歉地说道。

"没事，别说话，我们快到家了。"玉玉气喘吁吁地说道。

玉玉连拉带扯地把王哲坤带回了她哥哥的出租屋。

一进门，玉玉便把王哲坤往床上一放，她这时才放下心来，长长地出了口气。

躺倒在床上后，王哲坤才发现他真的一点力气都没有，完全动弹不得了。不过他虽然醉了，依稀间能感觉到玉玉在给他脱鞋子、脱袜子，接着又倒水帮他洗脸和脱去身上的脏衣服，帮他搓拭身体，盖好被子才离开。

王哲坤默默地感受着这从未体验过的美好，一股暖流如血液般流遍全身。

# 五、交往

王哲坤知道玉玉就在他的身边，心里觉得特别温暖，也觉得特别安全。他感到玉玉就好像他的亲人一样，于是由着玉玉摆弄。躺着躺着，他就进入了梦乡。

看到王哲坤睡着了，玉玉赶紧脱下了自己全身的脏衣服，然后洗了一个澡，换上睡衣，在另外一个床上躺了下来。可能因为实在是太累了，很快，玉玉也睡着了。

"玉玉！玉玉"

正睡得迷迷糊糊的时候，玉玉听见有人在喊她。她赶紧爬起来打开了灯，原来是王哲坤口干要喝水，因为找不到开关，所以就在不停地喊着玉玉。

"不好意思，我忘了给你留灯了，因为开着灯我睡不着。"玉玉睁着一双猩红的双眼，满脸通红地对王哲坤说道。

王哲坤正要翻身起来的时候，玉玉一骨碌爬了起来，下了床。

"你别动，我去给你倒水吧，你没那么熟悉的，怕是找不到。"玉玉接着说道。

玉玉用一个大杯子给王哲坤倒了一杯水，然后端到了王哲坤的床前。

王哲坤一口气就将水喝完了。

"昨晚真不好意思，让你累着了。"可能啤酒的度数低，醒得也快，此时的王哲坤一点酒意也没有了。

玉玉坐在王哲坤的床前，等王哲坤喝完水后，就接过杯子。此时，看到王哲坤投在自己身上的视线，玉玉瞬间羞得满脸通红。原来玉玉穿着一身珊瑚绒的睡衣，但上衣因为掉了第一颗扣子，在她低头的那一瞬间，不小心露出了白白的胸口。玉玉赶紧用一只手将胸口掩了起来，另一只手仍端着杯子。

放下杯子以后，玉玉又回到了自己的床上躺了下来，而此时的王哲坤，因为无意之中看到了玉玉的胸口，此时已毫无半点睡意了。毕竟他正是血气方刚的年纪，又加上孤男寡女共处一室，他脑海中不断闪现着刚才的情景。

"你在干吗呀？怎么一直在翻过来翻过去，是不是饿了呀？"玉玉背对着王哲坤说道。

"是的，很饿了，可能晚上吃的东西全部都吐掉了吧！"被玉玉这么一问，王哲坤也确实感到饥肠辘辘了。况且此时，王哲坤也巴不得玉玉能和自己多聊几句话，因为他已经完全睡不着了。

"我帮你去煮两个鸡蛋吃吧，家里只有这个了。"玉玉说完，翻身就坐了起来。

"我去吧！总是让你忙。"王哲坤说道。

"没事，在这，我肯定是比你熟悉些的。"玉玉说完，就下床煮鸡蛋去了。

当玉玉守在炉子边煮鸡蛋的时候，王哲坤也爬了起来，毕竟让玉玉一个人站在那里做事，他却躺着，怪不好意思的，况且他也想借此机会陪玉玉说说话。

此时的玉玉，还穿着那件掉了一粒扣子的睡衣。因为被王哲坤偷瞄了一眼之后，玉玉可能觉得不好意思，所以她用右手紧抓着那个地方，然而因为疲劳的缘故，她又偶尔用左手拍打着嘴巴，以阻止自己不住地打哈欠。看到玉玉这个样子，王哲坤内心的一丝怜爱之心油然而生。他突然从玉玉的后面环腰抱住了玉玉，然后将下巴靠在了玉玉的头发上面。

玉玉不好意思地用双手挣脱了两下，但没特别用力，当然，玉玉只是有一种本能的害羞，她的内心里还是不排斥王哲坤的。靠在王哲坤宽厚而温暖的怀里，她感到是那么惬意和温馨。

就这样，王哲坤静静地抱着玉玉，用下巴轻轻地蹭着玉玉的后脑，而玉玉不自觉地眯上了眼睛，用她的手悄悄地摸着王哲坤的手。此时此刻，两人内心里充满着无尽的温柔和幸福。

"啪"的一声，两个人吓了一跳。

原来，玉玉煮的鸡蛋可能因为水熬干了，突然炸开了。

玉玉赶紧拨开王哲坤的手，伸手去摸那煮熟的鸡蛋。

"哎呀!"玉玉突然低声叫了一下，原来因为拿得急，手不小心被鸡蛋烫了一下。

王哲坤赶紧上去关了煤气，将鸡蛋拿开了。

"玉玉，没事吗?"王哲坤拉过玉玉的手，看到了玉玉的食指通红，烫起了一个小小的泡，王哲坤赶紧将玉玉的食指含到了嘴里。玉玉不好意思地想抽出手指，但王哲坤不让，含了一会儿以后，王哲坤就将玉玉的手指拿了出来，仔细看了看，发现小泡被他含了之后就瘪了。

"还痛么？"王哲坤关切地问道。

"手指好脏的。"玉玉有点娇嗔地责怪了王哲坤一声。

"只要你手指不痛就好，我以前手指被烫到时，都是这样含在嘴里的，含一会儿就会没事了。"王哲坤说道。

"嗯。"玉玉轻轻应了一声，低着头站在王哲坤的面前，那楚楚动人的模样就像一个犯了错在低头认错的小女孩。虽然因害羞而脸色通红，但玉玉的心里还是觉得格外温馨和幸福。毕竟她是和她内心里真正喜欢的男孩在一起。

"玉玉。"王哲坤轻轻地喊着玉玉。

玉玉抬起头来看着王哲坤，以为他有什么事情要对她说。那一双水汪汪的大眼里饱含着柔情似水。

"没事，我想抱抱你。"说完，他就将玉玉拉进了他的怀里，紧紧地抱着。慢慢地，玉玉也用她的双手环住了王哲坤的腰。

其实，此时的玉玉温顺得就像一只听话的小猫咪。一个女孩子，一旦对一个男孩子充满好感之后，她的内心里就会对这个男孩子充满无穷的信任，同时，她的心扉也会对这个男孩子敞开。

"今晚好想好想抱你，好想让你靠在我的胸前聆听一下我的心跳声，因为它跳得好快！"王哲坤喃喃地对玉玉倾诉着内心里因为在意而默默积累的那份温柔。

"自从在广州遇到你，我就爱上了那座城市，因为那里有你，然后我就默默地将这份牵挂放在了心里。我知道，从此你就住进了我的心里，每当独自望着夜晚的天空时，我就在想你还好吗？"王哲坤接着又说道。

而此时，听到王哲坤深情的表白之后，玉玉将她的脸紧紧地靠在王哲坤的胸前，她环抱着王哲坤的双手似乎也更加用力了。

对于玉玉来说，她是一个不太会表达内心情感却很善良的女孩子，她对王哲坤那份细心的关怀和体贴就足以说明一切。她是喜欢王哲坤的，只是因为害羞，她就一直将这份感觉默默地藏在心里。但只要面对王哲坤，她就又立刻全心全意地付出了。

此时此刻，两颗心在迅速靠拢，寂静的夜中似乎能听到彼此的心跳声。就这样，紧紧抱了很久以后，王哲坤捧起了玉玉的脸，玉玉抬头看着王哲坤，眼里充满了百般柔情，那一双水汪汪的大眼睛就像清澈见底的泉眼，那么明亮；那水嫩嫩的肌肤上甚至能看到那细细的绒毛因为紧张而直立着。一看到这里，王哲坤情不自禁地将他的脸庞靠了上去。玉玉害羞得闭上了双眼……

虽然期待，但也紧张，玉玉从王哲坤那火辣辣的双眼里能够感觉到王哲坤想要做什么，但她没有拒绝。她能感觉到王哲坤那轻微的呼吸拂过她的脸，慢慢地，一个柔软的嘴唇很温柔地盖在她微微颤动的嘴唇上，柔柔的、暖暖的，像四片花瓣儿一样贴在了一起，她全身的血液仿佛都停止了流动，似乎只有嘴唇的部位还有知觉。她甚至能感觉嘴唇上那一点点的麻、一点点的凉。

起初，王哲坤只是轻轻地碰了几下玉玉的嘴唇。玉玉一直紧闭着双眼，没有说话，从她轻微抖动的双肩能够感觉到她有点紧张，因为这是她的初吻，她长这么大，还从来没有被男孩亲过，心里自然是极为紧张和羞涩的。

此时，没有语言，听不到任何声音，仿佛整个世界就只剩下他们在这里感受着最美妙动人的一刻。

慢慢地，王哲坤将他微冷的舌头滑入了玉玉的口中，开始狂野地攫取着玉玉那份温柔的气息，他的舌头游离着、探索着玉玉口中的每个角落……

玉玉紧张而呆滞地回应着，羞涩而又紧张，但又有几分快乐，那含在嘴唇里蠕动着的舌头，就像那含着的软软的糖果，在嘴里慢慢融化，然后将那份甜徐徐流进心里。他们俩彼此深情地拥抱着、亲吻着，仿佛这个小小的世界已经变成他们俩最美丽的乐园。

也不知道过了多久，王哲坤停了一下，他看到了玉玉胸前那一片雪白的肌肤因为那掉落的扣子而显得格外诱人。此时，血气方刚的他已经完全被玉玉那动人的一切带入情欲里去了，他颤抖的双手滑入了玉玉的衣服里面。可能玉玉的睡衣已经穿了许久，宽松的珊瑚绒睡衣因为王哲坤稍一用力，第二粒扣子也"啪嗒"一下绷开了。玉玉本能而又害羞地赶紧用她的双手去阻击王哲坤继续深入，但怎么也拉不开。于是，玉玉只好用双手紧紧地环绕住了王哲坤，一双眼睛因为害羞，完全不敢睁开了。

抚摸了一会儿之后，王哲坤拦腰抱起了玉玉，将她放到了床上，然后用他颤抖的双手去解玉玉的衣服。玉玉用她的手不断地阻止着王哲坤，但挣扎了一会以后，因为无法拉开王哲坤有力的双手，就只好将手放下了。她一直紧闭着眼睛，不敢睁开。毕竟只是穿着简单的睡衣睡裤，只需一下，罗裳轻解，玉玉就被王哲坤卸下了最后的羞涩。

王哲坤轻抚着玉玉的身体，感受到了一种滑滑的舒适。玉玉此时也没有再挣扎了，王哲坤能够感觉到玉玉柔软的身体就躺在他的怀里，他在玉玉的脸上、脖子上、身体上不断地亲吻着。毕竟是年轻人，一种原始的冲动瞬间涌遍了王哲坤的全身，他紧张而又快速地脱掉了自己的衣服。

玉玉的身上散发着女孩子独有的淡淡清香，此时的她紧闭着双眼，脸上因为紧张和羞涩而带着一片处女的红晕。看着她可爱的面孔，那嫩得能掐出水来的皮肤，展现着诱人的美丽，小小的鼻子里发出细如游丝的呼吸声，长长的睫毛盖在玉玉的眼睛上，王哲坤觉得她像个芭比娃娃一样的纯真可爱。

寂静的夜里，两个人能清晰地听到彼此扑通扑通的心跳声和喘息声。玉玉的脸上闪现着妩媚的红润，她红扑扑的脸蛋，有一种晶莹剔透的美感，就像一个熟透了的鲜嫩欲滴的桃子，漂亮极了。

在王哲坤快要进去的那一瞬间，玉玉本能地挣扎着，但因为被王哲坤用力地抱着，动也动不了，到最后她只好放弃了。因为紧张，她使劲地咬着嘴唇，满脸通红。突然，玉玉因为疼痛"啊"了一声，然后一行细细的清泪从她的眼角流了出来。

"玉玉，对不起。"王哲坤轻轻地在玉玉的耳旁说了一声。

玉玉没有作声，只是很用力地抱了王哲坤一下，然后用她的嘴巴不轻不重地在王哲坤的肩上咬了一个小小的牙印。

"啊！"王哲坤轻轻地叫了一声。他不知道玉玉为什么要咬他，可能玉玉是希望他能记住今晚，将来不要辜负了她吧！

然后，他将玉玉抱在了怀里，将玉玉的头靠在了他的手臂上，此时，再多的言语也无用。过了好久，从玉玉轻轻蠕动的身体，王哲坤知道玉玉还没有睡着。

"玉玉，对不起。"王哲坤又说了一声，因为玉玉一直没有作声，他以为玉玉不开心了。说完以后，他就轻轻地在玉玉的脸上亲了一下。

玉玉靠在王哲坤的手臂上，用她细长而娇嫩的手指轻轻地抚摸着王哲坤的胸口。突然，她抬起头看了看王哲坤，怔怔地看了一阵以后，问道："你爱我吗？"

本来王哲坤想说爱，但是话到嘴边他又咽了回去。他知道他是爱玉玉的，毕竟这也是他的第一次，况且他以前也从来没有接触过任何女孩子的身体，他对性的最初启蒙是来自那种在录像带上看到的小电影。虽然在读高中的时候，因为他的相貌出众，就有很多女孩子喜欢过他，但因为那时还小，再说每天被繁重的学习任务压着，他也没有心思去想这男女之事。在读大学的时候，他被众多的女孩子包围着，享受着那种众星捧月的感觉，却反而没有正式去和任何一个女孩子交往过，最多也只是和别人散散步，而且是和许多人一起去的，因为没有很特殊的经历，所以他也没有和哪个女孩子谈过恋爱，就这样，一晃就到二十一岁了。

此时面对玉玉的这个问题，他可能说个"爱"字就行了，但他觉得那是敷衍，真正的爱，不必挂在嘴巴上，是需要用行动去证实的。此时，王哲坤抱着玉玉柔软娇弱的身体，从心底默默地对玉玉说道：从今天起，我要用全部的身心来爱你，不让你受到任何的伤害。

"干吗不说话了呀？"玉玉又问道。

"我当然爱你，但我更希望能和你相伴一生，不让你受到任何的伤害。"王哲坤说道。

听到这句话之后，玉玉的脸上露出甜甜的笑容。对于一个情窦初开的女孩子来说，一个男孩子在得到了她的身体以后，她会相信他说的任何一句话。

玉玉没有再说话了，她闭着眼睛躺在王哲坤的怀里，一动也不动。王哲坤不知道她是睡着了还是没有睡着，但他就这样静静地抱着玉玉，什么也不想，一瞬间，他觉得好幸福。

看到玉玉的笑容，王哲坤又想起第一次和玉玉认识的情景，她也是这样睡在他的身边，同样的笑靥，同样的表情。玉玉在他的身边总是那么容易睡着，他现在终于能够明白，其实在玉玉心里，那也是一份对他浓浓的信任和一份踏实的安全感，可能玉玉和他在一起的时候，身心也都觉得放松吧！

其实女孩子睡觉时的表情是很美的，特别是玉玉这种苹果脸型的女孩子。王哲坤默默地看着玉玉那可爱的脸蛋，禁不住轻轻地抚摸起她柔柔的秀发来。玉玉睡眼蒙眬的，感觉被王哲坤抚摸着头发，就睁开眼睛，柔情似水地看着王哲坤，问道：

"你怎么还不睡觉呀？一直看着我干吗？"

"就喜欢看着你睡呀！"王哲坤笑着说道。

"那你刚才一直都在看我吗？"玉玉问道。

"是呀！我喜欢看着你睡觉的样子。"王哲坤说道。

一想到刚才王哲坤就是这样痴痴地看她睡觉的样子，玉玉就悄悄地红了脸，她也扑闪着一双柔情似水的眼睛默默地看着王哲坤。

看到如此动人妩媚的玉玉，王哲坤禁不住又亲了亲玉玉的嘴唇，玉玉害羞得直往王哲坤的怀里钻去。

就这样，他们俩抱着抱着，慢慢地就睡着了。

王哲坤早上醒来的时候，发现玉玉正睁着一双充满柔情的眼睛在看着他。一看到他醒来了，一丝羞涩的红晕立刻爬上了玉玉的脸，她害羞地低下了头，赶紧钻到王哲坤的怀里。

人有时真的很奇怪，男女之间一旦突破了那个界限，就会展现自己那最真实的性格。就像此时的玉玉，温顺得像一只柔软的猫咪，而王哲坤似乎对玉玉充满了浓浓的怜惜和爱意。

"干吗还要躲呀？"王哲坤笑着抱紧了玉玉，想要用手抬起玉玉的脸，但玉玉拼命往他的怀里钻，最后他只是在玉玉的额头上亲了一下。

"感觉好吗？"王哲坤轻声地问玉玉。

"不告诉你。"玉玉在王哲坤的怀里害羞地说道。

"你会不高兴吗?"王哲坤又问道。

"没有啦!"玉玉说道。

"要是没有,那你抬起头来看看我呀!"王哲坤说道。

玉玉慢慢地抬起了头。那张粉嫩的脸上充满了羞涩和快乐。

就这样,王哲坤和玉玉度过了一个醉人的、让他们铭记一生的夜晚。

处于恋爱中的玉玉,在王哲坤面前,就像那明媚的春天,散发着动人的芬芳。对于王哲坤来说,他觉得玉玉简单得就像那高山上流下来的一汪清泉,永远都是那么透亮、清甜,又纯洁得像一张没有任何瑕疵的白纸。

慢慢地,玉玉和王哲坤的话也多了起来。有一天晚上,当玉玉躺在王哲坤身边的时候,王哲坤突然莫名地问了玉玉一个傻问题。

"你为什么会喜欢我呢?"

玉玉慢慢地抬起头,看着王哲坤的脸甜甜地笑了。她的脸上洋溢着温柔的表情,然后翻转身子躺在王哲坤的怀里,头靠在他的胸前,对王哲坤说道:

"哪有那么多的为什么呀!就是喜欢呀!那种感觉,一见面就有了好感,觉得你很诚实,应该不是那种坏人呀!"

"那是不是因为我长得帅气才相信我的?"王哲坤故意问玉玉。

"你还真臭美呀!以前是不是好自恋的呀?"玉玉向王哲坤吐了一下舌头。

"我哪有臭美呀?不过随口问问罢了!反正我俩都没有什么秘密,就想说什么就说什么了呀!"王哲坤说。

"不过说实话呀！你确实是长得帅呀！"玉玉说道。

"要是我长得好丑，那你会不会帮我呀？"王哲坤又问道。

"不过说句心里话，当时你那么诚恳地跟我说话，还将身份证立即交给我，那么可怜，别说是你，就是换作其他任何最普通的陌生人，只要我相信是真的，我也会帮助他的。人活在这个世上，谁没有个真正的难处呀。只不过通常情况下，我会给他一点钱，不会将他带到我的房间里去，因为好多事情也是说不清的，不怕一万，就怕万一呀！"玉玉说。

"那为什么就那么相信我，并且还留下我在你那里过夜呢？"王哲坤问玉玉。

"不告诉你。"玉玉娇嗔着，故意对王哲坤卖了个关子。

王哲坤翻过身来，靠在玉玉的身上，用双手环在她身体的两边，看着玉玉的脸说："告诉我好吗？我就想听听你的心里话。"说完，王哲坤将脸靠在玉玉的胸前，很用心地聆听了一下。

"谁叫你当时又可怜又诚实又帅气，然而我一个打工的，毕竟能力有限，想想你反正不是什么坏人，也就没有想那么多了，就当是自己的亲哥哥了呀！"玉玉说道。

"现在呢？感觉怎么样？"王哲坤又问道。

"你知道我们在外面打工的人，肯定是见过各种各样的人的，从这几天和你的交往当中，我能够感受到你对我是真诚的。我跟你在一起的感觉很好，我一直都渴望能够遇到自己的真命天子，因为喜欢看言情小说，我经常假设自己就是书中的女主人公，幻想着我未来的爱情。在打工时，我从来都没和男孩子有过什么接触，也从来没有感受到我想要的爱情，当然，也有人追求过我，但都被我拒绝了，特别是那些有钱的广东老板，经常邀请我出去玩，但我从来都不会去的，偶尔会跟英子去唱唱歌，但其他不熟的人喊我都是不出去的，因为我感觉到他们肯定是有目的的。我这辈子还没有真正谈过一场恋爱，所以我好想谈一次，不想多谈，一次就够了。跟你在一起，虽然时间还不久，但我感觉到好像认识你好久了一样，我的心里有一种特别踏实和安全的感觉，因为我觉得你对我很好，所以我认为你会珍惜我的，而我的内心里也是真的喜欢你。"玉玉很认真地说道。

"真的?"王哲坤故意重复问了一遍。

"嗯。"玉玉轻轻地点了点头。

大多的时候，情侣之间好多的话语就像情欲的添加剂，本身多余，却又极其受用。

其实情人之间每天都要重复着好多废话，但就是因为这些动人的废话，组合成了爱情的真实和幸福。

"那你以前有没有想过要找什么样的人做老公?"王哲坤问玉玉。

"就找个和你一样的。"玉玉顽皮地笑着说道。

"真的吗? 那你开心吗?"王哲坤故意问道。

"不告诉你，哼!"玉玉故意对王哲坤皱了一下鼻子。

"还不告诉我呀!"王哲坤用食指刮了一下玉玉的鼻子。

"人家人都给你了，你还总要问问问呀! 就喜欢专门臭美呀!"

那是，对于玉玉这种纯洁的农村女孩子来讲，一辈子最珍贵的肯定就是她的处子之身和她对王哲坤的爱了。

听到玉玉这样说，王哲坤以为玉玉不高兴了，就亲了一下玉玉的脸颊。当然，他不是对玉玉的爱存有疑问，而是在不断地寻找话题来逗她开心。其实对于他俩来说，根本就不用寻找什么来证明自己，一切的一切都是通过很用心的付出来证实的。一想到这里，王哲坤又紧紧地将玉玉抱在了怀中，不停地用他的脸颊轻轻地摩挲着玉玉的脸颊，感受着那一份来自心灵的火热。

此时的王哲坤紧紧地抱着玉玉，两个人像被胶水牢牢地粘起来一样，似乎此生两个人的命运就此紧紧地联结在一起了。

此时，王哲坤和玉玉两个人都还很单纯，他们就像两个不谙世事的孩子，彼此之间没有任何计较，他们俩将他们之间的爱情看得就像童话世界那么美，都觉得他们现在拥有的就是一份经过了现实考验的、最真实的爱情。

聊了那么久，王哲坤的内心慢慢变得平静、安详。他拉熄了灯，紧紧地抱着玉玉，抱着抱着，两人又进入了甜甜的梦乡。

早上一睁开眼睛，王哲坤发现天已经很亮了，他看到玉玉正柔情似水地看着他。

"老婆，我爱你。"王哲坤亲了一下玉玉的嘴唇。

"羞死了呀！都叫人家老婆了。"玉玉的脸一下子红了。

"就叫就叫，本来就是结婚了呀！"王哲坤故意对玉玉说道。当然，王哲坤毕竟是城里长大的孩子，比玉玉见的东西肯定多一些，所以有时候在感情表达上比玉玉更为浪漫。

"好吧！那你叫吧！"玉玉对王哲坤说道。

"那你也叫我一声老公吧！"王哲坤对玉玉说道。

"人家多不好意思呀！"玉玉害羞地说道。

"亲爱的，叫一声吧！我想听。"王哲坤不断央求着玉玉。在他的心目中，觉得玉玉叫他老公应当是一种理所当然的事，可能这也是男孩子和女孩子之间的区别吧！

"好吧！"经不住王哲坤的央求，玉玉轻声答应了。

"老公。"玉玉在王哲坤的耳边用一种柔软得只有用心才能听得见的声音对他说道。那细若游丝的呼吸吹拂在王哲坤的耳边，吹得他的耳朵里面痒痒的，而此时玉玉的脸上好似带着初次相处的娇羞感。

"哎！"王哲坤大声应着。玉玉听到，羞得差不多要找一个地洞钻进去。

就这样，开始了他们正式交往的第一天。

那一天，王哲坤和玉玉大半天时间都赖在床上。王哲坤不断地用指尖轻抚着玉玉的嘴唇，用鼻子闻着玉玉身上淡淡的清香，拥抱着玉玉苗条、柔软、洁白的身体。看着玉玉柔情万分的眼神，那种来自内心的怜爱不停地涌上他的心头，荡漾在他的心间，他觉得他此生都会用自己全部的力量去保护她，让她不要吃任何的苦和经受任何的打击。

从此以后，王哲坤和玉玉就在离他家不远的地方租了一套房子。一有空，他们两个就会在一起，浪漫地度过每一天。除了上班，王哲坤很少跟其他的朋友去外面玩了。很多人说过，恋爱处久了，或多或少都会产生矛盾，但王哲坤却不这样认为，他天天都充满着无穷的快乐。这虽然是他的第一份感情，但他知道，从认识玉玉的那一刻开始，他就在认真了。他知道真正爱一个人和玩弄一个人，两种感觉是完全不相同的。从他们相处的第一天开始，王哲坤就对玉玉很迷恋。随着对玉玉的了解一天一天地加深，王哲坤对玉玉的那份爱恋，真的有一种一日不见，如隔三秋的味道。只要一有时间，王哲坤就喜欢跟玉玉腻在一起。在那段时间里，他们两个人的眼中，除了彼此，似乎就没有任何东西了。那时候，王哲坤和玉玉两个人之间的感情，足可以让两人忽略这个世上任何东西，什么名利、地位、金钱都与他们无关，那种相依相偎的感觉，仿佛让时间都停止了流动。玉玉也是一样，当王哲坤不在的时候，她一个人一般很少出去，就喜欢宅在房间里，大部分时间都是待在房间里面看小说，当然是看她最喜欢的那些言情小说。于是在那段时间里，王哲坤在县图书馆帮玉玉办了一张借书卡，这样就方便玉玉借她喜欢看的小说了。

时间过得飞快，一晃一个多月的时间就过去了。

有一天，玉玉深深地看着王哲坤的眼睛，用一种很郑重的口吻对他说："坤，我不想到广东去了。"

"好呀，有什么打算吗？"王哲坤当然很高兴玉玉做出这个决定。

"我想先在本地待一段时间看看，然后再决定做点什么事情。"玉玉说道。

"好，要不先看看，等有了什么好的事情我们两再一起决定吧。"王哲坤说。毕竟那个时候他们两个年纪都不大，又没有什么创业经验，就只能走一步看一步了。那个时候在内地打工就业的机会还是很少的，工资也很低。

"好。"玉玉说。

可能通过这段时间和王哲坤的相处，在玉玉的内心深处，她真的觉得以后她的世界里就只有王哲坤了，她真的不想和他分开。

无论做什么，他们俩都喜欢腻在一起。慢慢地，玉玉开始带着王哲坤去认识她的那些朋友和姐妹，不过玉玉的圈子并不是很大，大多无非是同学，还有她家乡那些玩得好的姐妹。

有一天，玉玉跟王哲坤说："我老家有一个姐姐，叫李花，我喊她花姐，比我大几岁，她一直都在上海那边打工，前几天回来了，我们一起去看看她吧！"

"好的，你想什么时候去？"王哲坤问道。

"由你决定吧，毕竟你还要上班。"玉玉说道。

"那后天吧！后天是星期天，我俩一起去吧！"王哲坤说道。

"花姐从小跟我一起长大，后来在外面打工，但每次回来，她都会联系我。她在外面打工时认识了她老公，两人是自己谈的，感情很好。花姐是嫁在花新县的五马镇，去的时候还要坐班车。"玉玉说道。

"好的，我们去的时候要买点什么东西吗？"王哲坤问道。

"你自己看着办就行，给她家小孩买点零食、水果呀！他老公不喝酒的，不要拿酒哦！"玉玉说道。

"好的，一切都听老婆大人的。"王哲坤说道。

"都还没有嫁给你，就天天叫老婆老婆的，你羞不羞呀？"玉玉有点娇羞地说道。

"现在叫熟点，以后就习惯了呀！"王哲坤说道。

"好吧！以后就让你叫一辈子。"玉玉开心地补充道。

"好的，遵命，老婆大人。"王哲坤开心地说道。

接下来，玉玉就跟王哲坤聊了聊花姐的一些事情。玉玉告诉他，花姐以前在家里找过一个男朋友，那个男的是她们隔壁乡的，是花姐在乡里赶场时认识的。那男的是个混混，花姐起初不太愿意，但经不起那男的花言巧语、死缠烂打，最后心软同意了。但那个男人后来骗了她，她还流掉了一个小孩。当时花姐很伤心，觉得没脸见人了，才出去打工的。不过她现在的老公对她很好，也算是对以前伤心事的一种安慰了。

到了后天上午，王哲坤带着玉玉买了一些水果、零食和小孩子的玩具，就和玉玉去她花姐那儿了。因为这是玉玉和王哲坤第一次比较正式地探访朋友，所以玉玉显得特别开心。当然，这里面也有玉玉的一点小心思，因为她找了男朋友，所以她想带王哲坤去让花姐看看。王哲坤那么优秀、帅气，她自然感觉脸上有光呀！

在车站候车室的时候，玉玉一直开心地挽着王哲坤的手臂，像个小女人一样坐在王哲坤的旁边。

到了车上的时候，玉玉对王哲坤说道："忘了提醒你，你到花姐那里以后，千万不要提起花姐以前的事情。这次他们回来是将小孩子送回家给他老公的爸爸妈妈带的，因为在上海打工，不方便带小孩。"

"好的，既然你已经提醒了我，我会注意不乱说的。"王哲坤说道。王哲坤知道，有时候谎言也是善意的，所以他从心里是能够理解的。

到了那里的时候，玉玉一看到花姐，就开心地挽着王哲坤的手臂，将他介绍给花姐认识：

"这是我的男朋友，我上次跟你讲过的，我们是在广东认识的。"

可能是因为生活的劳累，花姐看上去比较显老，已好像一个三十来岁的妇女了。不过从她那慈善而满意的笑容中，王哲坤想她应该很知足吧。玉玉以前说过，她有一个三岁左右的男孩，她的老公也和她在一个厂里做事，所以他们的生活虽然朴素，但也幸福。

当花姐一看到王哲坤时，就惊讶地叫了一声："哇，好帅呀！玉玉你可真有眼光呀！不过玉玉也漂亮，我看你们两个人很有夫妻相呀，真的是天生的一对呀！"

"花姐好。"王哲坤喊了花姐一句，因为是玉玉最好的姐姐，所以在王哲坤的心里，自然也就觉得特别亲切。

"这个是给花姐带的一点东西。"王哲坤将手里的礼物交到了花姐手上。

"来就来，还拿什么东西呀！"花姐对玉玉和王哲坤说道。

"好久都没有见过花姐了，没买什么，就买了些水果和零食，还给孩子买了一把玩具枪。"玉玉说道。

从玉玉的行为里，王哲坤能够感觉到玉玉虽然年纪不大，但还是一个很细心懂事的女孩子。

"良良，来，叫玉玉姐姐，姐姐给你买玩具了。"花姐大声地招唤着一个还在外面玩的孩子。

这时候，一个三岁左右的小孩子跑了进来，长得虎头虎脑的，小身板很结实。他进来以后，死死地抓住他妈妈的裤腿，躲在他妈妈身后，不敢上前。

"还怕生呀！这个是玉玉姐姐，看看，玉玉姐姐今天好漂亮呀！"花姐不断地推着小孩上前，但小孩就是不敢向前。虽然小孩是在上海出生的，但花姐两口子也没有带他到什么地方去玩过，所以小孩子才那么怕生。毕竟两口子都要打工，也没什么时间带小孩子出去玩。

"来，玩具给你。"看到小孩不肯过来拿，王哲坤就将玩具递到了小孩的手上。

"拿着吧，这是哥哥给你的。"花姐对自己的儿子说道，小孩这才接过玩具，一溜烟跑了。

"还是怕生。"王哲坤和玉玉说道。

"看你俩郎才女貌的，以后要是生了小孩，一定要自己带，我们俩是没有办法呀！"花姐说道。

"现在还早呀！"玉玉的脸一下子红了，她轻声说道。

"反正以后会生的，先给你们提个建议呀！"花姐说道。

　　王哲坤听了以后，本来紧紧挽着玉玉肩膀的手又加重了一些，玉玉在旁边也悄悄地低下了头。毕竟他们还小，觉得生小孩还是很遥远的事情。

　　接着花姐又对王哲坤说："玉玉对你是认真的，她是一个非常单纯的女孩子，从来没有谈过恋爱，你可不要欺骗她呀！"

　　"不会的，我永远都不会的。"王哲坤深情而又坚定地说道。

　　"你们男孩子大多都是玩玩就跑了的。"花姐继续对王哲坤说道。毕竟她以前有过一次失败的恋爱，所以她肯定是有这方面的担心的，对王哲坤的建议也是出自她的本心。

　　"我肯定会对玉玉好的。"王哲坤说道。

　　"现在你们才刚刚恋爱不久，一切都充满了好奇和新鲜感，但时间久了，那种新鲜感没有了，然后各种状况就出来了。到最后，受伤害的终归还是女孩子。"花姐说道。

　　"我不会的，我发誓，以后如果有负玉玉，我就……"王哲坤的话还没有说完，玉玉就用手堵住了他的嘴，示意王哲坤不要再说了，因为玉玉能感觉到王哲坤对她是很认真的，况且善良的玉玉怕王哲坤说了不好的誓言以后会应验。

　　"知道了呀！不用发毒誓，那样不好，我理解你的心就行了。花姐也是为我们好。"玉玉说道。

　　"你看，玉玉对你多好，连发个誓都要护着你，真是幸福呀！"花姐对王哲坤说道。

　　一听到这里，王哲坤就挽过了玉玉的肩膀。

　　"真羡慕你们俩呀！好了，不看你们俩秀恩爱了，我去找找我家那位，要他回家来做饭，我再来陪你俩聊天。"花姐说道。

　　"好的。"玉玉应了一声。

　　然后花姐就出去了。

其实后来玉玉对王哲坤说过，只要王哲坤对她是真的，哪怕没有结果，她都愿意，因为她是真的喜欢王哲坤。

王哲坤知道，玉玉的内心其实是很脆弱的，况且她来自农村，家里的条件完全不如王哲坤家，但感情的事就是这样，她一旦爱上了一个人，就是真心的，如果被人欺骗了，肯定会心碎的。

过了一会儿，花姐就领进来一个三十来岁，一眼看上去就是那种很老实的男人进来，穿着打扮也很本分。

"花姐夫好。"玉玉叫了一声。

"玉玉好。"花姐夫也回了一句，然后拿出一包普通的白沙烟，抽出一根用双手递给王哲坤。在乡下，一般双手递烟，是表示特别尊重。

"谢谢，我不抽烟的。"王哲坤笑着说道。

"还学得这么好呀！烟也不抽。"花姐夫笑着说道。

"从小没有抽习惯，所以就没抽。"王哲坤笑着说道。

"那酒呢?"花姐问道。

"他喝酒也不行，顶多喝杯啤酒就差不多了。"玉玉说道。有了上次喝酒的经历，玉玉就知道不能乱让王哲坤喝酒了，毕竟他现在是她的男朋友了，她会更加在意他了。

"好吧！那等下就喝点啤酒吧！"花姐说道。

"好的。"王哲坤回答了一声。

"小王真是优秀呀！烟也不抽，酒也不乱喝，人长得帅，单位也好，又是大学生，家庭条件也好，玉玉，你可真有福气，要用心守着呀！当心哪天被其他美女看上，被别人抢走了呀！"花姐笑着说道。

"这个是我俩的缘分呀！玉玉也有好多优点的。"王哲坤赶紧接口说道，她怕玉玉听了花姐的话以后有压力。

玉玉抬眼看了王哲坤一眼，脸上洋溢着一种快乐和幸福。

又聊了一会儿，花姐夫就喊花姐过去端菜了。

菜很丰盛，有鸡，有鱼，还有米粉肉等。

"这么多菜呀！"玉玉开心地说道。

"咱两姐妹也难得见次面，过两天又要出去了，那要到年底才能见到了。趁着相见的机会，大家好好聚聚呀！"花姐说道。

吃饭的时候，有花姐、花姐夫、花姐夫他妈，还有花姐她儿子和王哲坤他们两个。

吃完饭以后，花姐提议打打麻将，玉玉本来不想打，但也不好拒绝，正好又有两个女的来花姐夫家串门，就决定打麻将了。

"小王，你和玉玉一起打吗？"花姐问道。

"不好意思，我完全不会打，让玉玉打吧！"王哲坤说道。

"啊！玉玉，这个世界居然还有不会打麻将的男人，你男朋友真的是一个珍稀动物了。"花姐笑道。

"我今天才知道他不打麻将呢？他从来没在我的面前提起过，因为我也很少打麻将。"玉玉笑着说道。

"你会打吗？那你打吧！我在旁边陪着你打就是了，今天难得出来玩，你开心就好！"王哲坤说道。

"好吧！"玉玉笑着看了王哲坤一眼。

"玉玉，你真幸福，才认识这么一会儿，发现你男朋友全身都是优点，一定要好好珍惜呀！"花姐很认真地对玉玉说道。

"谢谢花姐。"玉玉又很开心地看了王哲坤一眼。

"那我们开始打牌了。"其中一个女的说道。

"好。"花姐应了一声，然后就开始了。王哲坤就坐在玉玉旁边，他从来没有听玉玉提起过麻将，他也没有问过，还不知道玉玉原来会打麻将。

过了一会儿，"放炮!"玉玉突然开心地叫了一句。打完那张牌后，玉玉就开心地望了王哲坤一眼，可是王哲坤根本就不懂那是什么意思。

人就是一种奇怪的动物，这些平时王哲坤连看都不看的东西，因为有喜欢的人陪着，也没觉得无聊了。也就是在那个时候，他才知道什么叫二饼，什么叫自摸。当玉玉赢到钱的时候，她就会很开心地搂一下王哲坤的肩膀，以示庆祝。玉玉今天的手气特别好，当然，她们打得也不大，只是好玩而已。因为手气好，所以玉玉特别兴奋，偶尔也会快乐地叫一声，打牌时的气氛也因之活泼起来。在她们的大喊大叫中，时间不知不觉就从身边溜走了。

王哲坤不喜欢一切与赌有关的东西，甚至连福利彩票都从来没有买过，他从小就是这样的人，他的身上完全没有好赌的细胞。玉玉对赌博也不是很爱，只是偶尔才陪别人消遣一下而已。她后来告诉王哲坤，因为他爸爸喜欢打麻将，她是跟她爸爸学会的，但打得很少。再后来玉玉知道王哲坤对这个赌博完全没有兴趣后，玉玉也就再没有和别人打过麻将了，当然王哲坤也从来没有强迫过玉玉。

# 六、守旧势力

在这里，先介绍一下王哲坤家里的情况。

王哲坤父亲家里有四个孩子，他父亲排行老三，是县机关事务局的副局长。王哲坤的大伯父是县里的工商局局长，二伯父是县民政局副局长，姑妈与部队里的军官结了婚。后来她丈夫转业，她跟随丈夫留在了当地，据说王哲坤的姑父是他们亲戚当中职务最高的。除了王哲坤的父亲是考上中专分配进单位的，家里其他兄弟大多是从部队转业，然后再分到地方工作的。

王哲坤母亲家总共有三兄妹，她母亲有一个哥哥和一个姐姐。王哲坤的舅舅在县卫生局当局长，二姨在乡镇搞计生专干，姨夫是某地的区委书记。

王哲坤的母亲名叫林淑美，身材粗壮高大，是从医学专科学院毕业的。她通过多年努力，成了县人民医院药剂室的主任。她在工作上一直都风风火火，比较敬业，在家里也是一个很强势的人，控制欲特别强，脾气比较急躁。可能在这小小的县城里，一个弱女子能够成为县医院的科室主任，是很了不起的，所以家里人对她充满了敬畏之情。林淑美虽然性格比较泼辣，但在同事中口碑是不错的，公私分明，不会乱发脾气。

王哲坤的父亲名叫王建国。那时候，老一辈的人起名字都与国家有关，像是爱国、国庆什么的。他父亲的身体很瘦弱，但个子很高，可能是在政府部门工作，所以在家里一般都很严肃，有点不苟言笑。他的父母是通过相亲认识的，在那个时代，自由恋爱的人很少。听母亲说，她以前是看不上父亲的，因为她感觉父亲比较安于现状，不是那种特别上进、有野心的人。所以他父母的关系就如那个年代的许多夫妻一样，平平淡淡的就过来了。

王哲坤的姐姐叫王意涵，虽然相貌不出众，但从小学到高中成绩一直都非常优秀，在学校里还担任学生会主席，个性与她母亲比较相像。

她姐姐原本考上了省城的师范学院，但在高考那一年，县法院正好招考国家干部，她去参加了考试并考上了，权衡再三后，她放弃了读大学的机会。因为在那个年代，当一个国家干部比当老师更有前途。后来，她被分配到了县法院下面的一个乡镇法庭上班。

王意涵是个眼界很高的人，这导致她在个人问题上一直高不成、低不就，所以她今年快三十岁了，仍没有找到合适的对象。

她比王哲坤大八岁，在看待问题上，姐弟间存在很大的差异。她看问题好坏分明，目标明确。记得在高中时，有个男同学写了一封情书给她，她收到后立刻把信交给了老师，从此以后再也没有男生敢给她写情书了。她觉得学习的时候就该学习，是不能分心干其他事情的。因为姐弟俩的年龄差距大，观念也有所不同，所以平时也很少聊天，有时候在街上遇到了也不打招呼。

王哲坤在学校的学习成绩一直很好，从小性格又比较温和，是人们口中的别人家的乖孩子。高考时，他考上了省里一所财经大专，本来可以发挥得更好考上重本的，但是因为考试时感冒了，所以影响了发挥，毕业后被分配到了县财政局上班，平时工作也还算轻松。

在这个小县城里，他们家也算是比较有声望的，整个家族人脉网较广。王哲坤的性格是那种踏踏实实做事，比较中庸的人，没有太大的野心。可能王哲坤的年纪还小，又没有吃过什么苦，而生活和工作也还算顺利，所以就养成了那种安于现状的心态，他平时最大的爱好就是看一些文学类的书籍。

父母对于儿女来讲，在家中是绝对的权威。那个时代的年轻人，很少能和父母坐在一起谈心，两辈人之间，其实存在很大的代沟。就因为王哲坤没有考上重点大学，王哲坤的母亲不高兴时就会提起这件事。父母帮他取哲坤这个名字，就是希望他将来能够大有作为。他母亲对他的期望值很高，因为在那个年代，特别是在他们家族中，考上了重点大学，就意味着在那个狭小的环境里，你就获得了一块敲门砖。所以得知王哲坤落榜后，他母亲便要求他复读一年，但王哲坤一想到课桌上面那一堆堆像小山一样高的复习资料，他顿时感到头都要炸了，便誓死反抗他母亲的决定，尽管最后王哲坤没有走上复读之路，但母亲对他的影响非常大。

对于王哲坤的个人问题，他家里肯定是有干涉权的。因为那个时代，父母都特别喜欢干涉儿女的婚姻，况且是他们这种条件比较优越的家庭。他父母肯定是希望他能找到一个门当户对的女孩子一起结婚生子，然后按部就班地生活下去，这样就不会有损家族名望。

所以王哲坤一想到他和玉玉，再联想到他母亲的行事风格，他心里便有点堵得慌。他害怕家里会不同意他与玉玉的事，但是人的感情是控制不了的，特别是在这个年轻、热血却又叛逆的年纪。

如果没有认识玉玉，可能王哲坤就和普通人一样，按部就班地生活着。认识玉玉之后，在和她的相处中，王哲坤对另外一个世界产生了好奇感，在这个过程中他看到了世界的另一面。玉玉性格率真，和她相处很轻松，没有那么多所谓的规矩。

跟玉玉相处一段日子后，王哲坤发现玉玉不但善良，而且可爱。很多人都是因为找到了所爱的人后才更爱这个世界的，而玉玉却是天生就热爱这个世界。虽然玉玉家庭条件不是很好，但她内心干净、纯洁且直率。

王哲坤租房旁边的一栋民房内，住着一位皮肤黝黑的老妇人。可能是得了什么先天病吧，她在阳光的照射下，皮肤透亮透亮的，有着黑中带亮的光泽。可能她觉得丑，有一种很深的自卑感，就不太喜欢和什么人玩，显得沉默寡言。孤独的她没事的时候经常一个人静静地坐在门前的矮凳上，有点神经质一样怔怔地发呆。

有一次，王哲坤和玉玉从她旁边走过的时候，玉玉问他：

"那女人怎么那么黑？"

"你看不出来吗？她本来就是一个非洲女人呀！"王哲坤跟玉玉开玩笑道。

"哇！没有想到我们这样一个小小的县城里还有外国女人嫁到这里来呀！"

玉玉看上去特别惊讶。

"她怎么会嫁到我们这里来呢？她怎么和人们交流呢？"玉

玉好奇地问王哲坤。

"这件事情，说来话长呀！里面可是有一段很凄美的爱情故事呢！"王哲坤说道。

"哇！我想听，你快点说呀！"玉玉很感兴趣。

"那还是很久以前，二十世纪六十年代的时候，中国支援非洲，她的老公是个铁路工人，在坦桑尼亚修铁路的时候，她还是一个原始部落的女人，后来因为她老公经常到她部落里面玩，经常给她带礼物，慢慢地就爱上了她老公。修完铁路以后，她老公就将她带回中国了，他们是跨国婚姻，因为语言不通的缘故，所以没有什么人和她玩。"王哲坤向玉玉编着他想的故事。

"那她不寂寞吗？"

玉玉瞪着一双圆圆的眼睛看着王哲坤，她已经深深地被王哲坤这个胡编乱造的爱情故事感动了，真的就相信了。

"当然，为了爱情，她远嫁到中国来了，别人听不懂她的话，那也是没有办法的事情。"王哲坤继续胡编乱造着。

"那她会跳非洲舞吗？"玉玉又问王哲坤。

"我想应当会跳吧，不过我从来没有看到她跳过，因为跳舞也是需要氛围的呀！"王哲坤继续编着故事。

"那平时你跟她是怎么交流的？"玉玉立刻对这位来自非洲的妇人充满兴趣。

"就点头笑一下，用最简单的英语向她问一下好。"王哲坤说。

"没人陪她说话，那她的日子真难过。"玉玉有点伤感地说道。

"那也是的。"王哲坤不想多说了，毕竟故事是他编的，怕再说下去会露馅。

有一天玉玉和王哲坤再次经过那位妇人的家门口时，玉玉突然停了下来，用英语加肢体语言向那个女人问好，接着她又从口袋里拿出食物给那位妇人吃。那妇人像是听天书一般，惊恐地看着玉玉。王哲坤当时正在喝水，看到这可笑的情景，差点被呛到，赶紧跑上去将玉玉拖走，拉着她飞快地跑了。

"你干什么呀？人家正要给她东西吃呢！"玉玉有点责怪王哲坤。

"难道你没有看到那个女人的表情吗？"王哲坤哭笑不得地说。

"可能人家没有听懂呀！我慢慢跟她说，她就会听懂的。"玉玉认真地说道。

她怎么听得懂英语，我是和你开玩笑的，她就是本地人呀！"王哲坤如实告诉了玉玉。

"什么？那她为什么会那么黑呢？"玉玉又问王哲坤。

"可能是生病了吧，就像黑人，也会得白化病呀！"王哲坤说。

"那意思是你之前一直都在骗我！"玉玉有点气愤地说道。

"我是想哄你开心呀！没想到你竟然相信了！"王哲坤笑着说道。

玉玉举起拳头往王哲坤身上捶了几下。

"你今天害我出洋相了，我以后都不好意思往那边走了。"玉玉哭丧着脸说道。

"以后不走那条路就行了呀！或者以后我找个合适的机会跟她解释一下呀！"王哲坤弯下腰拍拍玉玉的脑袋安慰道。

## 七、平凡的幸福

　　和玉玉在一起，无论做什么，王哲坤都觉得特别轻松。他们在街上逛街，就如处于热恋中的青年男女一样，手拉着手。有时候玉玉挽着王哲坤的手臂，小鸟依人般依偎在他身旁。他们之间不会做让彼此感到尴尬的事，玉玉也不会对王哲坤提出什么过分的要求。有时候，王哲坤会买一些小礼物来逗玉玉开心，那时候的玉玉，会觉得自己是天底下最幸福的人。彼此珍重，彼此照顾，热恋着的他们，是那么幸福、那么温馨。

　　哪怕只是过马路这么简单的一件小事，王哲坤都会将玉玉的手紧紧地攥在他的手心里，生怕一不小心，就会把玉玉弄丢了。

　　王哲坤对玉玉的一切是那么好奇、那么着迷，玉玉看过的书、穿过的衣服、去过的地方，都让王哲坤感到亲切。

　　不知道从什么时候起，王哲坤发现自己的心情变得越来越好了，性格也变得越来越随和，以前不会与街坊邻里们打招呼，现在看到他们，会主动打招呼，拉拉家常。

　　每天，王哲坤都在享受着和玉玉在一起的快乐时光，一起散步、聊天、睡觉。他发现自己不再过着两点一线的生活，闲暇时候会与玉玉一起分享世间的美好。

好多人都觉得王哲坤变了，变得不一样了。其实人并没有变，只是风景变了，心情也就跟着变了。

虽然之前王哲坤生活中不乏女性朋友，但都只是点头之交的关系。尽管异性缘不错，也得到过不少女孩子的青睐，但王哲坤在对待感情问题上比较认真，又是被动的一方，所以爱情的种子一直没有开花结果。直到认识了玉玉，王哲坤才深刻地感受到了人性的真实，敢爱敢恨，率性而为。玉玉就像是仙界掉落凡间的天使，越深入了解，越让人爱得无法自拔。

就像打开了潘多拉的盒子，一旦把生活在两个不同世界里的人的相处方式作对比，王哲坤就发现了他自己内心深处真正想要的东西是什么了。

他们两人在相处的过程中，只要有想到一起的事，玉玉都愿意陪着王哲坤去做。玉玉在王哲坤面前，真的可以用百依百顺来形容，因为在玉玉的心目中，似乎只要是她爱的人，她都是无限纵容的，只要爱人觉得开心。

王哲坤觉得玉玉就是他生命中的一朵鲜花，为了爱情，无论是精神和肉体上都毫无保留地为他盛开着，为他全心全意地投入着，玉玉就像是一个上天为他量身打造的人间尤物，总是让王哲坤时时刻刻对她魂牵梦萦。

从这儿也可以说明，玉玉的内心里本就是一个极其浪漫和对爱情非常向往的女孩子。认识王哲坤之后，她觉得找到了真正的爱情，就把她内心深处的柔软毫不掩饰地展现了出来。

真爱就是一缕温暖的阳光，它能够融化人世间所有冰冷的隔阂。

　　王哲坤只要和玉玉待在一起，就会将呼机关掉，直到白天上班时再打开。因为他觉得 BB 机那"嘟嘟嘟"的声音，会破坏他平静的情绪。

　　只要一到玉玉那儿，王哲坤就觉得是到了他们两个人的世界里，似乎外界所有的事情都与他们无关。

　　他们一起玩耍，一起吵闹，在这个有限的空间里，充斥着无穷的快乐。

　　"老婆，要不我把你的眼睛蒙起来，看你能抓到我不？"王哲坤对玉玉说道。

　　"好！"玉玉开心地答应了。

　　王哲坤用一块纱巾将玉玉的眼睛蒙了起来。

　　"还看得见我吗？"王哲坤问道。

　　"看不见了？"玉玉说道。

　　"那来抓我吧！"王哲坤大声地对玉玉说道。

　　玉玉伸展着双手像个盲人一样小心翼翼地摸索着，王哲坤一会儿跑到玉玉的前面，一会儿又跑到玉玉的后边，就这样不断在玉玉的身边来回躲闪着。

　　"在这里呀！"王哲坤偷偷地在玉玉的耳边哈了一口气，等到玉玉反应过来后，王哲坤又悄悄地跑开了。

　　"你到底在哪里呀？我找了半天，快把房间走遍了，也没有抓到你呀！"玉玉嘟着嘴说道，因为紧张，玉玉的额头上渗出了细细的汗珠。

　　王哲坤看到玉玉实在是抓累了，就偷偷地碰了她一下，故意让她抓着。

　　"呀！终于抓到你了，终于抓到你了。"玉玉高兴地喊道。

　　整个房间都响起了玉玉的笑声，幸福其实就是这么简单，两个相爱的人每天能够在一起，那就足够了。

每天他们俩都会在一起静静地聊天，谈论生活中的点点滴滴，有时也会讨论当下娱乐明星的新闻。

那时候香港"四大天王"正当红，在"四大天王"里，王哲坤比较喜欢刘德华，而玉玉则比较喜欢女星梅艳芳、关之琳和张曼玉。他们经常在一起聊天，谁谁谁最近拍了什么新电影，谁谁谁又出了什么新唱片……

玉玉给王哲坤分享了自己的故事。她在广州的时候，有一次梅艳芳到广州开演唱会，她非常想去看，但票价实在太贵了。虽然买不起票，但她还是请了一个晚上的假去场馆外面碰运气，看看有没有便宜处理的票。她在体育馆的外面等了一个多小时还是没有找到便宜的门票。遥想起那时候的疯狂，玉玉也由衷地佩服自己当时的勇气。

王哲坤也给玉玉分享了自己的趣事。他当年读高中的时候，他们班上有个女同学，特别喜欢刘德华，只要是刘德华的唱片，她都会想尽方法去买。她还悄悄地给刘德华写过很多信，不过刘德华一封都没有回过，可能他根本不知道还有这么一个热血粉丝的存在吧。玉玉听了哈哈地大笑起来。他们俩在一起，总有说不完的悄悄话，道不完的开心事。

回想起以前的日子，不是学习就是工作，一直都是在很乏味地活着。而现在的王哲坤，因为体验了爱情的美好，尝到了生活中另外一种滋味，于是就想如此和玉玉慢慢地走下去，不荒废每一寸光阴，一直到老。

王哲坤和玉玉就这样快乐地过着。他们彼此分享快乐，也影响着各自的生活习惯和爱好。在王哲坤的影响下，玉玉也逐渐喜欢上看书了。他们俩在一起看书的日子非常惬意，有时候他们会各看各的，有时候两个人会合看一本。当两人合看一本书时，王哲坤会看得快些，玉玉则看得慢些，当王哲坤看完了一页正准备要翻的时候，玉玉就会拼命地压住书本不准王哲坤翻页，要王哲坤等她看完才可以翻。要是有时候玉玉独自看书，她就会一段一段地把书中的内容念给王哲坤听。当她念累了，玉玉会对王哲坤说：

"老公，你也念一段吧！"

王哲坤看书有个习惯，当他看入迷时，他会把结尾部分先看完。每当他准备把故事的结尾剧透给玉玉时，玉玉会拼命地捂着耳朵，说：

"我不听，我不听，千万不要告诉我。"玉玉怕王哲坤把结尾告诉她，她就会失去看书的激情了。

他们两个人同时把一本书看完后，坐在一起交流心得。

有时候他们俩会躺在沙发上一起看电视，当看到温馨的一幕时，玉玉就会靠在王哲坤的怀里撒娇。以前王哲坤一个人时，他很少会看电视连续剧，一般看电视时他总是会换台，从来没有认认真真地看过一部电视剧，但和玉玉在一起看的时候，他经常会陪着玉玉追电视连续剧，陪着玉玉因为电视剧里那些离奇情节而哗哗流泪。这个时候，他就要耐心地看着玉玉大把大把地用掉纸巾。王哲坤想，如果天底下的女人天天都在看电影和电视连续剧的话，那些纸厂岂不是都要发大财了？

那段时间王哲坤在单位里听到那些大嫂在一边热火朝天地讨论热播的电视剧时，只要是他看过的，他都能参与讨论。有时候王哲坤对剧情内容的讲解让那些嫂子们感到特别震惊。她们没有想到一个男孩子居然也有耐性在家里面追电视剧。

　　只要一有时间，王哲坤就会和玉玉一起漫步在县城的各个大街小巷里，欣赏着那些刻有岁月年轮的古老建筑。踩着一条又一条的青石板路，数着那一块块的青石板，感受着这个古老县城里面最纯朴、最真实的本土文化，寻找那些在青石板缝隙里生长的展现出无限生机的野花和野草。若不是有玉玉，从小在这个县城生活的王哲坤是不会这么仔细地探索这座县城的。

　　吃完饭以后，王哲坤和玉玉坐在一起看电视。可能是累坏了，玉玉将头枕在王哲坤的手臂上，看着看着就开始打瞌睡。王哲坤闻着玉玉身上那淡淡的清香，感觉很惬意。玉玉睡得很沉，细长的口水丝从她的嘴角边流了下来，没过多久，玉玉就醒了。玉玉睡眼惺忪地看了一下王哲坤，问道："几点了呀？"

　　"不知不觉我就睡着了！"玉玉说。

　　"在梦里你肯定是一个人在吃什么好东西了吧！"王哲坤笑着对玉玉说道。

　　"你怎么知道，难道你跑到我的梦里来啦！"玉玉说。

　　"当然，我偷偷地跑到你的梦里看了一下，发现你一个人在吃好吃的，还吃得很香呢。"王哲坤在逗着玉玉。

　　"那你怎不叫我，我好分一点给你吃呀！"玉玉笑着说道。

　　"看你吃得那么香，真不忍心叫你呀！"王哲坤说。

　　"你怎么知道我吃得那么香，就知道取笑我！"玉玉害羞地打了王哲坤一拳。

　　"这次是真的，我真的没有骗你呀！你还不承认，我可有你一个人偷偷吃东西留下的证据！"王哲坤故意说得有点玄虚。

　　"有什么证据，你不会又在糊弄我吧！"玉玉说。

　　"要是有的话，怎么办呢？"王哲坤故意刺激玉玉。

"找到了证据，随你怎么处置。"玉玉说。

"真的?"王哲坤故意提高声音问玉玉。

"真的!"玉玉也提高声音坚决地说。

"真的随我怎么处置吗?"王哲坤又认真地再次问道。

"真的，说话算数，决不反悔。"玉玉坚定地说道。

"那你要表演唱歌和跳舞哦!"王哲坤顽皮地笑了笑说。

"好!"玉玉爽快地答应了。

"你看，证据都在这里!"王哲坤指着玉玉衣服上的口水印子给玉玉看。

"这个?"玉玉摸了一下后脑勺，有点迷糊地说。

"看吧!我没有骗你吧!你没有偷吃东西，怎么会流口水?"王哲坤用手指轻轻地刮了一下玉玉的鼻子。

"你真会找证据呀!"玉玉的脸瞬间羞得通红。

看着玉玉的小拳头因为害羞而轻轻拍打在自己身上的表情，王哲坤高兴得哈哈大笑起来。

"真的要我唱歌跳舞吗?"玉玉问王哲坤。

"你刚才答应了呀!"王哲坤假装生气地说道。

"可是我不太会跳舞呀!"玉玉还是有点害羞。

"我听过你唱歌，但还没有看过你跳舞呢。"王哲坤可怜巴巴地说。

"好吧!"玉玉只好愿赌服输了。

"唱什么歌呀?"玉玉问王哲坤。

"随便什么歌，就唱你喜欢的。"王哲坤开心地说着，故意装得像个观众一样，并且将他的一条腿搭在另一条腿上面，双手则扶在凳子的两边。王哲坤的这副架势，让玉玉更加害羞了。一看到玉玉这个样子，王哲坤心中闪现着一种莫名的兴奋。

　　玉玉有点紧张地唱完一首《十五的月亮》，又摆弄了几个跳舞的动作，然后迅速地钻进王哲坤的怀里。玉玉面对着他坐在他的身上，同时用手拉扯着他的脸，将他两颊拉得好长。

　　"怎么啦？生气了吗？"王哲坤故意问玉玉，因为他怕玉玉不高兴，不过他知道这个事情可是玉玉同意了的。

　　"没有，因为一个喜欢唱歌的人在唱歌的时候，就会想着歌词中那些伤感的情景。会不顾大家的看法一个人在一旁静静地唱着，是因为他进入了自己所设想的角色当中去了。现在让我唱歌跳舞，其实没什么的，但我实在是不太会跳舞呀！所以第一次突然这样表演，让我好害羞呀！"玉玉靠在王哲坤怀里认真地说。

　　"那好，下次你不想边跳边唱，那我也肯定不会强迫你呀，因为我们俩在一起我认为无论做什么都是开心的，没有想到让你不开心。"王哲坤说。

　　"我没有不开心呀！只是有点压力而已，我和你在一起无论做什么事情都是开心的，也都是我愿意的，只是我从来没有经历过的事情，总需要一个尝试和适应的过程。我真的不是不开心，真的，我只是因为喜欢唱歌，所以会有这样的一种感觉，现在只是在和你交流呀，我真的没有不开心，和你在一起，我真的是做什么事都是开心的。"玉玉不断地向王哲坤解释着她心里的那份感受。

　　"那我将你抱紧一点，将你那种怪怪的感觉都赶走吧！"王哲坤说完，用双手轻轻地在她的背部抚摸着。

　　"嗯，好奇怪呀！只要你用手将我抚摸一下，我心里的感觉一下子就舒服多了。"玉玉说。

　　"那我帮你按摩一下吧！"王哲坤说道。

　　于是王哲坤将玉玉抱到了床上，让她趴着，然后脱掉了自己的鞋子，轻轻地坐在了玉玉的后背上。

玉玉将手肘放平，舒服地趴在床上。王哲坤摩擦了一下双手之后，就开始为玉玉按摩起来，他用双手轻轻地按摩着玉玉的颈部、肩部，玉玉很舒服地闭上了眼睛。

"老婆，舒服吗？"王哲坤轻轻在玉玉的耳边问道。

"舒服，不过力度还可以稍微大一点。"玉玉侧着脸在枕头上说道。

"嗯，好的。"王哲坤说。

然后王哲坤开始用力地按摩玉玉的背部，来回不停地用手掌按着。虽然王哲坤不是什么专业按摩师，但他知道，当一个人很用心地为另外一个人按摩时，还是很舒服的。

王哲坤时而跨坐在玉玉的身上，时而在玉玉身边跪着，将他在足浴店享受过的按摩手法都运用到玉玉的身上。他的双手从玉玉的背上慢慢地往下按摩，不知不觉就按到腰间了。玉玉的腰软软的、细细的，摸起来很舒服，看着玉玉的表情，她的身体已经完全放松下来了。

王哲坤向后慢慢退着，坐到了玉玉的小腿上，开始按摩起那纤细白嫩的大腿，几遍下来，他头上不知不觉也渗出了汗珠。王哲坤心里不禁感叹着，按摩这碗饭，看来还真的得有点力气才能吃得下呀！

玉玉一直在默默地享受着，没有说话，像是睡着了一样。王哲坤也没有打扰她，直到按完她的全身。

"我哪想到我亲爱的老公技术这么娴熟呀！真的可以去当专业按摩师了。"玉玉开心地夸赞着。王哲坤特别喜欢看玉玉很专注地看着他的神情，他始终认为，当一个女孩子含情脉脉地看一个男孩子的时候，特别动人。此时的玉玉就是这样的眼神，很温馨，很迷人，也特别可爱。

"我才不要去当专业按摩师呢！因为是帮你按才会这么用心，如果是帮别人按，我哪能找到这种感觉呀！那才没有兴趣按呢！况且我发现按摩真的需要好大的力气呀！"王哲坤说道。

"我知道，所以我一直用心地感受，被你按了以后真的好舒服呀！老公，你以后要再接再厉呀！"玉玉开心地说道。

"好的，不过今天没有力气了，让我好好休息一下，下次再按。"王哲坤说。今天折腾了一天，他确实也累了。

"下次我帮你按呀！"玉玉说。

"好的。"说着说着，王哲坤眼皮就开始打起架来。一看时间，哇，都晚上两点多钟了，时间过得真快呀！

甜蜜的日子真的很容易就过去了。

## 八、一起看电影

王哲坤和玉玉都是那种很喜欢看电影的人，特别是玉玉，每一次在看了那些经久不衰的古典浪漫爱情剧以后，她的思绪总要在那动人的故事情节中回顾一番，才能慢慢走出来。

有一天，王哲坤下班的时候路过电影院，远远地就看到电影院的广告栏上挂着巨幅电影海报，走近一看，才知道是由罗伯特·泰勒和费雯·丽主演的经典爱情电影——《魂断蓝桥》。一看到这充满浪漫的画面，王哲坤的心里立刻就闪现出和玉玉一起看电影时的温馨画面，一想到这儿，他立即就排到了那长长的队伍里面，准备买两张晚上八点二十分的票。

在那个卖票的小小窗口，王哲坤给那个卖票的大嫂十元钱，那个时候还没有百元和五十元的钞票，所以十元钱已经属于大钞了。当时看一场电影是五毛钱，因为没有一元钱的零钱，卖票的只好找了一大把的角票和分票给王哲坤。拿着那一摞厚厚的零钱，王哲坤笑着觉得自己怎么一下子就成了一个富翁。他将钱放进口袋里的时候，口袋一下子被撑得鼓鼓的，让他看起来腰缠万贯一般。

买完票以后，王哲坤就直接到了玉玉那里，告诉玉玉："老婆，今天晚上你早点做晚饭吃呀！我们晚上去看电影！"

"好呀！什么电影？"玉玉问道。

"一部外国爱情电影，名字叫《魂断蓝桥》，我已经买好电影票了。"王哲坤说。

"一听这个名字就知道很好看。"玉玉开心地说道。

"是的，今天晚上我们就要一起去看这场凄婉动人的爱情电影——《魂断蓝桥》了。"王哲坤从玉玉的后面环住她的腰，然后探出头亲了一下玉玉的脸。

玉玉反过头来，也亲了一下王哲坤的嘴唇。

吃完晚饭后，玉玉穿上了一条白色的连衣裙，挽着王哲坤的手臂，和他一起开心地去电影院看电影。

电影是黑白的，充满了那个时代的沧桑感。整场电影中，玉玉的眼泪就像两条忧伤的小溪一样，不停地流着。

女孩子看电影，在一定的时间之内，是特别容易将自己全部的感觉放进剧情中不肯出来的。看完电影以后，玉玉还没从那电影的余味中走出来。她用痴痴的眼神看着王哲坤，硬是要拉着他到资江大桥上去散散步。

此时的夜空里，似乎到处都弥漫着一种爱的气息。天上的星星亮闪闪的，像一只只动情的眼睛一样，盖满了整个天空。玉玉挽着王哲坤的手臂，感受着今天夜里带给她的一种充满着诗意的美，不知不觉就走到了大桥上面。

资江大桥是县城里唯一的一座大桥，是这个县城通向省城的必经之地，所以，它就像一道连接外面世界的彩虹。一走在上面，就让人心里浮想联翩，似乎觉得从这里起步，就能到达美丽

<br>

的彼岸。

那是二十世纪六十年代修的一座大桥，因为是"文革"时期修的大桥，所以在大桥两端的大理石栏杆上都刻满了"文革"时期的"豪言壮语"。所以，这座大桥，它就像一个时代的标志，记录着那些流失在岁月里的往事。

此时，他们的内心里还装满电影里面的温情余热，于是一瞬间觉得大桥充满了悠长的诗情画意，桥上那朦胧的灯光温柔地闪烁着，似乎带着世间儿女的相思，照射到那无尽的远方。

王哲坤和玉玉在大桥右边的人行道上慢慢地走着。此时桥上的行人不是很多，夜晚的宁静褪去了白日的繁华，呈现出一派安静的美。他们俩聆听着大桥下哗啦啦的流水声，思绪飞到了欧洲的蓝桥，一遍又一遍在心里描绘着凄婉的玛拉就是在这样的大桥上和她心爱的罗依相识，又无奈地从这桥上跳下去而香消玉殒。

"老公，为什么两个相爱的人总会碰上那么多的艰难？"玉玉有点伤感地问王哲坤。

"因为艰难才会让相处珍贵，才会让彼此用心，太容易得到的东西可能会让人不那么珍惜吧！"王哲坤解释道，"当然，每段恋爱都是不相同的，最重要的还是彼此的珍惜和理解，理解了才能被吸引，人的内心里都渴望得到一份被懂得和被理解的爱。"王哲坤说。

"那你理解我吗？"玉玉问。

"正因为我理解你，所以我才爱你，我们在一起才那么快乐呀！"王哲坤有点动情地说着。

"所以无论我想做什么，你想做什么，我们才会那么默契，是吗？"玉玉说。

"嗯，所以我们看完电影后才会拥有相同的想法和感受，比如说一起到大桥上走走。"王哲坤说道。

"因为相爱，所以做任何事情都开心吗？"玉玉又问王哲坤。

"当然，两个相爱的人做任何事情都是充满着爱意的。"王哲坤说。

不知不觉间，他们俩已经走到大桥的中间了。河水就在他们的脚下哗哗地流着，玉玉一下子停住了脚步，趴在桥栏杆上伸长脖子，好似在贪婪地呼吸着这温馨的空气。望着大桥下面那一片在黑茫茫中奔腾着的河水，玉玉禁不住感慨万千，一个人自言自语地说：

"原来深爱一个人的时候，是不怕死的，有时候跳河也是一件好有诗情画意的事情呀！"

王哲坤害怕玉玉一时沉溺于剧中无法自拔，真的就发神经跳了下去，赶紧抱着玉玉的腰将她强拉了下来。

"千万别诗情画意地跳河呀，你跳了河以后，我真的就成了九十年代的罗依了，会一辈子想着你的。"将玉玉抱下来以后，王哲坤赶紧对她说道。

玉玉听到以后，扑哧一下就笑了。

"老公，如果我死了，下辈子我们还会相见吗？"玉玉突然问王哲坤。

"会的，因为无论你跑到天涯海角，我都会千万百计地找到你。"王哲坤深情地说，因为那一瞬间，他真的就想钻到玉玉的灵魂里面去。

"要是我喝了孟婆汤，就不记得你了。"玉玉有点伤感地说。

"好好的，不要说这些让人伤感的话好吗？毕竟我们现在在一起，我们要珍惜在一起的每一分每一秒呀！"当深爱一个人的时候，太伤感的言语会让人的心莫名一紧。

"好，珍惜在一起的每分每秒。"玉玉热情地亲了王哲坤一口，又转过身去了，不一会她的思绪又回到自己的世界中去了。

玉玉靠在栏杆上，交叉双手环抱着自己，王哲坤则从后面环抱着她的腰，他们一起在漆黑的夜色中看着河水流向远方，一起吹着河面上清爽的凉风，任由思绪又回到了"二战"时期那段凄美的爱情剧中。

此时星星满天，更增加了王哲坤和玉玉相依相偎的浪漫和温馨。他们俩静静地感受着，没有说话。王哲坤用脸轻轻地蹭着玉玉似乎有点湿湿的脸颊，这幅场景就像一幅画像一样，被定格为他们最美丽的一瞬间。

"亲爱的玛拉，现在要不要跟你的罗依回家？"王哲坤轻轻地在玉玉的耳边说着。

这时玉玉才回过头来，看了王哲坤一眼，说："老公，我还想玩一会儿，一时不想回去。"

"好吧，只要你开心就行了。你想玩到什么时候，我都舍命陪君子，陪你尽兴而来，尽兴而归。"看到玉玉还不想走时，王哲坤深情地对玉玉说道。

"老公，你真好，我爱死你了。"

说完，玉玉就用她花瓣一样的嘴唇印在了王哲坤的脸上。

"要不，我们到那流水很急的桥下面去看看怎么样？"王哲坤说道。他说的下面就是指那片荒荒的河滩，因为那边离河近些，急流都在那边，一下去就可以看到河。

一听王哲坤提出这个建议，玉玉立刻就兴奋了起来："好呀！好呀！我还从来没有去那下面看过。"

## 九、山上的浪漫

　　五月份的时候，一天到晚总是在下雨，即使不下雨了，也是那种阴沉沉的天气。就这样，在度过一段阴雨绵绵的日子之后，终于出现了几天阳光普照的日子。大地散发着一股生机勃勃的气息，人们也因此而变得开朗和兴奋。

　　星期天，因为没有上班，王哲坤和玉玉一直睡到上午十点钟才起来。

　　"哇，今天天气真好啊！"一觉醒来，看到屋外那活泼的阳光，玉玉开心得大叫起来。

　　"要不要找个什么好玩的地方去玩？这段时间我们周末都待在房间里面。"王哲坤说。

　　"好呀好呀！那你想到什么好玩的地方没有？"玉玉问王哲坤。

　　"要不爬山去？"王哲坤提议。

　　"行！我们先出去吃早点，吃完早点就出发，今天我要穿球鞋。"玉玉高兴地说。

"今天我们也到外面去享受一下大自然的美好。"王哲坤开心地说道。

将地方定好以后,他们俩赶紧换上了比较休闲的衣服。玉玉上身穿的是一件白色的T恤和粉红的外套,下身是一条紧身牛仔裤,脚上穿的是一双白色的高帮球鞋。

"等下爬哪座山呢?"吃完东西以后,玉玉问王哲坤。

"就爬我们县城旁边的那座金马山吧。"王哲坤说道。

"那金马山上有什么好玩的吗?"玉玉问王哲坤。

"我也不知道,听说那座山是由一个神仙的坐骑化成的,所以叫做金马山。"王哲坤说。

"那我们到那上面不是骑上金马了呀!"玉玉开心地说。

"那是,到了山上呀,我就是金马王子,你就是金马公主了。"王哲坤高兴地说。

"那你就从白马王子变成金马王子了,升级了呀。"玉玉开心地说。

"那当然。"王哲坤说。

金马山,是他们县城旁边一座还没有开发的山,不是很高,但从远处看还是能感受到它的磅礴。王哲坤以前一直想去,但一个人总是很难成行,一来一个人爬山比较孤独,二来那山也挺高的,一时半会也难以爬上去。认识玉玉之后,王哲坤就想带玉玉爬到山顶上去看一看,也还了自己的一个心愿。

一想到就要去这座美丽的金马山上玩,他们俩就非常兴奋。人们常说,风景和美人,是相辅相成的。漂亮的风景,如果有美人相伴,那游起来也就更加充满了激情,当然爬起山来也就充满了无穷的动力,比起一个人跑到山上去玩肯定要好玩多了。

"老公,你以前去爬过那座山吗?"玉玉问王哲坤。

"没有，听别人说那山上有好多的野草莓摘，说不定还能看到野兔子呢！"王哲坤胡乱编着，以激发玉玉心中更大的兴趣。

"草莓？那我们没有带东西上去装呀！"玉玉说。

"吃到肚子里就行了，哪要东西装呀！"王哲坤说。

"要是满山遍野，到时哪吃得了那么多呀！"玉玉说。

"我天天吃你的小草莓都吃不够，哪顾得了那上面的草莓呀！"王哲坤说。

"哪天擦点醋到上面，酸坏你算了。"玉玉笑着说。

"那我不会再擦点蜜呀！"一听玉玉如此说，王哲坤就特别兴奋，抱着玉玉亲了一口。

有玉玉相伴，王哲坤觉得时间总是那么容易就过去了，而且感觉浑身是劲。他俩边爬边聊，边打边闹，不知不觉就走过了一条长长的山路，又爬过了一片片翠绿的竹林。

"看，老公，那里有一座土地庙。"玉玉兴奋地叫着，用手指给王哲坤看。

顺着玉玉手指的方向看过去，一座小小的土地庙展现在他们的面前。

于是他们俩加快脚步往前赶，当走到土地庙的面前时，才发现土地庙是用红砖砌的，不是很高，大概就一个人高的样子。庙的前面有一块横着的大石头，上面供奉着三盘水果和一堆燃尽的香灰，水果已经腐烂了，看样子有一段时间没有人上来了。

"这种土地庙很多地方都有呀！"玉玉说。

"一方土地保一方平安呀！土地庙相同，但土地是不同的，因为以前听长辈说过，所以知道这种庙到处都有的。"王哲坤说。

"这里的土地也会保佑我们吗？"玉玉问。

"不知道，只要是神，你如果求他，我想他肯定就会保佑你的。"王哲坤信口开河地说道。

玉玉听到王哲坤这样说了之后，就很虔诚地跪在庙前的石板上，双手合十，闭上眼睛用心祈祷："求老天保佑我们的爱情早日修成正果。"然后低下头拜了三拜。

王哲坤不太信神灵之类的东西，但玉玉因为生长在农村，多少受到一点影响，有一点迷信。

"老公，你也来拜一拜吧，两个人一起求总比一个求要好些，说不定拜了之后运气就好了呢！"玉玉端着一副严肃的表情，很认真地对王哲坤说。

"好！"

王哲坤当时被玉玉那可爱而认真的神态打动了，然后他也跪了下来，双手合十，闭着眼睛祈祷："求老天保佑我和玉玉的爱情早日开花结果。"然后也装出一副很虔诚的样子拜了三拜。

王哲坤心里想，要是真的有神灵可以保佑他们的话，就是每天拜上一百拜，他都是愿意的。

拜了土地之后，玉玉心里更加开心了，一路上都叽叽喳喳的，像只小麻雀一样说个不停，吵吵闹闹的。

他们手拉手，接着又爬过了一片满是灌木覆盖的松树林，不知不觉就爬到了山顶。

一爬到山顶，瞬间让人眼前一亮，沁人心脾的花香扑面而来。宽宽的山顶上空无一人，柔软的风吹动着满山的树叶发出沙沙的响声，温暖的阳光洒满了整个山顶。

"哇！好舒服呀！"玉玉仰起头，大叫了一声。她双手张开，笔直地平放着，像一只大雁一样不断地挥动着。

王哲坤深深地吸了一口新鲜的空气。因为一直生活在一个封闭狭小的空间里，一下子到了这种空旷的地方，他顿时有一种来自心底的舒畅，那种自由清新的感觉就像冰凉的空气一样在一瞬间就穿透了他的肺腑。这里是多么惬意啊！白云悠闲地飘浮在他们的眼皮下，整个山顶展现出的那份空阔，真让人舒服到了灵魂深处。王哲坤觉得他和玉玉就像踏入了一个脱离了尘世的仙境！

他们俩开心地围着山顶转了一圈。玉玉站在一块大大的岩石上面，用双手做成一个喇叭的形状，面对远方那无尽的空间，大声地喊叫了一句："我爱你——老公——"

那动人的声音不断在山间回荡着，就像天底下最美的歌曲。王哲坤开心而又感动地从后面紧紧抱着玉玉，她立刻兴奋地转过身来拥抱着王哲坤。俩人站在岩石上面深深地亲吻着，那份来自心底的放松让他们觉得满满的都是幸福和温馨。

人，一到了大自然中，莫名其妙就会变得快乐，变得开心。

从山顶望向四周，层峦叠翠，整个大地的美景尽收眼底！

遥望远处那连绵的群山，蜿蜒曲折的公路在群山中若隐若现，远处的河流像一条洁白无瑕的带子，在原野上被风吹拂着慢慢飘向远方。

俯瞰着他们居住的小县城，那一栋栋房子就像一个个小盒子一样堆积在几座高山之间那个狭小的范围内。这时王哲坤才感觉到自己的家乡原来是那么渺小，在广阔的空间里就占了崇山峻岭环抱的那一片小小的角落呀！

"坤！好美哦！虽然我从小生长在农村，但却从来没有爬过这么高的山，今天真的是好开心呀！特别是和你在一起。"玉玉开心地说。

"我也是，一直都想爬这座山，但一直都没有来爬过，是不是我一直在等哪个人来陪我爬山？现在我才知道，原来那个人就是你呀!"王哲坤说。

此时的他们,相互诉说着,倾诉着眼前的美好,那种温馨、浪漫的感觉,是无法用语言表达的。

说累了的时候,他俩背靠背地坐在山顶的岩石上,感受着这一刻难得的温馨,欣赏着这一片美丽的景色。微风吹拂,两人的心情实在是太美了。

"坤,以后我们要是有钱了,就在这山上建一座房子,然后就在这上面养老,那种感觉一定好美。"玉玉说。

"最重要的就是这山上因为有你在,才那么美。"王哲坤继续说道。

离开了喧嚣的尘世,那份自由的心境让他们感觉自己就是这天底下最幸福的人了。当时他们真的就想这样靠在一起,做一对神仙眷侣,一起在这座山上终老。

就这样背靠着背,他们在这块岩石上一起静静地坐了好久,也幻想了好久。

他们摘了一些鲜花,编成两个花环戴在彼此的头上。看到头戴花环的玉玉,在微风中甩动着她那飘逸的长发,是那么自然而美丽,王哲坤觉得这山顶仿佛就是他们的王国,他就是这小小王国中最潇洒的王子,玉玉就是他心目中最美丽的公主。

"不要动。"王哲坤突然对玉玉喊道,他用手装成一个相机的形状。

"咔嚓!"王哲坤用嘴巴喊了一声。

玉玉立刻就装作在照相一样摆了一个优美的姿势。

人呀!一旦没有世俗的羁绊,就会回归最原始的野性。

"老公,这上面好似根本没有人来呀!让人真的有一种身心放松的感觉,就好像在自己家里一样轻松自由。"玉玉兴奋地说道。

"是的，天空就是我们的屋顶，山顶就是我们的地面，我们正游荡在我们心中的庄园里呀！"他开心地说道。

"反正这个山顶都没有人来，我们也难得来一次，干脆将外衣脱掉，让身心都放松一下。"玉玉兴奋地提议着。

"好呀！"一听到玉玉的提议，王哲坤的内心也很兴奋。无论在什么事情上面，他们两个都是合拍的。

王哲坤知道，在玉玉的脑海中，永远都有许多稀奇古怪的想法和让人着迷的东西，留给他许多趣味。有时王哲坤在想，玉玉是不是天上的精灵化身而来的。

"那我们接下来玩什么？"王哲坤问。

玉玉突然诡异地笑道："坤，我们像一对野人一样来玩老鹰捉小鸡的游戏，好吗？"

"好的。"王哲坤开心地附和着。

"等下你来抓我好吗？"

玉玉在说话的同时，已经快速站了起来，走了几步之后，再面对着王哲坤，眼睛里放射出娇羞柔和的光芒，然后她就快乐地跑了起来。

玉玉光洁的臂膀上闪烁着点点光泽，整个人就像一朵盛开的白莲花，释放着迷人的风情。

玉玉头戴花环，笑靥如花，双手像两把扇子一样对着王哲坤挥动着，"老公，来呀！老公，来呀！还坐着干什么？过来抓我呀！"

看到玉玉那可爱的神态，王哲坤假装做了几下鬼脸之后，就快乐地向玉玉跑了过去。

"抓美女野人啰！"

王哲坤开心地大叫着，张开双手像老鹰抓小鸡一样抓向玉玉。当他嬉笑着就要抓住玉玉时，就故意放慢速度，让她溜走，然后又故意大叫着，发出恐怖的叫声，吓得玉玉继续奔跑。坠入爱情中的女孩，有时候就像一个还没长大的小孩子，永远都是那样天真，那样可爱。玉玉带着银铃般的笑声不断地在山上奔跑着、尖叫着，从一个地方跑到另外一个地方，不断地挑逗着王哲坤来抓她。玉玉灵活摆动的身体在大自然间就像一个洁白无瑕的精灵一样闪耀着。

王哲坤觉得他们就是在伊甸园里玩耍着的亚当和夏娃。他们自由自在地奔跑在这犹如仙境的大自然里。到最后王哲坤终于抓住了玉玉，从后面紧紧地抱住了她的腰，玉玉轻轻地挣扎了一下以后就不动了，默默地靠在王哲坤的怀里。两人一起坐了下来，让大自然温暖的和风吹拂着他们的身体。

王哲坤轻轻地抱着玉玉，玉玉轻轻地喘息着。只见玉玉那红扑扑的脸蛋上挂满了一层亮晶晶的细小的汗珠，这汗珠像一粒粒闪烁的珍珠，抖动在她那犹如蛋清一般吹弹可破的鲜嫩肌肤上，那喘息着的嘴唇就像两片花瓣一样一张一合着……

王哲坤的眼睛一瞬间被玉玉的风情万种勾住了，他觉得通体都充满着无穷的生机。天作被，地做床，他们就在山上做了一回真正的神仙眷侣。缠绵过后，王哲坤抱着玉玉靠在他的胸前，此时他希望时间能倒退到几万年前，然后他们就能在这座山上做一对真正的野人，过着日出而作，日落而归的生活……

# 十、派出所

因为怀着对玉玉的爱，王哲坤对她的一切都是很在意，也是很关心的。

有一天，王哲坤到玉玉房间去的时候，看到玉玉头上冒着冷汗，捂着肚子坐在那里，他立即就紧张起来，很着急地问玉玉：

"老婆！怎么了？哪里不舒服？还能动吗？"

然后王哲坤摸了一下玉玉的额头，感觉没有发烧。

玉玉说："肚子很痛，早上一起来的时候，就一阵一阵地痛。"

王哲坤赶紧倒了一杯温开水给玉玉喝下去。然后他扶着玉玉去外面拦了一辆三轮车，到了一家医院。

医生看了以后，对王哲坤说："这只是急性肠胃炎发作，还算好，没什么大碍。"

然后就开了几瓶点滴和一些药，点滴要他们就在那里打。

王哲坤很着急地问医生："是什么原因引起的？是真的没有什么大碍吗？还要不要再检查一下？"

医生说："没有什么大碍，不需要再检查了，可能受了点风寒的原因吧，毕竟是年轻人，吃点药就没有什么事了，只要注意不要吃太辣、太冷的东西就行了。"

一看到王哲坤那紧张的样子，玉玉禁不住咯咯地笑了起来，用手轻轻在他的脸上拧了一下说："你呀！"

王哲坤知道，玉玉的心里是幸福的。

"人家担心你嘛！"王哲坤说。

"我知道。"

然后王哲坤就在那里一直陪着玉玉打吊针，陪着她聊天，帮她看瓶子里的药水，喊护士换药水，在旁边削苹果给她吃。

当两个人没有说话时，王哲坤就在旁边看着玉玉。玉玉静静地靠在椅子上，聆听着输液管内流动着的药水声，似乎这药水变成了一股柔柔的温情，徐徐流进她的身体里，她觉得好开心，脸上不自觉地展现出柔柔的笑意，眼睛里闪现着一丝丝温情。

因为王哲坤的身材非常挺拔，又加上在机关工作，所以会经常穿西装，并且玉玉也特别喜欢看王哲坤穿西装的样子，在她的心目中，觉得王哲坤穿西装的样子帅得无法形容，所以偶尔她会给王哲坤买领带，因为她常听别人说给男孩子送领带，就是用一份心意去套牢他，所以她就特别喜欢给王哲坤买领带。

有一天两人在房间里的时候，玉玉对王哲坤说："老公，我看到你穿那件米黄色的西装真的好帅哦！"

"是吗？那是因为你爱我，所以觉得我随便穿什么都好看呀！"王哲坤笑着说。

"哪天我要去买一根银灰色的领带配那件西装，一定是帅得无法形容。"玉玉想象着王哲坤穿着那件西装配着那条领带的样子，双手握在一起，闭着眼睛深呼吸了一下，仿佛就已经被王哲坤那个样子迷住了。

"干吗经常给我买领带呀?"王哲坤有点奇怪地问玉玉。

"上次看到你穿了那件米黄色的西服以后,总觉得要是配一根银色的领带会更好看。"玉玉说。

"我不是有几根领带吗?"王哲坤说。

"每件西装配不同的领带会更好看些,况且我看那件米黄色的西装没有合适的领带配呀!再说你快要生日了,我想送那条领带给你呀!"玉玉说。

"好吧,你开心就好。"王哲坤笑着紧紧地抱了玉玉一下。

"女孩子给男孩子买领带是有特殊意义的。"玉玉有点神秘地说。

"什么意义?"王哲坤故意问她。

"不告诉你,以后你就会清楚的。"玉玉有点诡异地笑着说。


又过去了几天。

有一天,下午五点多钟的时候,王哲坤的呼机一直不停地响着,他不知道是谁呼他,当他找了个电话打过去的时候,才知道是英子。

"喂,英子,你什么时候回来的呀?"王哲坤问道。

"昨天回来的。"英子说道。

"你找我有什么事吗?"王哲坤问。

"我呼你好久了,你怎么现在才回?不好了,玉玉被抓到派出所去了。"英子当时的口气显得很急。

"啊!什么?是什么原因?"一听说玉玉被抓,王哲坤一下子就急得要命了。

"玉玉和别人打架。"英子说。

"什么？打架？是男的还是女的？"王哲坤着急地问道。

"和一个女的，是玉玉打了人家！"英子说道。一听到是和一个女的打架，王哲坤那颗狂跳的心才稍微定下来，轻舒了一口气。

"你现在在哪里？我马上就过来。"王哲坤立即说道。

"我在城关派出所旁边的小卖部等你，你快点过来呀！我们见面再说。"英子着急地说道。

"好！我马上就到。"王哲坤立即挂掉了电话，赶紧拦了一辆三轮车就往城关派出所方向赶。

一听说打架，一听说派出所，王哲坤就担心得要命，真有种急火攻心的感觉，一来他担心玉玉受伤，二来玉玉性格那么温柔，她在县城又没有什么熟人，怎么那么冲动呀！幸好英子回来了，不然连个报信的人都没有。再说玉玉那么单纯，第一次被带到派出所，她肯定会害怕的。王哲坤特别担心玉玉会受到什么莫名的伤害。他的一颗心，几乎都提到嗓子眼里来了。到了这个时候，王哲坤才更能深深感受到，真正爱一个人时，是多么在意她呀！

一下三轮车，王哲坤三步并作两步，就飞奔到派出所旁边的小卖部，英子正在那等他，王哲坤一看见英子，就拉着她的手，着急地问："玉玉呢？"

"在派出所里面的二楼办公室。"英子说。

王哲坤因为担心玉玉，一时也没有跟英子再多说什么了，一下子就往派出所里面跑。

当王哲坤和英子进到二楼办公室里的时候，他发现里面挤满了一大帮人，吵吵闹闹地在争执着什么。

一个警察在本子上不断地记着什么，旁边一个二十岁不到的女孩子，手里拿着一个没有镜片的眼镜框，在气愤地大声说着什么。一个官太太模样的人在旁边用手机拼命打着电话，边打边大声叫骂着。那时候，手机可是奢侈品，一般人都买不起也用不起，完全就是一个人身份的象征，在他们这个小小的县城里基本上没有几个人能够拥有这个东西，可见玉玉得罪的是一个大有来头的人！

一般人都会认为到派出所来的都是坏人吧！抱着普通老百姓那种潜意识里对警察的畏惧心理，玉玉可怜巴巴地坐在办公室角落里的沙发上，眼睛紧紧地盯着墙壁上"坦白从宽，抗拒从严"的标语。王哲坤一进去，就直接坐到了玉玉的身边。此时玉玉那恐惧的神情才松弛了下来，轻轻地抓着王哲坤的臂膀。王哲坤轻轻地摸着她的手背，不停地安抚着她。玉玉轻轻地问道："怎么办？"

王哲坤安慰玉玉说："有我在，没事的。"他觉得此时玉玉对他的依赖很大。

"请问发生了什么事情？"王哲坤问那个在做笔录的警察。

"你是她什么人？"那个警察问王哲坤。

"我是她的男朋友！我在县财政局上班。"王哲坤说道。

"你那个女朋友是个混混吗？一开口就乱骂人，一出手就乱打人，现在她将我侄女的眼镜也打坏了，人也打伤了，你看怎么办？"旁边那妇女大声说道。

"现在是在派出所，是不是混混也不是由你口头上来决定的，况且又是两个女孩子打架，又没有喊社会上的其他什么人，充其量也不过就是一个纠纷案子而已，这种事情我见得多了，人活在这个世上，哪能一点摩擦都没有呢，先听当事人怎么说，我们外人现在最好不要插嘴好吗？"王哲坤毕竟是在机关上班，又是在城里长大的孩子，见过些世面，他有理有据地对在场的人说道。众人一听到王哲坤这种说话的口气，就知道他肯定是一个有见识的人，先前那种非常嚣张的态度一下子就没有了。

"好吧！都先不要吵，看看当事人怎么说。"一个警察说道。

这时英子开口了，原来她陪玉玉去街上买领带的时候，玉玉看中了一款领带，同时那个官太太的侄女也看中了那一款。玉玉喜欢那一款是因为那花色有点偏银灰色，正好和王哲坤那身米黄色的西服很搭配，可是那款领带只有一条了，那个女孩子也想要。在和玉玉交流的过程中由于一两句言语不慎，双方就起了争执。可能因为英子比较朴素的穿着，让那个女孩有点看不起她们，就骂起英子和玉玉来，还骂她们是妓女。

一听到那个女孩子骂她们是妓女，玉玉就怒了，因为保守的玉玉最讨厌别人用那种趾高气扬的态度来亵渎她的尊严。于是，她抓住那个女孩子的头发就是一阵猛打，将那女孩子的眼镜打碎了，耳环也扯掉了一只。

两个女孩子打架，本来就只是极其普通的纠纷案，可偏偏玉玉打的那个女孩子是城关镇上镇党委书记太太的亲侄女，又是一名在校大学生。那个女孩子叫来了她的姑姑，也就是那个骂骂咧咧的官太太，那个官太太在派出所里大发淫威，污辱她们是风尘女子，要告她们抢劫，说她们抢走了她侄女的金耳环，而派出所的干警在处理的过程中也明显有点偏向官太太她们那一边。

了解了事情的来龙去脉之后，王哲坤表面上虽然很镇静，但他头脑中还是在不断思索着：该想个什么法子呢？毕竟那个女孩子耳朵上的金耳环不见了。虽然他心里清楚，玉玉肯定不会拿那个耳环的，估计是丢了。

看着自己心爱的人可怜巴巴地坐在角落里，王哲坤真恨不得将那个官太太狠揍一顿，但理智还是使他冷静了下来，心里在想：必须尽快想法子将玉玉保出去才行。

王哲坤对英子说道："你暂时先在这里陪着玉玉，他们不敢怎么样的，我到外面去打电话联系一下熟人。"

"好吧！你先去吧！我们就在这里等着。"玉玉和英子同时说道。

当王哲坤离开的时候，玉玉可怜巴巴地看着他的背影，她的眼神里充满了无数的期待。

因为对方毕竟是有身份的人，而王哲坤也有一点关系，得给双方一个面子，最后派出所的干警将王哲坤拉到一边，告诉王哲坤，先将玉玉临时性关进羁押室，先委曲玉玉一下，那里面没有人，不会受到什么惊扰，等官太太走了以后再将玉玉放出来。

毕竟派出所没有熟人，还是找的其他的人从中调解，王哲坤想一想，也只能这样了。

看到处理结果以后，那官太太也不好意思逼得太紧了，毕竟认得王哲坤他家的一些亲戚。用一种奇怪的眼神打探了王哲坤一番之后，那个官太太便领着那个女孩子走了。然后王哲坤让英子也先回去，他怕英子待久了说错什么话。

等这些人都走了以后，空荡荡的派出所只留下王哲坤一个人。他坐在那长凳上，内心里像针扎一样难受，也充满了对玉玉无限的担忧。

等那官太太走远了，警察就赶紧将玉玉放了出来。

王哲坤问警察，玉玉她们有没有留下什么案底，毕竟玉玉年纪还不大，若留下案底以后就麻烦了。

那个警察说没有，毕竟没有造成什么很严重的后果，只是两个女孩子的普通纠纷而已，还跟王哲坤解释，即便他不找什么关系，过了二十四个小时以后也会放人的。

到这个时候，王哲坤全身紧绷的神经才松弛下来，他长长地嘘了一口气。

因为派出所的羁押室在派出所的后面，王哲坤赶紧往派出所的后面跑去。在派出所那长长的巷子中间，王哲坤一看到玉玉那单薄而瘦小的身影出现，他就很快地跑了上去，一把将她拥在怀里……

"傻瓜，我今天好担心你哦！你怎么那么冲动呀？"王哲坤说道。

"我一直就认为那根领带很适合你，况且那个女孩子虽然说是个在校大学生，读了点书，但是素质实在是太差了！"玉玉有点委屈地说道。

"以后记得别这样冲动了呀！今天幸好英子呼我，不然我都不知道上哪去找你了。"

"英子呢？她现在在省城做事，没有去那么远了，所以才经常回来。"玉玉说道。

"我让她先回去了。她在县城住哪里？"王哲坤问道。

"她住她表姐那里，离我们租的房子不远，几分钟就到了。"玉玉说道。

"好呀！那以后就多个人陪你了。"王哲坤说道。

然后王哲坤就领着玉玉回家了。

回家的路上，玉玉一直紧紧地搂着王哲坤。在她的心目中，王哲坤就是一个英雄，当她遇到困难的时候，他几句话就把她解救出来了。虽然他只比她大一岁，但他说话做事比她老成多了，她真的越来越钦佩他了。

此时，她才能真正地感受到，自己是多么依赖他……

"老婆，将来我们结婚时，我一定系上这根领带。"王哲坤深情地对玉玉说。

玉玉听了之后极其开心，更用力地抱住他。

拿着这条玉玉很用心地帮他"抢"来的领带，王哲坤觉得女孩子的小心思真有意思，难道送心爱的人领带，就真能拴住一个男人的心？此时王哲坤就觉得玉玉的想法好可爱，并且觉得大部分时候玉玉的想法都是可爱的。

不知不觉，两个月的时间一晃而过，除了和玉玉厮守，王哲坤对其他什么事都不感兴趣了。恋爱中的男女，其实头脑都是极其简单的，认为只要两人在一起就可以了，就是一辈子最美好的事情。

## 十一、暴怒的母亲

有一天，王哲坤回到家，刚一进家门，就闻到了家中有一股浓烈的火药味。全家人都正襟危坐在一起，好像家里发生了什么天大的事情一样，特别是母亲，表情狰狞可怖。

"终于看到人影了呀！打你 BB 机也不回，你下班之后都跑哪里去了？天天都不在家里睡了，我们家都准备登寻人广告了。"母亲咬牙切齿地说道。

"BB 机坏掉了，我不知道你们找了我。"王哲坤故意撒谎道。

"听外面很多人说，你跟一个打工妹在一起了，你了解她吗？你们是怎么认识的？连家都不回了，你是中邪了么？"母亲大发雷霆地问道。

"你是找不到优秀的女孩子了么？你什么时候变得这么没有教养了？"

王哲坤知道，在这个小县城里，面对父母那来自骨子里面的优越感和门第观念，再多的争辩都是没有用的，况且他本身也是一个乖巧、孝顺的男孩子，所以此时的他只是低着头吃饭，保持沉默，没有作声。

"是呀！你这么大了，都参加工作了，有时候做事要注意影响呀！不要让别人在背后指指点点，影响很不好！"姐姐在旁边也插话道。

王哲坤在想，玉玉是一个打工妹的事情，为什么他们了解得那么清楚呢？该不是在派出所找人办事的时候，被谁走漏了风声吧？

这个时候，王哲坤才忽然感觉到，在世俗的环境中，人因为不同的出身早已被分为三六九等。可现在的他正处于热恋中，母亲的话他怎么能听得进去呢！王哲坤从小在这个环境里长大，生活了几十年，一直是循规蹈矩、小心翼翼的，他也一直在努力扮演一个乖儿子的角色，如果不是遇见玉玉，他这辈子可能就会按父母的意愿，找一个门当户对的女孩子结婚、生子，和大多数所谓平凡的幸福一样，平静、乏味。

但人可能就是这样，他们就像生活在一座围城，总是以自己的主观思维来判断另外一个世界的东西。就像在这个小县城里，如果来了一位大城市的孩子，人们就会觉得他一定比县城的人见的世面要多。所以在王哲坤父母的心目中，玉玉与他们家不是一个世界的人。在这种小县城里，人们对等级关系看得非常重，就像是王哲坤家，他们是永远看不起地位比他们差的，如果真的做了有失他们身份的事情，损害了他们的面子，那可比要了他们的命还难受。

而在和玉玉交往了一段时间之后，王哲坤觉得在玉玉的世界里只感到真实和轻松，没有虚假的客套和做作的东西。有时候，在这个循规蹈矩的环境里生活久了，王哲坤又何尝不想寻找一个让自己放松的世界呢？

王哲坤一听到母亲说"打工妹"这三个字，就莫名地对母亲有了反感？他觉得母亲怎么能够那样轻视玉玉呢？不偷不抢，为什么就低人一等呀！他刚认识玉玉时，是那么可怜、那么落魄，而完全不了解他是什么样的人的玉玉却在第一时间就释放出善意！他也是人，玉玉也是人，有什么优越感呀！这些老年人，门第观念怎么那么重呀？当然，此时的好多话，王哲坤都只是在心里想着，没有表达出来。他知道此时母亲正在气头上，争辩是没有用的，况且还有姐姐在旁边煽风点火，他就更不想说什么了。此时，保持沉默最好，因为在他们家，随意顶撞父母都会被认为是忤逆不孝的。

"你已经长大了，应该明辨是非，懂得权衡利弊，你和一个条件比你差那么多的打工妹在一起，可能你现在觉得没什么，但以后你就会感觉到压力很大。因为婚姻不是一时的冲动，也不是儿戏，它是一辈子的事情。我劝你，不要过分沉溺，你应该找个和你条件相当的女孩子，以后你就不要再和那个打工妹联系了。"

"什么打工妹，人家玉玉是一个非常善良的女孩子，你们根本都不了解！"王哲坤大声地争辩道，"再说我又不是三岁小孩子，懂得明辨是非的。"

"你什么态度，有这样和自己的妈妈讲话的吗？还有教养吗？"因为王哲坤急于解释，所以他的声音稍微大了些，王哲坤的姐姐就在旁边指责道。

"我怎么啦？一没偷，二没抢，哪里没教养了？我自己的事情，用不着你来说三道四的。"王哲坤对着他的姐姐就是一顿大喊。

"她说你怎么了？她是为你好。你比得上她吗？她对待自己的婚姻比你稳重得多，若不是你这么不顾家族名声，我就不用操这个心了。"母亲顺着姐姐的话教训王哲坤。

"你以后就别去找她了，听你妈的没错。"王哲坤的爸爸也在旁边发话了。

就这样你一言、我一语，简直就像开批斗会一样，王哲坤根本没有解释的机会。这让王哲坤的内心像打翻了五味瓶一样不是滋味，同时又像有一团火在心中燃烧着，一时间他的内心愤懑到了极点。

"是不是她看你条件好，就拼命地缠着你呀？那么下贱的人，你还当个宝，你是瞎了眼吗？"母亲最后骂道。

"下贱"两个字，王哲坤觉得那是对玉玉一种无情的亵渎。他瞬间心生一股怒气，饭也吃不下，丢下饭碗就冲到客厅门口。"啪"的一声，重重地关上门后，就跑出去了。

"你有本事走出去，就别再回来了。"王哲坤跑出去好远，还能听到母亲在大声地叫骂着。

王哲坤的头脑中一片空白，他带着无尽的怨气，头也不回地走了。

直到走到大街上，王哲坤才长长地呼了一口气。在家里的那几分钟，他感到自己快要窒息了。

通过这次和家人的争执，王哲坤终于明白了一个道理：他们是属于没有个性的一代人，这是他的悲哀，也是他们这一代人的悲哀。他们一直都在为父母的荣誉而活着，为了符合上一代人的想法而活着。他们所做的每一件事，都是为了让家里争光。因为他所处的大环境就是这样的，一个家庭影响着另外一个家庭，他们无论做什么，都不能脱离这个大环境。对于个人来说，你想要什么，你想做什么，在这个大的环境面前，都是极其次要的。他们在被动地干着自己不喜欢的事的时候，其实就是在变相地讨好父母。

人啊！长大其实是一个极其痛苦的过程，因为要强迫自己看透人世间的许多事情。王哲坤知道，他的内心里充满了对自由的无尽向往，一旦感受到了大自然的自由和真实，便会感觉到他所生活的环境其实就是一个精致的笼子，是那么令人窒息。可能父辈制造这个笼子，为的是保护下一代。在父辈们的思维中，他们觉得美好的生活是根据人的职业和地位来划分的，他们的这种思维决定了下一代的生活方式、职业规划等，容不得下一代有半点反抗。他们并不觉得人间的真善美是有两面性的，光鲜却虚假的一面总是无情地压制着朴实而真实的一面。每个人穿得光鲜亮丽，戴上面具向别人炫耀时，其实他们内心里并不能感受到自己真正想要的幸福是什么。

王哲坤在大街上漫无目的地走着，最后决定去玉玉租住的房子。到了房门前，他拿出钥匙轻轻地开门。一看到王哲坤来了，玉玉就像一只小鸟一样扑了上来，挂在他的脖子上，亲了几下。但王哲坤因为刚和家里吵完架，心里有点沉重，并没有回亲她。

"哲坤，怎么啦？"很明显，玉玉从王哲坤沉重的表情中感受到了他内心里的烦闷。

"没什么，一点小事而已。"王哲坤掩饰道。

"还没什么，你的脸上现在写着三个字——不高兴！到底发生了什么？跟我说说嘛！"玉玉急切地问道。

"和家里人吵架了。"王哲坤如实说道。

"为什么吵架？是因为我吗？"玉玉担心地问道。

"嗯，也不全因为你。"王哲坤怕玉玉担心，随意搪塞道。

王哲坤不想对玉玉隐瞒什么，但他又不想将实情告诉她。所以他只是简单地告诉玉玉，他和家里人吵架了，以免让玉玉心里有压力。因为王哲坤知道，他和家里的矛盾不是一下子就能调和与解决的。他父母无法理解他和玉玉的感情，在他们的思维中，王哲坤和玉玉的事就是损害了他们的荣誉，这比要了他们的命还难受。

玉玉坐在王哲坤的大腿上，紧紧地抱着他，一动也不动。他们俩都没有说话，因为此时的拥抱胜过任何言语。他们就这样紧紧地抱了一个多小时，直到王哲坤的大腿快要失去知觉了，他仍不想将玉玉放下来。一想到和玉玉那看不见的未来，王哲坤的胸口就堵得慌；一想到父母那歇斯底里的怒骂，王哲坤禁不住将玉玉抱得更紧。不知不觉中，两滴清亮的眼泪悄悄地顺着他的脸颊流了下来。

看到王哲坤的眼泪，玉玉顺着泪痕在王哲坤的脸上轻轻地吻着，希望以此抚平他内心的悲伤。

可能这时候会有人说要不私奔算了，可是当时的环境下有许多因素制约着王哲坤，不允许他那么冲动。毕竟现在这份工作是他十年寒窗苦读，千军万马过独木桥才得来的。另外，一直乖巧的王哲坤也不想违背父母的意愿生活。

在没有认识玉玉之前，王哲坤一直循规蹈矩地生活了那么多年，生活比较安稳，也没怎么吃苦，难道要和玉玉私奔，出去打工吗？王哲坤可从来没有想过。不过一想到玉玉在广州时的艰苦环境，王哲坤还是有点后怕，所以左思右想，私奔的想法暂时放一边了。

他们就这样静静地相拥着，直到凌晨。

　　早上八点多时，门外突然传来一阵剧烈而急促的声音。

　　"啪啪啪"，持续响起的敲门声让王哲坤和玉玉从睡梦中惊醒，王哲坤听到门外有一个妇女在大声地叫着他的名字："王哲坤，开门！"

　　"不好！我妈来了！"王哲坤惊慌失措地说道。王哲坤了解他母亲的个性，他母亲如果看到他们俩睡在一起，一定会恨不得杀了他们的。

　　正当王哲坤感到六神无主时，玉玉悄悄地在王哲坤的耳边说道："藏到床底下吧！"

　　幸好他们所睡的床是老式木床，床底可以容纳一个成年人，另外床单正好把整张床都罩住了，帮了他们一个大忙。

　　王哲坤完全顾不上穿衣服，就这样光着身子钻到了床底下，冰凉的水泥地面紧贴着他的身体，瞬间让他感到一股刺骨的冰凉灌满全身。这时玉玉也赶紧穿好睡衣，准备去开门。

　　"衣服，我的衣服。"王哲坤在床底下探出头，轻声却急切地叫道。

　　其实这时玉玉心里也害怕，她慌慌张张地把王哲坤的衣服卷成一团，迅速塞到床底后，便去开门了。

　　门刚打开，"啪"的一下，一记响亮的耳光就打在了玉玉的脸上。

　　"不要脸的，你把我的儿子拐去哪了？他现在都不回家了，打他的呼机也不回。我儿子以前很乖的，自从认识你以后，你看看都变成什么样子了？上班不积极，天天就知道混日子。他是个很单纯的人，你到底给他灌了什么迷魂汤，弄得他人不像人，鬼不像鬼的，要是他以后被单位开除，该怎么办？"王哲坤母亲指着玉玉大声地骂道。

玉玉没有说话，只是用手轻抚着火辣辣的脸颊，她一个小女孩子从来没有经历过这样的事情，不知道该怎么办才好。王哲坤在床底默默地听着，虽然他很生气，但他只能咬紧牙关，压制怒气，不让自己发出声响。王哲坤能感受到玉玉为了他在忍受着巨大的痛苦，要不是因为他，凭玉玉不服输的个性，肯定会和他妈妈发生冲突的。

王哲坤母亲一边骂着，一边冲到衣柜前打开柜门寻找王哲坤。这时，王哲坤的心跳到嗓子眼了，一旦被他母亲看到他现在这个样子，她不知道会做出什么事情来。

"你儿子不在我这，我也不知道他去哪里了，他只说了他和家里人吵架了，要找个地方冷静一下。"过了好一阵子，玉玉才用沙哑的声音说道。王哲坤知道，她已经在哭了。

"你不要和我儿子在一起了，你真是癞蛤蟆想吃天鹅肉，你们是不可能的，除非我死了。"母亲警告玉玉道。

正好这时候，英子进来了。她看到王哲坤母亲那嚣张的样子，于是就在旁边替玉玉解释了几句，并责怪王哲坤母亲不分青红皂白地打人。

导火线立刻就引到英子那边去了，没过多久，她们俩便大声地对骂起来，眼看要动手了，玉玉赶紧把英子拉开。

这时，走廊外传来了别的女人的声音："你们在干什么？一群不要脸的人，你们要是打了我妈妈，我跟你们没完，我会去派出所找人把你们全都抓起来。"这是王意涵！王哲坤一下子就听出来了，她为什么也跟来了，王哲坤在心里哀叹道。

因为看见她穿着法院制服，玉玉和英子都没有说话了。在那个时代，像玉玉和英子这些来自偏远农村的女孩，打心里是比较敬畏身穿制服的人的。

"不要再和我弟弟来往了，我妈妈无论如何是不会同意的，你们俩的条件相差得太远了。"王哲坤的姐姐继续说道。

又说了一通很难听的话后，她们俩也许感觉王哲坤真的不在这里，便骂骂咧咧地走了。

玉玉看到这母女俩走后，便赶紧让王哲坤出来。此时，王哲坤在床底下被冻得全身冰凉，四肢几乎都麻木了。

"你快点出来吧！不然会着凉的。"

王哲坤马上从床底下爬了出来，英子看到他居然光着身子时，尖叫了一声，赶紧害羞地转过身去。王哲坤急忙套上衣服。

"你母亲和你姐姐简直就是一对泼妇，太可恶了。"英子这时满脸通红，气鼓鼓地说道。

"没办法呀！他们就是这样自以为是的人。"王哲坤委屈地安慰着她们。

就在这时，王哲坤突然看见一行热泪顺着玉玉的脸颊滑了下来，他立刻把玉玉揽入怀中，一种尖锐的刺痛涌上了他的心头。他不知道该怎么安慰玉玉，只能紧紧地抱着她，让她用眼泪发泄自己所受到的委屈和痛苦。

王哲坤觉得自己太无能了，保护不了自己所爱的人。自己平时在家里处处被管制、约束也就算了，没想到自己遇到真爱时，家里也要用他们那种极端自私和无情的行为折磨他们，还容不得半点解释。

之前在家里王哲坤的母亲问他为什么会喜欢玉玉，他没有回答。如果母亲将来再问他这个问题时，他一定会这样回答：人与人之间本来就没有绝对的好坏之分，一份再高贵的职业，也不能说明做这份工作的人有多高尚。玉玉虽然只是一个普通的打工妹，但并不能因为这份职业而抹杀掉她的本性，她内心纯洁、善良，正因为这点，他才爱上了她，并为她着迷。因为他们俩对这个世界上的不幸都有恻隐之心，这种善良让两个本性相同的人最终走到了一起。

王哲坤知道自己不是特别叛逆的人，但在与玉玉的相处中他才发现原来的生活是多么压抑，家里一直在用"道德牢笼"困住他。在没有突破这个牢笼之前，王哲坤一直以为自己生活在一个极其温馨的港湾，现在他已经冲到这个牢笼的边缘，让他们恼羞成怒。想到这里，王哲坤禁不住悲从中来，仰天长叹，泪流满面。

## 十二、为爱情痛苦

经过早上的闹剧，王哲坤和玉玉早已身心俱疲，所以晚上他们早早地便躺在了床上。

"哲坤，要不这段时间你先回家睡吧，你看你母亲因为你和我在一起而大发雷霆。"玉玉劝说着王哲坤。

"她生气可以，但为什么要伤害你！这就过分了！你不要替她说话了。"王哲坤愤愤地说道。

"再怎么说那也是你的母亲呀，要不你回家住几天，这里住几天，两边轮着住。"玉玉说道。

"她不这样吵我可能还会回去，可是她这样一闹，我真的不想回家了。"王哲坤痛苦地说。

"这也是没办法的事呀，要不你先回家一段时间，缓和与父母间的关系好吗？"玉玉带着乞求的眼神看着王哲坤。

"嗯。"看到玉玉如此乞求，王哲坤不好再拒绝了。

"和家里的关系不要闹得那么僵好吗？"

玉玉在不断地劝说着王哲坤，其实在这件事上，玉玉因被他牵连而受伤害，可是现在她却用她的善良来维护王哲坤家庭的和谐。

"玉玉，你真是一个善良的女孩子。"王哲坤的眼里含着泪。

"只要你知道我的真心，我就是受再大的委屈也能忍受。"此刻玉玉的眼睛里也含着泪水。

"回去吧，和家人先交流沟通一下，慢慢相处一段时间就会好的。"玉玉安慰着王哲坤，就像安慰着一个将要远行的孩子。

"好。"准备回家前，王哲坤再次紧紧地拥抱着玉玉，他们彼此就好像要出远门一般不舍。

"我把我的呼机给你吧，我不想带了。"王哲坤将呼机从裤带上解下来递给了玉玉。

"为什么?"玉玉疑惑地看着王哲坤。

"我实在不想带了，我讨厌家里人打给我。"王哲坤痛苦地说。

"好吧。"玉玉接过呼机，小心翼翼地放在桌面上。

"我的呼机你先暂时用着，你没有呼机，我怕想找你的时候找不到你。"王哲坤又把玉玉揽在怀里，亲了她一下。

"不会的，我会永远在你身边的，你永远都会在我心里的。"玉玉抬起头，深情地看着王哲坤，眼睛里的泪水似乎就要夺眶而出了。

"我真的好想好想每天都和你在一起。"王哲坤动情地对玉玉说道。

"好，一有时间，我们就在一起。你家离这里不远，随时都可以过来。"玉玉不停地安慰着王哲坤。

他们俩相拥着、缠绵着，过了好久才恋恋不舍地分开。王哲坤离开玉玉的房子，便回了自己家。

"昨天晚上你去哪了，也没有回来睡？"王哲坤一进家门，就听到母亲这样质问他。

"去朋友那了，他过生日，我喝了点酒，便在那里睡了。"王哲坤撒谎回答道。

"少出去玩，你也老大不小了，要以工作为重。男子汉，要有点事业心。"他的父亲在一旁看着报纸不经意地说道。

"我知道了。"王哲坤只是简单地回答了父亲的话，便进了他的卧室里，他生怕稍有不慎，就会引发"世界大战"。

幸好他们没有再多问什么。

那晚他们也没有和王哲坤提起在玉玉家吵架的事情，就这样平静地度过了一个晚上。

但王哲坤总觉得空气中弥漫着一股硝烟味，像是大战前的平静，让人闷得发慌。

随后的几天，王哲坤的父母没有过多理睬他，有时候只是冷冷地看他几眼。

每当晚上躺在床上时，王哲坤内心的孤独寂寞感便油然而生，离开了玉玉的怀抱，他就有种不适感。一个人躺在床上，他都不知道该做些什么，好像连睡觉都不会了。全身像散了架似的痛，心像被掏空了一样空落落的。有一瞬间，王哲坤连自己都感觉不到了，他口干得要命，心里慌慌的，那种滋味没法用语言来描述。

就在这样的煎熬中，王哲坤度过了一个又一个的夜晚。

其实在与玉玉同居的这段时间里，王哲坤偶尔还是会回家过夜的，但经过了上次的事件，那种刻意让他留在家里的感觉，让王哲坤更加思念玉玉了。

于是接下来的几天里，王哲坤每天晚上下班后，便去玉玉那

里待上一两个小时，再恋恋不舍地离开，回到那令人窒息的
家里。

王哲坤知道玉玉是不会打他家里的电话的，因为她已经领教
了他母亲的行事作风，所以晚上的时候，王哲坤如果想她了，就
会到公用电话亭给玉玉打呼机，然后等玉玉打电话过来。虽然他
们两人相隔很近，王哲坤却感觉犹如相隔千山万水，他们俩在电
话中有说不完的话，有道不尽的相思。

过了一段时间，父母又开始对王哲坤说那些耳朵里都能听出
茧来的老话，说他们也是为他好，要他懂得自重，不要有无谓的
幻想，他和玉玉永远都是不可能的，他们是两个世界的人。并警
告王哲坤不要陷得太深，不然他们会动用一切关系将玉玉赶走。

这次王哲坤学乖了，他知道争辩是没有用的，干脆以沉默对
抗。至于爱情是什么？在他们的思维中，爱情就是婚姻，就是门
当户对，就是一种物与物的交换而已。他们的一生都在努力追求
他们所认为的脸面。这时候，王哲坤才深深地感受到，什么叫代
沟。当一代人以他们的思维标准来衡量一切的时候，所有的抗争
都是没用的，这与文化、学识、素质无关，因为从根本上大家的
想法就不一致。

有一个晚上，王哲坤做了一个梦，梦见他和玉玉在登山时，
玉玉忽然踏空要摔下悬崖，王哲坤连忙伸出手去拉她。虽然王哲
坤已经拼尽全力去拉她，可玉玉的身体还是不断地往下滑，他最
后眼睁睁地看着她的笑靥消失在深山的迷雾当中。梦里，王哲坤
拼命地大喊："玉玉，你在哪里？"

然后他就从梦中惊醒过来了。

　　醒来以后，王哲坤便翻身坐了起来，满头的汗水，头昏昏沉沉的，口干舌燥。那一瞬间，他真的无法分辨自己到底是醒了还是在梦中。

　　他只觉得自己的眼角湿湿的，用手指摸了一下，原来脸上早已满是泪水。

　　此时的他好想听到玉玉的声音，可是现在已是深夜时分了，让她出来打电话又害怕她会遇到坏人。最终，王哲坤还是放弃了给玉玉打电话的念头。

　　王哲坤想："玉玉，你过得还好吗？现在心里也痛苦着吗？"

　　就这样王哲坤一整晚都没有睡，在床上辗转反侧地思念着玉玉。

　　早上起来时，王哲坤只感到头昏昏沉沉的，眼睛肿胀得厉害。

　　一晚上的折腾和思念快把他折磨疯了。

　　王哲坤想如果再这样下去，可能他就如行尸走肉一般了。他发现自己不能再和玉玉分开了，他对玉玉的爱已经嵌入到骨头里面去了。

　　王哲坤从家里出来后，单位也没有去，便奔向玉玉的出租房。那份心情，就好像他们已经分开了好久好久；那份迫切，就像一个绝症病人去寻找一个医治自己病症的良方。

　　一推开出租屋的门，王哲坤就闻到了玉玉身上所散发的独有的气息。玉玉正背对着他在擦桌子，他上前从后面紧紧地抱住了她，将自己的胸口紧紧地贴在玉玉的后背上。他这几天心里发慌的感觉，就在抱着玉玉的那一刻瞬间消失了。玉玉僵了一下，便一动不动地任由他抱着。过了好久，她才回过头来亲王哲坤。王哲坤发现，才几天不见，玉玉的眼袋下面多了一层淡淡的青紫色，看来玉玉在这段时间也过得很辛苦，只是此时，再多的言语也显得苍白无力。

他们俩紧紧地拥抱着，只想把自己嵌入到对方的身体里面去。

可能是心情的转变，今日的黄昏格外美丽，所以他们想一起看晚霞。他俩走到出租屋的顶层，顺着锈迹斑斑的梯子爬上了屋顶。

在屋顶上，他俩背靠背地坐着，静静地享受着那份难得的宁静。初夏的傍晚，火红色的晚霞已渐渐褪去红妆，本来通红的天空慢慢被灰色的云雾所取代，只剩远方的群山还留着一点红的印记。屋顶上的天空是那么辽阔，让眼前曾经熟悉的一切似乎都变得有点陌生。

这时候，玉玉忽然闭上了眼睛，站了起来，往前走了几步，双手张开，像要张开翅膀般飞翔，自言自语道："老公，我如果从这里飞下去，会不会摔得很痛？"

看到玉玉做出这么危险的动作，王哲坤的内心不由得紧了一下，伸出双手抱紧玉玉的腰，把她拉了下来。

"呸呸呸……"，王哲坤说道，"当然不会痛，因为你都死了，那么高，跳下去还有命吗？"

玉玉咯咯咯地笑了起来，兴奋地托着王哲坤的脸就是一顿乱亲。王哲坤面对这种情况有点不知所措，只能不断地躲闪着，脸上满是玉玉的口水印。

一顿疯玩后，玉玉和王哲坤肩并肩地在屋顶坐了下来。玉玉将头轻轻地靠在了王哲坤的肩膀上，两人就这样默默地看着天空由血红色渐渐变成铅灰色直至暗黑。可能是太过安静，两人为了打破这种尴尬，开始聊起了天。当谈到他们俩的事情时，玉玉轻轻地叹了一口气，脸上写着一丝忧郁。王哲坤点了一支烟，默然无语。突然，玉玉从他的嘴上拿走了烟，放到嘴里深深地吸了一口，然后看着远方重重地把嘴里的烟雾吐了出来，好像要冲淡这混沌的思绪。

那一瞬间他们俩真希望可以变成两只鸟儿，飞向那广阔的天空，自由自在地在空中翱翔。

玉玉出神地看着远方的天空。她那干净、自然的侧脸，让王哲坤看呆了。

玉玉也注意到了王哲坤痴迷的眼神，她轻轻地回过头来，用柔情万种的眼神看着王哲坤。王哲坤用手轻轻地抚摸着玉玉的侧脸，在她的脸颊上亲了一下。玉玉可能也感受到了两人间的低气压，她忽然对王哲坤说道："哲坤，如果我们从这边走到对面去，会看到什么？"

"不要吧，摔下去怎么办？"王哲坤有点担心。

"我觉得今天的心情有点低落。"玉玉说，"我想释放一下自己。"

王哲坤知道，这段时间玉玉受了委屈，过得很压抑，所以她想让自己得到释放，哪怕只是一会儿。

"好吧！那你小心点呀！"王哲坤担心地嘱咐道。

"玉玉，千万要小心呀！"王哲坤在后面大声地提醒着。玉玉慢慢地走到屋檐中间，忽然回过头来冲王哲坤做了个鬼脸，然后又继续向前走着。

终于走到了对面，玉玉站在那里大声地叫喊，把王哲坤吓了一跳。

玉玉又开始慢慢往回走，王哲坤眼睛一眨不眨地盯着她，生怕她会掉下去。终于，玉玉回到了王哲坤的身边，而此时的王哲坤，头上满是汗珠。

玉玉紧紧地抱着王哲坤，王哲坤也用力地回抱着玉玉。

"哲坤，对不起，让你担心了!"此时玉玉的眼睛里满是泪水，但她把头靠在了王哲坤的肩膀上，所以王哲坤并没有看到。

"是的，真的好担心，心都跳到嗓子眼了，生怕你有半点闪失。"王哲坤的喉咙有点嘶哑了。

"老公，我知道你是爱我的，我也真的爱你，我真的不想离开你，与你分开。"玉玉终于控制不住自己，哭了起来。

"老婆，不会的，我们不会的，我们永远都不会分开的，我会一直和你在一起，没有人能把我们分开。"王哲坤很坚定地对玉玉说道。

"好的，老公，我相信你。"玉玉对王哲坤说道。

"以后不要再做这么危险的事情了，好吗?"王哲坤紧紧地握着玉玉的双手，认真地说道。

"不会的，老公，只要你还爱我，我就会为你活着。"玉玉说道。

"好的，我也相信你，一定要好好对自己，别拿自己的生命开玩笑。"王哲坤再一次叮嘱道。

"好。"玉玉看着王哲坤的眼睛回答道。

许下爱的誓言的两人又再次抱在了一起。

在此时寂静的夜色里，他们彼此的心紧紧地连在了一起。

## 十三、查房

　　半夜里，当他们俩在出租屋睡得迷迷糊糊的时候，突然被一阵剧烈的敲门声惊醒。

　　"该不会又是我母亲吧！"

　　王哲坤在心里想。

　　"这次就让她打死我算了，我不躲了。"王哲坤心一横，决定勇敢面对。

　　王哲坤穿好拖鞋，径直走去客厅开门。门打开后，进来的是三个男人，都穿着便服，其中一个人向王哲坤出示了他的公安证件。

　　"我们是派出所的，来查房！"

　　说话的那个人可能是带队的，他示意另外两个人把玉玉带到了走廊里。王哲坤准备要跟着出去时，那个带队的公安便衣拦住了他，说道："这是例行检查，你暂时留在房间内，他们也只是询问一下，不会有什么事的。"

　　然后他开始盘问起王哲坤来："你叫什么名字？"

"王哲坤。"王哲坤回答道。

"那个女孩儿叫什么名字?"他继续问王哲坤。

"刘紫钰。"王哲坤告诉了他玉玉的真名。

"你和她是什么关系?"他又问道。

"她是我的女朋友!"王哲坤说道。

"她是我的女朋友,我们不是非正当的关系。"王哲坤再次强调。

那个警察用一种奇怪的眼神看着王哲坤说:"她看上去像个做小姐的,怎么会是你的女朋友?"

"她不是做小姐的。人家是一个规规矩矩的女孩子,你们怎么乱说呀!"王哲坤极力为玉玉辩解道。

"那你对她了解吗?对她的情况了解吗?"那警察又问道。

"我们认识都几年了,我对她家里情况都很清楚,她对我家里的情况也都很清楚。"王哲坤继续说道,"我们两个是正常恋爱,并且我也是在政府机构上班的。"

"哦!你在哪儿上班?"那警察又问道。

"我在县财政局上班,再一次申明,她是我的女朋友,不是做小姐的,我们两个人是正常恋爱,你们没有证据是不能随便审问我们的。"王哲坤加重了语气。

"刚才有人举报,说这里有人从事卖淫嫖娼活动,我们才来的。"他说道。

"该不是有人乱举报吧!"王哲坤说。

"那不好意思,我们搞错了。对不起,对不起。"那警察说道。

"既然搞错了,那我女朋友呢?"王哲坤问道。

"我现在过去,让他们放了你女朋友吧!实在不好意思,我们搞错了。"那警察边道歉边走开了。

然后王哲坤听到那位便衣在走廊里大声地说道。

"人家是一对谈恋爱的小情侣，干吗举报说有人在这里卖淫嫖娼呢？真是的，浪费我们的时间。"说完他们就走了。

玉玉回到房子后，王哲坤"砰"的一声把门重重地关上了。

然后他上前一把抱住玉玉，他生怕玉玉受到了伤害。

"他们没有对你怎么样吧？"王哲坤松开玉玉后，关切地问道。

"没有。"

然后王哲坤转过身上前拉住玉玉的手再次问道："他们真的没有对你怎么样吗？"

"真的没有呀！"玉玉说道。

"没有就好，要是你有半点闪失，我真的要他们吃不了兜着走。"王哲坤咬着牙，恨恨地说道。

"还好呀！他们只是问了你的名字和我的名字，你家在哪，我家在哪。"玉玉补充道。

"接下来还问了什么没有？"王哲坤又问道。

"没有了，那个人好像很不高兴，说是有人报假案。"玉玉说道。

"好吧，没有事就好，我生怕你受到伤害，有什么闪失呀！"王哲坤担心地说道。

"我们俩又不是坏人，不会有事的。"玉玉笑着对王哲坤说道。

王哲坤脑中有太多的疑问，但苦于没有证据，没办法证实这些猜想，该不会是他家里的人举报的吧？

一边是他最亲的家人，另一边是他最爱的人。此时的王哲坤真的觉得好为难，这二十多年来，他还从来没有这么头痛过。若是他的父亲，王哲坤还可以据理力争，但他要面对的是他的母亲。他母亲的门第观念已经刻在骨头里了，跟她争辩一点用都没有。王哲坤决定用实际行动告诉她，他是爱玉玉的，此生非玉玉不娶。

王哲坤在心里默默地想着：

"我妈干吗要反对我和玉玉呢？我也是人，玉玉也是人，我到底哪里比玉玉好呀？我从来没有觉得我比她要高贵，人生来就是平等的呀！在这个广袤的大自然中，我只是沧海一粟，到现在才发现，我好无能，根本没有能力保护玉玉，总是让她被伤害。"一想到这里，王哲坤的内心禁不住深深地叹息和自责着。

一想到自己的爱情路这么艰辛，他就会萌生出宁愿自己的父母是农民的想法，那样就不会阻碍他的感情，甚至有时候他会消极地想，如果自己是一个孤儿就好了。

现在他才深深地感受到，很多事情，只有自己亲身去体会了才知道，人活在这个世上其实没有权利去耻笑那些比自己差的人，在得到某样东西的同时其实是以失去其他所拥有的东西为代价的。就像王哲坤，他认为自己在这个小县城里，拥有这些所谓优越的条件，就是以失去自我和自由为代价的。

其实有时候，王哲坤觉得自己不过是父母婚姻的产物而已，完全就是家中的傀儡，过着没有自我的人生。他活得就像夹生饭一样，好不了，差不了，根本没有自己独立的人生。

那晚下半夜，他们俩也不敢在出租屋里面睡了。于是，王哲坤提议一起到街上走走。对于玉玉来说，只要是和王哲坤在一起，无论去哪里她都愿意。

他俩就这样相拥着在寂静的街道上走着。午夜的街道，非常安静，似乎掉落一根针都能听到响声。马路一片空旷，只有两旁的路灯在朦胧的夜色中闪烁着，像一个个忠实的守夜人一样站在马路两旁。此时，王哲坤觉得他和玉玉就像那路灯，身上充满了一种相依为命的辛酸感。他们俩在路上慢慢地走着，不知不觉中走到了河边。此时的河边，居然还有情侣在散步。这时王哲坤才深深地领悟到，原来爱情是不分白天和黑夜的，只要相爱，再黑暗的日子，都是幸福的。在恋人的眼中，都有着一个柔情似水的爱人。夜色照耀下的河堤和满天的星斗似乎都在默默地陪伴着他们，感受人世间不分白天和黑夜的爱情。于是，王哲坤和玉玉也成为其中的一员，相互依偎着在河道上走着。

"老婆，你冷吗？"每走一段路，王哲坤就会关切地问一下玉玉，生怕河边的寒意将玉玉那单薄的身子吹病了。

"不冷呀！"玉玉轻声回答着。

"不冷就好。"王哲坤抱着玉玉的右手说道。

走了一段路后，王哲坤也有点累了。这时，路旁刚好有块大草坪，他便提议去草坪上休息一下。他们俩相互依偎着在草坪上坐了下来。

虽然夜里的河边有些寒意，但他们彼此的心还是觉得格外温暖。如果不是真正相爱的两个人，也不会深更半夜跑到这种地方来。

"老婆，困了吗？要是困了，就靠在我的身上睡一觉吧！"王哲坤说道。此时的王哲坤，对玉玉充满了深深的歉意，要不是因为他，玉玉也不会大半夜连觉都不能睡，陪他跑到这里来受苦。

玉玉并没有回答，王哲坤低头去看，才发现玉玉像只温顺的猫咪一般已经靠在他的怀里睡着了。王哲坤怕玉玉冻着，便抱紧了玉玉的身体，用自己的身体给玉玉取暖。

就这样，他们俩相互依偎，在河堤上静静地坐了一夜……

## 十四、世俗的劝解

第二天，王哲坤还是和平时一样去上班，当他快要下班的时候，王意涵突然来办公室找他了。从她那严肃而阴沉的脸上便可知，她是来和他谈玉玉的事情的。

王哲坤知道，这次的谈话不会有什么好结果，因为永远都是那几句老话。大道理谁都懂，但因为没有感同身受，所以不会有真正的理解和共鸣。

王哲坤怕会在办公室里和他姐发生争执，便把地点定在一家茶馆里面，开始他们有史以来最严肃的一次谈话。

姐弟俩见面后，王哲坤希望可以静下心来和姐姐谈谈与玉玉是怎么认识的，他希望能以此来感动她，虽然他知道那是徒劳，但他还是想试一下。果不其然，王哲坤刚想开口说话，王意涵便抢先一步发言了。

"哲坤，我不想听你说你和她是怎么认识的，我只是觉得你不是小孩了，你应当要有大局观和作为男人的担当。不管你们的经历如何感人，但你不是一个人在生活，你作为王家的一分子，生活在这个群体里面，你要考虑你的行为是否会影响到整个家族的声誉。"

"你们不就是认为我损坏了家里的声誉吗？可我没偷没抢，何来损坏家族声誉一说呢？"王哲坤争辩着。

"你现在的行为就是损害了家族的声誉，你和这样的女人在一起，你说我们的面子要往哪里放？以后我的同事朋友问起来，你弟弟那么优秀，肯定有许多女孩子喜欢他，怎么就找了个打工妹呢？你让我怎么去回答他们？"他姐气愤地说。

"打工妹也是人呀，社会上的权贵大多数都是从底层拼搏出来的，一个人只要努力，随时都可以改变自己的命运，为什么你们总是喜欢用老眼光来看待新事物呢？"王哲坤不解地说道。

"什么老眼光看新事物，你找的那个女人并没有拼搏出什么成绩来呀！她还不是要挂靠在你这棵大树上，才能生存呀！怎么长这么大了，想法还是像小孩一样，那么幼稚呢？"他姐继续劝说他。

"我怎么是小孩了？我知道什么是真善美，我觉得玉玉就是一个善良的女孩子，我愿意和她在一起。"王哲坤一字一句认真地说。

"如果你找了她，她和我们怎么相处？文化的差异，生长环境的差距，思想观念的不同，怎么去沟通？再说，你以后怎么和你的朋友解释？你怎么去面对世俗的眼光？"他姐很认真地盯着他的眼睛说道。

"我是为我自己而活，我那么在意周围人的眼光干什么？人家说好就好，人家说不好就不好？很多时候，现状并不能代表以后，你就是找个县委书记的女儿，难道就能保证她一辈子对你忠诚，难道就能保证她一辈子不出轨吗？"王哲坤竭力争辩道。

"两人的婚姻，有时候并不只是两人的事情，而是两个家庭甚至多个家庭的事情。以后，你如果真的和她结婚了，她会拖垮你的。她乡下的那些亲戚，会不停地来麻烦你，到时候你就会觉得很头痛。找一个条件好的女孩子，你会少奋斗好多年；找一个条件相当的女孩子，你也不会那么累。你要是找了像她那样的一个女孩子，那你以后就完了。"他姐无奈地说道。

"可能站在你的角度是对的，但车到山前必有路，什么事都是说不清的。况且我真的爱她，我不想和她分开，我愿意陪她一起受这份苦，慢慢地去改变自己的生活。"王哲坤很认真地说道。

"你现在这种思想，是自暴自弃！像扶不上墙的稀泥巴，你不要太自私了。"他姐把茶杯大力地摔在桌上。

"我没有损害任何人的利益，反倒是你们太自私了。为了自己所谓的荣誉和面子，就来扼杀我的感情，我就喜欢玉玉，喜欢她的善良。"王哲坤愤恨地回答道。

"你要是这样想，我以后就再也不管你了，随你便。总有一天，你会后悔的。"他姐拔高了声音说道。

王哲坤心里本来就极其反感，一听到自己的姐姐这样说，也就大声地回道："本来就和你们没关系，我的事也不要你们管，你们纯粹是多管闲事，管好自己就行了。"

"随便你自生自灭吧！我再也不管你了。"他姐怒气冲天地说道，然后气冲冲地走掉了。

## 十五、逃离

　　王哲坤和玉玉的事情被王哲坤的母亲添油加醋地到处说，于是，周围的街坊邻居都知道了他的事情。如果王哲坤只是一个长得很普通的男孩子，倒也无所谓，偏偏王哲坤是那种从内到外都很优秀的男孩子。自然，他找玉玉这样一个在条件上比他差很远的女孩子，就会有不明真相的人对他指指点点。包括王哲坤的朋友，也都不太理解他的行为。

　　虽然王哲坤也曾经和他的一些朋友有意无意地交流过他和玉玉的事情，但他们像是串通好了一样，以相同的口吻劝说着王哲坤，说他和玉玉的感情是不现实的，玩玩还可以，要是正式交往的话，那得到的结果是完全不一样的。到时候他会面临许多压力，来自他自身的、社会的还有玉玉家庭的。因为世俗的眼光真的是很可怕的，只是加了一点道德伦理，就将原本美好的事情弄得面目全非。

　　从这以后，每次走在回家的路上，王哲坤总会发现周围的邻居都在用怪异的眼光看着他，甚至会在他走远后小声地议论他。

慢慢地，这个环境让王哲坤和玉玉两人都觉得很窒息。他们俩经过商议，决定把现在租的房子退掉，搬到车程大概二十多分钟的隔壁县城去。

找到房子签订合约的那天，王哲坤和玉玉一起收拾了一天，把房子打扫得干干净净。玉玉在房间的墙壁上挂满了小饰物，并贴了很多明星的海报，虽然房子很简陋，但一切是那么温馨而浪漫。

吃完晚饭以后，客厅放着轻柔的音乐，王哲坤就抱着玉玉一起靠在窗口前的栏杆上，静静地看着外面喧嚣的夜景，感受着马路两旁的流光溢彩、车水马龙。王哲坤和玉玉说着道不完的儿女情长、柔情蜜意，让时间就这样一秒一秒地流逝着。

因为单位还有事，所以虽然时间已经很晚了，但王哲坤还是要去赶末班车回家。玉玉依依不舍地送王哲坤到了车站。

坐在车上时，王哲坤向玉玉喊道："早点回去休息吧！今天你也累了。"然后又向她挥了下手，就在王哲坤回头的那一瞬间，他隐隐约约地看见玉玉的眼睛里闪烁着晶莹的泪花。

"司机，我有东西忘了拿，麻烦你停一下，我要下车。"

"早不下车，浪费我的座位。"司机骂骂咧咧道。

王哲坤下了车，走了一段路之后就租了一辆摩托车又回到了他们的出租房里。此时，房间的灯已经亮了，王哲坤知道玉玉也已经回来了，他在外面站了一分钟之后才开门进去。这时，玉玉还没有反应过来，她只是痴痴地坐在那里发呆，好像一个想什么事情想得入了迷的人。王哲坤悄悄地走到她的面前，一把就抱住了她。她才好像捡到了什么宝贝似的高兴得大叫起来。王哲坤将玉玉横抱了起来，转了一个圈之后才将她放下来。

玉玉兴奋地问王哲坤："老公，你怎么又回来了？"

"舍不得你呀！"王哲坤说。

"你不是明天过来吗？"

"但我还是想你。"王哲坤不想说他看见了玉玉眼中的泪花。

"那明天怎么办？"玉玉问道。

"我调闹钟就好了。"王哲坤说。

"那不是很辛苦吗？"玉玉又问王哲坤。

"和你分开我更辛苦。"王哲坤毫不掩饰自己的情绪说道。

玉玉听了这句话后把王哲坤的脖子搂得紧紧的。

第二天清早，床头的闹铃一响，王哲坤就赶紧起床洗漱了。他怕吵醒玉玉，就轻手轻脚地洗漱好，随后赶紧关上门出发了。

搬到隔壁县城后，王哲坤没有告诉任何人。他几乎断绝了和朋友间的来往，因为他不想再让他和玉玉的事情被父母知道。

人其实都有一种鸵鸟思维，遇到危险时，会将头埋在沙子里，以为这样别人都看不见它了。可能想到这段日子没有父母那虎视眈眈的监视了吧，王哲坤和玉玉的心态一下子轻松了许多，玉玉那种浪漫的天性又显露出来了。

"老公，明天就是你的生日了，你想怎么过呀？"王哲坤生日的前一天，玉玉在吃饭的时候突然问道。

"当然是和你一起过呀！"王哲坤毫不犹豫地说道。

"你家里人不会让你回去一起吃饭吗？"玉玉感到奇怪地问道。

"我家里人对过生日这件事情不太讲究，因为我的父亲不喜欢过生日，所以久了大家也没有这个习惯了。"王哲坤答道。

"那家人从来都没有给你过生日吗？"玉玉问王哲坤。

"如果我母亲有空的话，就会煮两个鸡蛋给我吃，如果大家都忙的话，那就和平常的日子一样过了。"王哲坤说。

"哦！原来是这样呀！"玉玉恍然大悟般地答道。

"怎么啦？你想帮我过生日吗？"王哲坤有点好奇地问。

"那我先提前准备一下，你明天一定要过来呀！"玉玉说。

"有什么好东西想要送给我呀？"王哲坤开心地问道。

"不告诉你，到时候你就知道了。"玉玉神秘地说道。

"是不是有什么好东西想送给我呀？"王哲坤又好奇地问玉玉。

"就是不告诉你，让你保留一点神秘感。"玉玉娇嗔地说道。

"我想到时候给你一个惊喜，好让你永远都记着我。"玉玉扑闪着一双大大的眼睛，开心地对王哲坤说。

"好，就算是上刀山或者下火海，我都会赶过来。"王哲坤开心地亲了一下玉玉。

"还上刀山，下火海，用得着那么夸张吗？下了班早点赶过来就行了。"玉玉调皮地抬头看了王哲坤一眼。

## 十六、幸福的生日

第二天王哲坤一下班，没有先回家，就急急忙忙地赶往县城的广场中心去坐的士。

一路上，王哲坤的心里都带着一份极大的好奇。等下了车，他就飞快地赶往他们租住的房子。

一进入房间，王哲坤就闻到了一阵阵清香。他环视了一下四周，没有看到玉玉，只看到在房间的中央摆着一个大大的纸箱子，并且还密封着。他很奇怪，以为玉玉买了个什么大家伙要送给他，说不定是个超大型号的娃娃。他找到一把剪刀，边剪边撕开了纸箱上的胶纸。当纸箱打开的一瞬间，突然听见"哇"的一声，把王哲坤吓了一跳。随后，就见玉玉从箱子的底部钻了出来，露出一张可爱的笑脸，站在他的面前。

玉玉那天化了一个漂亮的彩妆，穿着一件非常合身的棉质连衣裙，还在胸前绑了一条红色的丝带，丝带扎成了一个很漂亮的蝴蝶结。这件修身的连衣裙将玉玉那青春又性感的身材充分展现了出来。

同玉玉相处这么久，王哲坤还是第一次见玉玉化妆，第一次见她穿这种紧身的连衣裙。平时的玉玉，每天都是素面朝天，穿着打扮也是以运动、休闲的衣服为主，从来没有打扮得这么精致、淑女。王哲坤又一次感受到了玉玉美好的一面。

玉玉快乐而羞答答地在王哲坤的眼前晃动着，那种妩媚，恍如电影里的美女，全身都散发着一种诱人的芬芳。性感的超短裙勾勒出了玉玉那曲线玲珑的身材，展现着她洁白笔直的双腿，加上那妩媚娇羞的神态，一瞬间让王哲坤酥到了骨子里。他觉得自己就像幸运天使，拥有了这么美丽可爱的玉玉。此时，他不禁想起白居易的一句古诗，回眸一笑百媚生，三千粉黛无颜色。此时的玉玉在王哲坤心目中，比天底下任何天姿国色的美女都有魅力，他的眼中完全只剩下玉玉一个人了。

王哲坤看得呆了，怔怔地站在那里，仿佛玉玉就是从天上掉落世间的精灵，使他掉入了一个浪漫的梦幻里。

"没吓着你吧。"玉玉爱怜地摸了摸王哲坤的额头。

"真是爱死你了。"

"好！真是太好了。"虽然和玉玉开心的时光很多，但王哲坤还是有种说不出话来的激动。

这个礼物怎么不好呢？世界上没有任何一个礼物可以胜过这个礼物。

"要是真的能将你当成一个礼物就好了，那我就能天天将你带在我的身上，二十四小时都不要离开。"王哲坤笑着对玉玉说。

听了王哲坤这句话以后，玉玉又抱着他亲了好几下，一种来自内心的开心让他们俩紧紧抱着不想松开。

那天晚上，他们一起将蜡烛一根一根地点燃，不规则地放满了房间的每个角落。

然后玉玉将录音机打开，放了一盒古典音乐的带子到里面。

接着，玉玉又变戏法似的从柜子里拿出事先就炒好的菜，有红烧全鱼、土鸡煲汤、雪花圆子，丰盛极了，同时她还特意准备了一瓶红葡萄酒。

将葡萄酒打开以后，王哲坤拿着杯子深情地看着玉玉说：

"老婆，谢谢你。"

玉玉幸福地亲了王哲坤一口之后，就将筷子含在嘴里看着王哲坤傻笑着。

王哲坤知道，玉玉用一天的辛苦换来他对她的理解和尊重，换来他们两个那来自内心深处的快乐，她是多么开心啊！

吃完饭以后，他们一起收拾好东西，玉玉有点神秘地对王哲坤说："老公，先将你的眼睛闭起来好不好？"

"好！"王哲坤大声而又开心地说道，他想玉玉肯定又有什么惊喜给他了。

玉玉用一块丝巾卷起来以后就将王哲坤的双眼遮盖了起来。在一片宁静中，他默默地等待着玉玉给他准备的惊喜。

"好了。"玉玉打开了罩在王哲坤眼睛上的丝巾。

闪现在王哲坤眼前的是一个生日蛋糕，上面插上了二十二支燃烧着的彩色小蜡烛，那跳动的火焰就像一颗颗扑面而来的小星星，慢慢在王哲坤的眼前汇聚成了玉玉那张充满着爱意的脸。

一股幸福的暖流流过王哲坤的全身，让他有了一种来自灵魂深处的快乐和激动。他在心里感受着玉玉对他的那份犹如贤妻良母般的真情和蜜意。

"老公，许个愿吧！"玉玉从王哲坤的背后抱住了他，将头伏在他的肩膀上，用她的脸蹭着王哲坤的脸，并在他耳边轻轻地说。

王哲坤幸福地闭上了眼睛，双手握拳放在胸前，默默在心里说："祝我和玉玉永远都像今天一样开心、幸福。"

在吹灭蜡烛的那一刻，王哲坤真的感觉到和玉玉在一起的日子是那么美好，那么绚丽多彩，那么醉人心扉，那么柔情蜜意。

"你许了什么愿呀？"玉玉歪过头开心地问王哲坤。

"不告诉你。"王哲坤故意卖了个关子。

"哼！还卖关子，不告诉我呀！"玉玉用食指沾了一点奶油涂在王哲坤的鼻子上。

看到玉玉这样，王哲坤也迅速抓起一把奶油抹在了玉玉的脸上。玉玉尖叫着又将一把奶油抹在王哲坤的身上，然后王哲坤又抓着一把奶油追着玉玉满屋子跑，玉玉兴奋地躲闪着，就这样，他们俩在房间里嬉戏着、追逐着。小小的房间里，充满了他们俩的欢声笑语。

那是王哲坤人生中过得最开心、最难忘的生日。往后不开心的时候，一想到这个令他难忘的生日，他就立刻将烦恼暂时抛却了，那个时刻成了王哲坤人生当中最甜蜜的回忆。

王哲坤想起他以前经历的日子，他才真正感觉到，他的内心原来一直都很孤独。

现代社会的人总是欲念太多，让自己活得那么累、那么辛苦，一生都在劳累奔波，其实生活的快乐根本就不需要太多物质化的东西，它们根本就不是靠物质建立起来的，物质建立起来的快乐其实就是一种虚胖，只是一种做给别人看的一种表象的快乐，太多的人因为追求地位、金钱所造成的人生旅途上的波澜起伏和内心的困惑，都可能让人一生都感觉不到真正的快乐，其实他们哪里知道，平凡开心就是最好的、最重要的。心底善良、心中有爱就是人世间最美的东西。

## 十七、误解

　　王哲坤的父亲和母亲，当然最主要的是母亲，经常问王哲坤："你还在和那个做小姐的来往吗？"为了不让家里人阻拦两人的交往，也为了减少一些不必要的麻烦，王哲坤就骗家人说和玉玉已经分手了，所以有时候他也装装表面功夫，隔三岔五地在家里睡个一两晚，但是只要一有时间，他就会待在玉玉那边，在玉玉那里过夜。反正现在他又没有带呼机，一出家门之后家里人也根本找不到他，至于回去以后再东一句西一句地和家里人编故事，随着次数的增多，他编谎话也越来越有经验。王哲坤深深地知道，孤独的玉玉天天一个人待在房子里，没有他的相伴，日子也是极其难熬的。

　　有时候谎言圆得不完美，就会招来父母的一顿怒骂，或是老生常谈的所谓劝说，但毕竟也没有抓到什么把柄，又不好歇斯底里地发作什么。当然，相比当初想二十四个小时都如胶似漆地和玉玉黏在一起的感觉，王哲坤的内心里也稍稍冷静了一些，因为不得不这样，他怕自己做得太过分了，家里人会去找玉玉的麻烦。

所以，有时候，王哲坤也在自己家里睡上几天以后才过去。毕竟，他还要上班，两头跑过来跑过去有时也是很辛苦的，并且他还害怕如果经常不回家过夜的话，会引起家人的注意。

这段时间，因为工作的原因，王哲坤也有四五天没有看到玉玉了。

有一天，因为工作上的事情，王哲坤被领导狠狠地训了一顿，他心里面感觉特别郁闷。

那天下午，因为心情很不好，他就提早下班了。一下班他没有回家就直接坐上了去隔壁县城的车。

一走到出租房门口，他就感觉到房间里面有个男人在和玉玉说话，他的血立刻就涌了上来，一种莫名的醋意瞬间就从心底冒了出来。在王哲坤的思维中，玉玉现在是完全属于他的，这可能是因为在恋爱时期的男女都会有一种十分强烈的占有欲，也可能是他实在太敏感了，还可能是因为他实在是太爱玉玉了。

因为这天王哲坤的心情很不好，要是平时，可能他还会理智地想一想，但此时，他愤怒至极，"砰"的一下踢开了门，看到屋里一个四十来岁的男人，坐在凳子上，玉玉则坐在床上。玉玉看到王哲坤之后立刻就拥了上来，拉着王哲坤的手，对那个男人介绍说："这是我的男朋友！"

王哲坤甩开了玉玉的手，看到王哲坤很不友善的目光，那个男人和玉玉客套了一两句之后就出去了。

"你今天怎么了？对人家那样的态度？"玉玉有点不高兴地问王哲坤。

"我什么态度，看他那个贼眉鼠眼的样子，肯定就不是什么好人。"王哲坤气冲冲地吼道。

有时候就是那么奇怪，当感觉那个人是贼的时候，就会越想越认为那个人是个贼。况且王哲坤已经快一个星期没有看见玉玉了，忽然看到这么一个猥琐的中年男人在玉玉的房间，一种莫名其妙的猜疑之心就从他的心头涌了上来。

"你神经病呀，一来就像吃了火药似的。"玉玉也发怒了。

一听玉玉这么骂他，王哲坤越想越气，因为两人还是第一次吵架，王哲坤忍不住一种冲动，他几步冲到床边，将手伸到被子里，去摸被子里面的热度。

"你干吗？"玉玉的脸一下子青了。

"不干什么，就想摸摸。"王哲坤狠狠地瞪了玉玉一眼，怔怔地看着她。

"我刚睡了午觉，不久才起来，那个人是在下面租房子的租客，他在这边卖菜，我去他那买过菜，才知道他原来也是我们那里的，在这边做了几年生意，今天刚好没米了，他给我送米上来的。"玉玉赶紧解释道。

"怎么我一来，就那么巧碰到他来送米？"王哲坤故意问道。

"我天天一个人在家里，也想跟个人说说话呀，你怎么那么自私呢？"玉玉说道。

"你在狡辩吧，是不是做了什么见不得人的事？"说完王哲坤自己都很惊讶，但此时，各种怀疑仿佛堆积在一起，让一种非理智的思维充满了王哲坤的头脑。

"你就是神经病、变态佬，今天才知道，原来你是那么自私的一个人。"玉玉的脸因为生气而涨得通红。

王哲坤以为玉玉在狡辩，就有点失去理智地怒骂道：

"你是不是开始讨厌我了？我几天不见你，你就开始偷人了。"

"你不可理喻,可笑到了极点。"玉玉因为气愤,眼泪不自觉地滑落在脸颊上。

一听玉玉这么说,王哲坤气愤到了极点,用更加难听的话语开始怒骂她。

恋爱中的男女其实都是很敏感的,因为情感的牵绊,有时候一点点小事都会无限地扩大化。

"我不跟你说了。"玉玉以飞快的速度冲向那长长的阳台。

只听外面传来"啪"的一声,犹如从天上掉落一块大石头,玉玉带着无比的哀怨和愤怒,居然从楼上跳了下去。

王哲坤飞快地冲到外面。

"玉玉,玉玉,你不要吓我!"

王哲坤大声地呼喊着玉玉的名字,他吓得头晕脚软,踉踉跄跄地跑下楼去。

玉玉此时横躺在地上,动弹不得,豆大的汗珠一滴一滴从她的额头滚落下来,脸色发青,嘴唇发紫,牙齿紧紧地咬着。

此时王哲坤犹如万箭穿心般痛苦,他跑过去一把抱着玉玉,让她的头轻轻地枕在他的大腿上,眼泪犹如雨点般落了下来。

王哲坤不住地问着玉玉:"你怎么那么傻?你怎么那么傻?"王哲坤边哭边拼命用拳头捶打着自己的脑袋,他实在是被玉玉的行为吓坏了。

"你今天好恐怖,那个样子说我,我口才又不好,怎么跟你解释得清!"玉玉终于开口讲话了。看她还能讲话,王哲坤紧绷的心才稍稍放下来一点,他心痛到了极点,万般滋味都涌上心头。

幸好他们租的楼层不高,只有二层楼。

　　王哲坤赶紧求别人帮他去找一辆救护车，一大群人围着他们叽叽喳喳地议论着什么。

　　不一会儿，救护车来了，将玉玉抬上了担架，王哲坤心急火燎地跟着救护车一起到了人民医院。

　　到了急诊科以后，王哲坤租了一副轮椅，推着玉玉，跑上跑下地照片子、化验。一直折腾到晚上，王哲坤才从医生那了解到，玉玉只是脱臼了，骨头受了点损伤，但因为她的身体有点虚，需要住院几天。到了这个时候，王哲坤才长长地舒了一口气，一坐下来的时候，才发现他里面的衣服因为紧张和劳累，都已经全湿了。

　　然后玉玉就住进了医院的三病室，也就是骨伤科病房。

## 十八、住院

王哲坤先在他们租的房子里将煮好的饭菜给玉玉送过去，让玉玉吃了以后，再将锅碗瓢盆切菜刀等一大堆东西都拿到了医院。

玉玉看到王哲坤大包小包的样子，就笑着对他说："你想将整个家都搬到医院来吗？"

"万一少了哪样东西，到时候用起来也不方便，况且你在医院里面，我得陪你，就不回去睡了呀！"王哲坤说道。

接下来的住院时间，王哲坤就一直在医院里陪着玉玉。他搬了一张椅子坐在玉玉的病床边，只要有一点点风吹草动，他立刻就紧张得要命，不停地叫医生、护士过来看看。

在玉玉住院的日子里，王哲坤每天都尽心尽力地照顾着她。

玉玉每天都很开心，看着王哲坤忙里忙外的，帮她做东西吃，换洗衣服，甚至内衣，还帮她擦洗身子，扶她上厕所，看护她打点滴，刚开始的时候还帮她接屎接尿，甚至擦洗私处。

白天，王哲坤准时哄着玉玉吃药，帮她轻轻按摩双脚。晚上，玉玉临睡觉的时候，王哲坤就拿着一本小说或者杂志，一段一段地读给她听。

一天晚上，王哲坤坐在床边，给玉玉念了一个动人的爱情故事——《落基山的雪》。

故事讲述的是一对恋人——年轻的登山队员卡罗和他的未婚妻贝蒂，在爬山时遇上雪崩，阻断了下山的路，卡罗为了救贝蒂，偷偷砍断了自己的一只手，假装成老鼠肉骗贝蒂吃，最后卡罗因为失血过多而死亡。

王哲坤最后念道：

　　每一个听到这个故事的人都会忍不住热泪盈眶，我就是其中的一个。当约翰的叔叔在春日花开的下午告诉我这个人间旷古未闻的奇情绝爱时，我的泪水顿时像小河一样汹涌而出。约翰的叔叔还告诉我，贝蒂后来嫁给了辛普森堡一个很富有的商人，不过两年后就离了婚。那富商不喜欢贝蒂，原因是她半夜老做噩梦，并且喃喃地呼唤着卡罗的名字。

因为故事的凄美动人，玉玉已经哭成了一个泪人儿。王哲坤赶紧扶住玉玉的肩膀，不住地安慰她。

好一点的时候，玉玉会很开心地指派王哲坤干这干那，还和他开着玩笑。

"老公，背上有点痒，帮我抓抓。"

"哪里？"王哲坤问玉玉。

王哲坤将手伸进玉玉的衣服里，帮她轻轻地挠着痒。

"左边，往右一点点，再往上一点点，再往下一点点。"玉玉故意戏弄着王哲坤。

"到底是哪里啊?"王哲坤问玉玉。

"还要往上移动一点点呀!"

王哲坤轻轻抓了两下之后，看到没有人，就偷偷将手伸到了玉玉的前面。

"哇!这里已经肿起好大了呀!要不要也帮你抓抓呀?"

"坏蛋!"玉玉笑着用拳头轻轻地打了一下王哲坤。

有一次，玉玉一边吃着王哲坤做的饭菜一边悄悄对他说:

"老公，菜有点淡，还要加点盐呀。"

王哲坤尝了一下，味道确实淡了点，对于做饭菜，王哲坤确实不在行，做出来的菜实在是不太好吃，但玉玉从来没有露出任何难吃的表情。每次吃王哲坤做的饭菜，她都是很开心地吃了下去。王哲坤知道，在玉玉的心里，她吃的并不单单是一份食物，还包含了他对她的一片心意。

同病室的病人和病人家属，都以为他们俩是一对新婚不久的小夫妻，总是用一种羡慕的眼神看着他们俩说:"你们小夫妻两个的感情真好呀!"

每当这个时候，玉玉躺在床上，脸上会露出一副心安理得的满足表情，王哲坤知道，玉玉此时是幸福而开心的。

那段日子，王哲坤对玉玉的关心几乎到了无微不至的地步，这里面除了因为王哲坤对玉玉深深的爱之外，还因为他的内心隐藏着一份深深的愧疚感——是他冤枉玉玉才将玉玉弄成这个样子的。从这个事件中，王哲坤对玉玉的了解更深了一步——她就是一个敢爱敢恨，一旦投入真心就单纯得要命，甚至是孤注一掷的女孩子。

因为这种过度的贴心和深深的关怀，再加上王哲坤那英俊的外表，所以医院的很多护士都认识王哲坤，有的护士甚至还开过玉玉的玩笑，说这辈子要是嫁个像王哲坤这样的男人，一定是天底下最幸福的人。

王哲坤发现，只要他和护士多说上几句话，玉玉就会故意找事情叫他。

有一天晚上，玉玉睡着了，王哲坤去厕所洗东西，从走廊走过去的时候，路过值班室，看到一个戴着眼镜，脸蛋圆圆的女孩子在里面值班。王哲坤只是不注意地向里面看了一眼，这时那个小护士也正好看过来，于是她马上就叫了王哲坤一声：

"你好！"

"你好！"

"进来坐坐呀！"她对王哲坤说道。

"有什么事吗？"王哲坤问道。

"想请教你几个问题。"那个护士说道。

"好的。"王哲坤以为是玉玉的事情，就走了进去，坐在她面前。

她突然问王哲坤："你怎么对你女朋友那么好呢？"

"因为我爱她，她是一个很善良的女孩子，并且她也非常爱我。"王哲坤说道。

"你怎么那么爱她，她又那么爱你呢？"她继续问王哲坤。

"因为我们两人共同经历了好多事情，已经验证了我们之间的爱。"王哲坤说道。

"你们是怎么认识的，为何感情能那么深呢？"她问王哲坤。

可能美好的爱情是每个怀春少女都极其向往的，她追问了王哲坤好多事情，王哲坤很用心地讲述着他和玉玉之间发生的一切。

王哲坤说完以后，她闭上眼睛，深深地吸了一口气，双手交叉着将头放在上面，看着前方说："我这辈子要是有一个男孩子这么深爱我，我也就死而无憾了。"

不知不觉，王哲坤发现他在那里已经聊了好久，就起身向她道别。

回到病房的时候，王哲坤发现玉玉一个人怔怔地坐在床上沉思。

一看到王哲坤来了，玉玉紧盯着他的脸，突然问道：

"老公，你爱我吗？"

从玉玉那急切的语调中，王哲坤知道她一定早就醒了，并且一直没有睡，在等着他回来。

"都爱到心里去了。"王哲坤亲了一下玉玉的额头。

"真的吗？"玉玉问王哲坤。

"当然是真的。"王哲坤很认真地回答道。

"那怎么去了那么久？"玉玉明知故问。

王哲坤知道玉玉有点吃醋了。

"和一个护士在聊天呀！"王哲坤对玉玉说了实话，他觉得没必要骗她。

"你们都聊了些什么呀？"玉玉又问道。

"当然是聊你呀，还聊什么。"王哲坤说道。

"这段时间以来，服侍我有点累了吧？"玉玉一下子转移了话题。

"不累，真的。"王哲坤说道。

"那你还不知道我已经醒了呀!"玉玉有点委屈地说。

"吃醋了呀?"王哲坤刮了一下玉玉的鼻子。

"我才没有呢!只是好奇吧!"玉玉嘟了一下嘴，女人表面上都喜欢嘴硬的。

这时王哲坤一边背对着玉玉帮她倒开水，一边向她说起了他和那个护士聊天的内容。玉玉突然从背后抱着王哲坤，将脸贴在他的背上，轻轻地叹了口气，当听到最后王哲坤说到护士的祈求时，她靠在他的背上默默地流下了眼泪……

第二天，玉玉醒来后突然提出要出院。

王哲坤知道玉玉的醋意像这个医院的药味一样，一下子就在她的周围弥漫开来。她怕王哲坤在陪她的日子里就被别人看上了。王哲坤知道她心里的那点小算盘，不想让她担心，加之也确实想回家去照顾她，毕竟好久没有睡个好觉了，于是赶紧去问医生能否出院。医生告诉他们，因为玉玉伤得并不是很严重，也住了快十来天了，复原得也还算可以，现在也可以出院了。

他们办好出院手续后，王哲坤就背着玉玉下楼，那个戴眼镜的女孩子也过来帮忙，帮他们把东西提到楼下。当王哲坤和玉玉离开时，那个小护士久久地凝望着他们离开的方向，直到看不到他们的身影仍一个人怔怔地站在那里发呆。

有时候，人们只看到事物的表象，因为他们没有经历过，无法了解或理解事物本来的面目。当别人怀着无比羡慕的眼光看着王哲坤和玉玉时，又怎么知道他们这两个人其实也是一对苦命鸳鸯呢?

一回到房间里，玉玉就像被什么人追赶了好久终于甩掉了似的，她长长地舒了一口气，全身松弛下来。

"老婆，饿了吗？"王哲坤问玉玉。

"嗯。"当一个女人感觉到很幸福的时候，她就会用一个最简短的字来代替。

然后王哲坤赶紧跑到菜市场，买了好多好菜，回到家里很用心地做了一顿好吃的。饭菜摆上桌后，他还帮玉玉盛了一碗饭摆在她的面前。玉玉看着满桌子的好菜，又深深地看了一眼王哲坤，泪水竟然哗哗地掉下来……

"老婆？"看到玉玉这个样子，王哲坤用一种奇怪的眼神打量着她。

玉玉显得有点不好意思，揉了下鼻子。

王哲坤赶紧拿出一张餐巾纸递给了玉玉，她悄悄地低下头，抹去了脸上的泪水。

王哲坤拼命往玉玉的碗里夹菜。这餐饭，他们没有平时那么多的语言交流，玉玉全程很感动的样子。

吃完饭，收拾好碗筷以后，王哲坤扶着玉玉到了床上。

玉玉突然抬起头，用一种深情的眼神看了王哲坤一眼，对他说道："老公，我现在好想抱抱你！"

虽然跟玉玉相处了这么久，但玉玉很少用这么直接的语气对王哲坤说这样的话，他觉得有点奇怪，就很温柔地摸了一下玉玉的脸。

"抱吧！"王哲坤深情地回道。

然后玉玉就紧紧地抱住了王哲坤，将脸贴在他的胸前。

有时候，一个人对另一个人恋恋不舍，最好的方式就是拥抱，因为只有抱在自己怀里的感觉，才是最真实的。

这几天的相处，让玉玉对王哲坤产生了无比的依恋，可能在她的内心深处，已经将她对王哲坤的爱，深深铭记了。

抱久了，王哲坤怕玉玉支撑不住，弄伤她的腿，就叫玉玉松手，好好躺下，还打趣道："反正今天我又不回去，跑不了，晚上我会在这里陪你一整夜，让你抱个够。"

玉玉立刻就噘着嘴撒起娇来了："不嘛，不嘛，我现在就要抱抱。"

男人在女人的柔情面前，是永远没有任何抵抗力的。

"好吧好吧，你抱吧!"王哲坤低着头，很柔情地看着玉玉。

"要不我帮你换下在医院里穿的衣服，你好好休息一下好不好?"

"好!"玉玉终于松开了王哲坤，温柔地看着王哲坤。

王哲坤小心翼翼地帮玉玉脱掉了外面的衣服，然后倒了一盆热水，轻轻地帮玉玉擦拭着。

他将事情做完，再回到房间的时候，玉玉已经睡着了。他坐在床边，看着熟睡中的玉玉，充满怜爱之情。他仔细地看着玉玉脸上的每一个表情，好像要将和她在一起的每一丝感觉都深深地刻在脑海里。

## 十九、半夜惊魂

这段时间，王哲坤的父亲可能因为抽烟太多的缘故，在县人民医院体检的时候，发现肺部有点黑，还有部分地方有阴影，所以对王哲坤也没怎么管，更没有像平时那样总是找机会教育他。他母亲很担心他的父亲，也没有抽出时间来管他了。

终于有一天，在母亲的陪同下，父亲去到省城开会。临走时交代王哲坤要好好看家，不要给家里惹事，他们三天以后就回来了。

第一个晚上，王哲坤在家里守着，望着空荡荡的房子，一种莫名的孤独感油然而生，于是他拨打了玉玉的呼机。等了好久玉玉才回过来，当电话铃声一响起来的时候，王哲坤飞快地抓起电话："喂，玉玉，是我。"

王哲坤赶紧自报家门，他怕玉玉以为又是他家故意在找她的麻烦。

"你怎么用你家里的电话呼我？"果然，一听到电话，玉玉就问王哲坤。

"今晚我父母不在家，去省城了，要三天以后才回来。"王哲坤说。

"你过来吗?"王哲坤问玉玉。

"不了，我怕。"玉玉说。

"老婆，过来嘛! 亲亲老婆。"王哲坤拼命地求着玉玉。

"还是不过去了，要是你邻居看见了也不好。"玉玉还是有所顾虑。

"你过来看看我家也好。我这里有好多的秘密呀!"王哲坤不断地在电话中哄着玉玉。

"那好吧。"玉玉受不了王哲坤的软磨硬泡，终于答应了。

过了不久，王哲坤听到他家的电话铃声响了，他就知道是玉玉来了。

"玉玉，到了吗?"王哲坤飞快地拿起电话问她。

"是的，我已经到你家旁边的电话亭了。"玉玉说道。

"好，你就在那里不要动，我马上下来接你。"王哲坤立刻关上门，飞奔下楼。

一进入王哲坤家里，玉玉就像一只小兔子般，既害怕又忍不住好奇地东瞧瞧，西看看。

"老公，你睡在哪间房?"玉玉问王哲坤。

"就是这间。"王哲坤带着玉玉进入了他的卧室。

一进王哲坤的卧室，玉玉立即就倒在他的床上躺了一下。

"今晚我们一整晚都会睡在上面的。"王哲坤笑着对玉玉说。

"嗯，我就是想感受下你天天睡在上面的温馨呀!"玉玉说道。

接着她又打开王哲坤的衣柜，看了一下他里面的衣服。

"哇，都是西服呀!"玉玉说道。

"现在流行呀！我觉得除了西服，也没有什么特别好看的衣服呀！"王哲坤说。

"那也确实。"玉玉说。

接下来玉玉又翻了一下小书柜上面的书籍，还看了一下摆在写字台上面的一些小玩意儿。

"老婆，要不要我拿我的影集给你看？"王哲坤问玉玉。

"好呀！好呀！"玉玉坐在床上开心地说道。

玉玉一页一页很认真地翻着王哲坤的相册，王哲坤就一页一页地向玉玉解释着这个是什么时候的他，那个又是谁。当看到他姐拍的艺术照时，玉玉有点触景生情地说：

"如果以后有机会，我也要去拍一本艺术照。"

"那你想拍什么样的？"那时候的艺术照，还不是很普遍，如果要拍得好一点，就必须要到省城里面去拍。

"我要拍穿各种衣服的，比如古装呀，现代装呀，旗袍呀！"

看完相册后，王哲坤不停地从冰箱里，找出很多好吃的零食给玉玉吃。一看到桌子上摆满了好吃的零食，玉玉就对王哲坤说："够了够了，哪吃得了那么多呀！"

"难得有机会，多吃点吧。"王哲坤说。说完这句话，王哲坤就知道自己说错了话，但玉玉并没有表现出什么不高兴的样子。

他们靠在客厅的沙发上，一边看着电视，一边开心地聊着天。王哲坤在心里想，要是他和玉玉能拥有这样的一个家该多好，他们就可以天天坐在一起开心地聊天，开心地吃饭，开心地睡觉。

当天晚上，玉玉没有走，因为玉玉对这里不太熟悉，所以那晚就让王哲坤来服侍她。王哲坤细心地为玉玉倒了洗脸水，洗完脸后又给她倒了一盆洗脚水，玉玉脸上的表情一直都很愉悦。

王哲坤抱着玉玉进入了他的卧室，将她轻轻地放在床上。他将录音机打开，放了一点音乐，然后又找了一本书放在玉玉的手上。

"你先坐在床上等我呀！"王哲坤说。

"好的。"玉玉双手拉过王哲坤的脖子亲了他一下。

"我去洗漱去了。"王哲坤看着玉玉的眼睛说道。

"好的，我等你。"玉玉深情地看了王哲坤一眼。

然后王哲坤就从卧室出来了。

等王哲坤回来时，发现玉玉已经躺在被子里面睡着了。

王哲坤脱掉衣服，拉灭了灯，钻进了被子里面。他一下子就触摸到玉玉那光滑的肌肤，兴奋地一把就搂住了她，将她软软的身子翻转过来，面对着他。玉玉在半梦半醒之中也抱紧了他。

王哲坤觉得和玉玉在一起的每一个日子都充满了激情，就像新婚一样，充满了兴奋、快乐和温馨。

因为玉玉在家里，也难得来一次，第二天王哲坤只在单位待了一小会儿就请假回家了。然后一直陪着玉玉在家里看电视，聊天，做饭，炒菜。

吃完饭以后，王哲坤坐在沙发上休息，玉玉将桌上的菜和碗收拾好，拿到厨房里面去洗。突然传来"哐当"的响声，王哲坤赶紧冲到厨房去看，原来是玉玉摔碎了一个碗。玉玉怔怔地站在那里，吓得脸色苍白，好像打破了一个价格昂贵的古董一样，有点紧张地盯着满地的碎片。

玉玉的手指也被刮破了，鲜红的血从手指上渗了出来。

"没事吧？"王哲坤赶紧捧过玉玉的手查看，玉玉轻轻地摇了摇头。

王哲坤飞快地跑到房间里拿出一块创可贴，帮玉玉将手指包上。她傻傻地坐在那里任王哲坤摆弄着她的手指，一瞬间好像没了魂似的。王哲坤不停地安慰着她。

"没事的，不要多想。"

过了好久，玉玉才慢慢缓过神来，平静下来后，她像意识到了什么似的，对王哲坤说道："老公，将剩下的还没有吃完的饭菜拿去倒掉吧，不然你爸爸妈妈回来看到了，会怀疑我来过的。"

"好。"王哲坤点了点头。

"我本来已经洗好了碗，准备拿去收好的，明明好好的，结果还是不小心掉了一个碗在地上。"玉玉有点紧张地说。

"摔碎了就摔碎了！有什么好奇怪的。不就是一个破碗吗？可能它本就要破了，正好你就碰上了呀！"王哲坤不住地安慰着玉玉。

"我总觉得有点儿不对劲，心里又说不清是哪一方面。"玉玉担心地说道。

"有什么不对劲儿的，新时代的年轻人，还那么迷信呀！"

"老公，今天我还是回去吧。"

"今天回去干吗？反正在这边和在那边都是一样的。"王哲坤说。

"我总觉得有一种不安的感觉，很不踏实。"玉玉说。

"我父母要三天以后才回来，我父亲是去看病的，不会那么快就回来的，昨天晚上你才过来，今天你怎么就要回去呢！没事的，不用想那么多，安安心心地再住一个晚上，明天再回去好吗？"王哲坤说。

王哲坤知道，因为摔坏碗的原因，玉玉心里的紧张感一直没有消除，总担心会有不好的事发生。但王哲坤始终认为那是玉玉的唯心论，心里也就没有太在意，况且父母才刚走，肯定不会一下子就回来的，除非他们不看病了。其实现在想起来，女人的直觉特别灵，那是一种特别的天性，与其他因素没有任何关系。

晚上的时候，玉玉虽然和王哲坤睡在一起，但她心里总不踏实，翻来覆去，很晚的时候都还没睡着。

"老公，老公。"在迷迷糊糊中王哲坤突然被玉玉推醒了。

"什么事？"王哲坤一看桌上的闹钟，才早上五点多钟。

"好像有人在开你家的锁。"玉玉赶紧对王哲坤说道。

一听玉玉这样说，王哲坤猛的一下子清醒了，赶紧跑了出去，从防盗门的锁眼偷偷往外一看，他的父母居然站在门外，因为王哲坤睡之前将防盗门里面的反锁键按了一下，他们在外面一时还没有将门打开。此时的王哲坤不明白他们怎么提前回来了，他简直被吓得魂飞魄散，玉玉也吓得脸色苍白，他赶紧让玉玉躲进衣柜中间的小隔层。

这时王哲坤才偷偷跑到客厅，让那个反锁键又恢复了原样，这样他父母就可以从外面打开门了，然后他飞快地溜进卧室，钻进了被子里面。

父母终于开门进来了，一进来父亲就不断地翻看着自家的防盗门。

"今天这门怎么搞的？开了半天才打开？"父亲在外面说。

"明天抽时间找个人来看看就是了。"母亲说。

母亲说完以后，就立即进了王哲坤的房间，打开了他房间的灯。王哲坤故意缩在被子里面装睡，母亲摸了一下他的被子，又去打开他的衣柜看了一下，也许没有看出什么破绽吧，然后她就关上灯出去了。

但此时的王哲坤，缩在被子里面，满头大汗，心急如焚，因为玉玉还缩在那个小小的夹层里面呀！

时间一分一秒地过去了，每一秒钟都像一根针一样狠狠地刺向王哲坤的胸口，那么痛。他紧咬着牙关，豆大的汗珠从头上掉了下来。

父母在外面不停地在讲着什么，王哲坤在房间里断断续续地听出来了，好像是父亲的身体没有什么大碍，医院的伙食不太合他们的口味，所以他们就提前回来了，还有单位的什么人在搞阴谋诡计，想要他父亲下台。这时的王哲坤，觉得他们就像一对夜行而归的老妖怪，那么可恶，就这样，一秒一秒的，他都是数着过来的，王哲坤度过了他这一生中最难熬的几个小时。

早上七点多的时候，母亲开始叫王哲坤了："怎么还不起来？起来吃东西了，吃完东西早点去上班呀！"她母亲每次对王哲坤说话，一开口就是一大串。

王哲坤的心里犹如装了个弹簧般一起一伏，浑身不安，洗漱完后他坐到了桌子旁边。

王哲坤强作镇静，如同嚼蜡般吃下了一个馒头，嘴里又苦又涩，每吞一口都差点将他噎死似的，好难受，从喉咙到胃部好像全部都堵死了，他对玉玉的担心像一块石头一样沉甸甸地压在了他的心口上。

然后王哲坤假装先去上班，下了楼后他一直都躲在他家不远处，像个游魂似的在家的附近徘徊着，眼睛紧盯着他家那个单元的入口处，双手合十不停地念叨着，求老天保佑，让他父母快点去上班。他甚至幻想着，如果有特异功能的话，他一定瞬间让玉玉化为一道红光逃离那个衣柜，但是幻想终归只是幻想，玉玉仍然被关在那个冰冷而狭小的角落里呀！

终于过了八点，王哲坤的父亲先到单位上班去了，而母亲却还在家里慢慢磨蹭着，王哲坤简直急得像热锅上的蚂蚁，坐也不是，站也不是，这时他突然想到了他的一个朋友，叫李军。他赶紧拿出电话本，翻出了他的呼机号码，直奔一个公用电话亭。

呼叫了之后，王哲坤就在旁边焦急地等着，李军终于打过来了。

"喂，李军吗？我想麻烦你个事情，是急事。"王哲坤一拿起电话就着急地说道。

"什么事？你慢慢说吧。"李军说。

"是这样的，我欠了人家的钱，一时还不了，等下那个人就快找到家里来了，要是我妈知道了就不得了，你知道我妈的脾气的。"也许是急中生智，王哲坤一下子就向李军撒了一个谎。

"那你要我怎么帮你？"李军问道。

"你就假装说你是我妈的一个病人家属，说你家里有个病人特地从很远的地方慕名来找我母亲看病，说你就在医院等她，要她早点过来。"王哲坤立即又想出了一个主意。

"这样不好吧，以后你妈要是知道了还不怪我？"李军说。

"你是用公用电话打的，她怎么知道是哪个？况且人家特地来找她看病，我妈那个人虚荣心特强，准会立即就赶来的。"王哲坤飞快地说道。

"好吧，我试试！"李军挂了电话。

大约过了不到五分钟，王哲坤他妈终于下楼了，王哲坤想李军可能已经帮他将事情办成了。

此时的王哲坤，三步并作两步，飞奔上楼，开门的时候他的手抖得几次都将钥匙掉在地下。

一打开门，王哲坤门都忘了关就直接冲进了房间，打开了衣柜中间那夹层的门。

"玉玉！玉玉！"王哲坤大声地喊叫着。

此时的玉玉，脸色苍白得就像一张白纸一样，毫无血色，嘴唇都紫了，满脸不知是汗水还是泪水，湿湿的。王哲坤赶紧将玉玉抱了下来，感觉到玉玉不住地发抖，他紧紧地抱着她，眼泪立刻就顺着脸颊流淌了下来。

玉玉的身体冰凉冰凉的，王哲坤赶紧替她穿上了衣服，然后拉着她走出了家门。王哲坤现在觉得他们住的那房子，完全不是一座房子，而是一座关押了他们多年的监牢。

走下楼梯的时候，玉玉的腿突然一抖，一下子就摔了一跤，当时王哲坤也顾不上查看，赶紧将她拉了起来，背着她下了楼，在楼下叫了一部的士，价也没有还，就直接租到了邻城他们租住的房间下面。

上楼的时候，王哲坤完全是抱着玉玉上楼的，此时的玉玉一点力气都没有了。当王哲坤将玉玉轻轻地放到床上的时候，他这才发现，玉玉的牛仔裤下面湿湿的，他用手一摸，发现手上全都是红色的血。

王哲坤一下子吓坏了，赶紧又抱着玉玉下了楼，将玉玉送到了医院。

看过了医生以后，医生告诉王哲坤说玉玉是流产了，开了一些药，并叮嘱他们最好一个月不要同房。

王哲坤并不清楚玉玉什么时候怀的孕，而现在孩子却突然就没有了。

此时的玉玉，还在不停地发抖，王哲坤赶紧烧了一壶热水，将玉玉的身体清洗干净后，就将她抱到了被子里面，用被子紧紧地将她的身子裹了起来。

然后王哲坤想上街去帮玉玉买包纸尿片，就在他从床边站了起来，准备要出去的时候，玉玉一把抓住了他的手。

"老公，不要走。"玉玉歇了一口气以后，接着说道，"你就坐在床边，先陪陪我吧。"

"好。"王哲坤一口应道。

然后王哲坤就坐在玉玉的身旁，他靠在床头，让玉玉靠在了他的怀里。两人就这样静静地靠着，慢慢地玉玉睡着了，王哲坤再等了一会儿，直到她沉睡以后才出去买东西。

一直过了好几天，玉玉的身体才慢慢恢复了元气，脸色也渐渐红润起来。

## 二十、玉玉的伤感

此后王哲坤还是不停地两头跑，时而这边，时而家里，家里也是时而怒骂，时而教育。

忽然有一天，母亲对王哲坤的态度好像缓和了一点，那天还特意加了一个好菜给他吃。吃饭的时候，母亲问王哲坤："你还在跟那个打工妹来往吗？"

"早就没有来往了。"为了不引起麻烦，王哲坤故意撒了个谎。

"反正我是不太信你的话的，但你最好是不要再和她来往，我们是完全不会同意的，你要自重。"接下来他妈又是一番老调重弹。

其实王哲坤知道他们也是怀疑多过信任的，只是苦于想不出更好的法子来制约他。毕竟，王哲坤是一个男孩子，是不可能被他们天天约束在家里的。

接着母亲从她的包里拿出一张彩色照片，对王哲坤说："这是我们医院邓院长的女儿，也是我们医院住院部三病室肛肠科的

177

实习医生。我是从小看着她长大的，你应该还记得，你们小时候还在一起玩过，你还在她家里睡过呢。那一年你四岁，你父亲出差了，我在外地学习，你在她们家住了一个星期，你小时候很调皮，还脱过人家小女孩子的衣服。她对我特别尊重，是个很懂礼貌的女孩子，完全不像那种官宦家庭娇生惯养的千金小姐，特别有涵养。我跟她聊起过你，她对你印象很深刻，还说她在县财政局办事的时候，一眼就认出了你，前几天和她聊天时，她还问起过你呢！她说你这么优秀，肯定有好多女孩子在追你！"喝了一口水之后，母亲接着说："她家里的条件特别好，人家父亲是你父亲的直接领导，是县里专抓文教卫方面的副县长，她们家和我们家的关系一直都是很好的，这样就更方便你和她加深了解了！"

一听母亲这么说，王哲坤依稀记起小时候在她家里发生过的那些往事。

那是四岁的时候，王哲坤因为父母出差，就借住在她家里几天。那时候还小，晚上他就和她睡在同一张床上。早上的时候，他们两人就在床上吵闹，后来不知道怎么的，王哲坤想可能是因为玩得太热了，满身都是汗吧，王哲坤就对她说："我们将衣服都脱了吧！"

当时正好她也吵得大汗淋漓，一听到王哲坤这么说，那个女孩就立刻说了一声"好"。然后王哲坤和她就将各自的衣服全部都脱了。玩了一会儿之后，王哲坤就和她抱在一起在床上睡着了。

后来她妈来叫他们起床的时候，发现他们两个都光溜溜的，就故意开玩笑吓唬王哲坤说："哲坤，你脱了人家女孩子的衣服，以后就再也不能跟其他的女孩子玩了，以后永远都只能和小金在一起玩，你是个小男子汉，要好好对她负责任。"王哲坤当时完全被吓蒙了，回去以后就再也不肯去她们家玩了，没想到一晃就十多年过去，她都已经长成大姑娘了。

王哲坤于是拿起照片看了看，是一个戴着眼镜，很清秀的姑娘，因为王哲坤心里装满了玉玉，就没有什么感觉。他心里反而想着，这个时代真有意思，在他们那小县城里，想装斯文，就戴一副眼镜，想装有品位，也戴一副眼镜，想装个文化人，还是戴一副眼镜，难道戴一副小小的眼镜就真的能将自己与一般人区分开来了吗？

不过王哲坤现在也忘了她小时候长什么样子了，也无法拿她现在照片中的样子和小时候那记忆中的长相去比较，只依稀记得她小时候好像要胖些，而现在却瘦多了。

吃完晚饭以后，母亲要王哲坤将照片收好，并且一再叮嘱他，早点去约人家，说现在的好姑娘有的是人追，晚了说不定就被别人追走了，并且要他少在外面过夜，都快要成家立业的人了，要有个成年人的样子。

王哲坤接过相片以后，就顺手将它放在裤子口袋里，他怕母亲再啰啰唆唆地说个不停，赶紧找个借口就出去了。

第二天，下了班以后，王哲坤没有回家而是直接到了玉玉那里。

晚上他们一起去看了场电影，偏偏那电影的名字叫做《杜十娘》，是讲一个古代的妓女因为爱情受到伤害，最后跳河自杀的故事。

可能这场电影是个悲剧，结果太伤感，无意中触动了玉玉这段时间以来的心情吧！王哲坤总觉得自从发生了上次那件事情以后，玉玉的性格就好像变了一样，变得没有以前那么喜欢开玩笑了，经常一个人默默地发呆，看完电影回去的路上，玉玉没有像平时一样吵吵闹闹的，只是安静地走着，没有和王哲坤说话。王哲坤知道，应该是刚才那场电影刺激到玉玉了。回到家后，王哲坤看她还是闷闷不乐的，便去抱她。

"玉玉，怎么啦？是不开心吗？"王哲坤问玉玉。

"没有，只是心情有些压抑而已。"玉玉说。

"是因为看了刚刚那场电影吗？"王哲坤又问她。

"也不全是，但那场电影有一定的因素。"玉玉说。

"不要不高兴嘛！我都被你感染了，现在我也感到有些郁闷了。"王哲坤说。

王哲坤抱着玉玉，亲了她一下。

"你裤子后面的口袋怎么硬硬的呀？"玉玉感觉有些奇怪，就摸了一把，只见一张照片的一角露了出来，玉玉便把照片拿了出来。

玉玉看到照片时，整个身体不自觉地晃了一下，脸瞬间变得惨白，王哲坤这时才想起他口袋里还放着母亲给的那张女孩子的照片。

"这是我妈给我的，要是你不拿出来，我都忘了。"王哲坤害怕玉玉生气，赶紧解释说。

"哦！"玉玉只是简单地应了一句，并没有像平时那样再追问下去。

"这是我妈同事的女儿，我妈和她母亲关系比较好，所以我妈就硬逼着我，让我去和这个女孩子相亲，但我是不会去的。"王哲坤没有和玉玉说他们俩从小就认识，他怕说得多，错得多。

接着，王哲坤便当着玉玉的面把照片撕碎了。

"我相信你。"玉玉说。

"老公，老公。"玉玉在半夜忽然拼命地叫唤着王哲坤。

"怎么了？"王哲坤打开灯，发现原来是玉玉在做梦，他顿时松了一口气，把玉玉摇醒了。玉玉睁开眼看到眼前的人是王哲坤，便紧紧地抱住了他。

"没事吧？"王哲坤很担心她，不知道发生了什么事。

"没什么事，只是做了一个梦而已，你好好睡吧。"玉玉说。

"做了什么梦呀？"王哲坤继续追问道。

"被你叫醒就忘掉了。"玉玉说，她没有告诉王哲坤梦中的情景。

但从玉玉的表情中，王哲坤知道那个梦肯定是很不好的。


第二天，王哲坤陪着玉玉去街上买东西的时候，突然听到"砰"的一声，他们转头一看才发现原来是放礼炮发出的响声，只见马路上停着一排接亲的车辆，带头的汽车载着一对结婚的新人，新郎正打开车门准备把新娘子抱出来。

玉玉痴痴地看着这一切，眼里那期盼的目光，一直追随着新娘子。王哲坤怕玉玉看久了心情又不好了，就拉着她的手离开了，但玉玉还是不断地回头看。

因为被路上的小插曲所影响，他们俩忽然忘记了出来逛街的目的，于是王哲坤问玉玉："老婆，我们出来是干吗的？"

"我也忘了。"玉玉摸摸头苦恼地答道。

"我好像记得是要做什么事的。"王哲坤说道。

"但我真的忘记了。"玉玉吐了吐舌头答道。

在路上走了一段时间还是没有想起出来的目的，于是王哲坤和玉玉就回家了。

晚上的时候，玉玉突然跟王哲坤说："老公，我发现在市政府那边新开了一家酒吧，我们今晚去玩玩吧。"

"好吧！"如果不是玉玉提出来，王哲坤一般很少去那种地方玩，因为那种地方是非多。

"是清吧还是迪斯科呀？"王哲坤问。

"迪斯科啦。"玉玉说。

于是王哲坤跟玉玉一起打了个的士到了那个酒吧门口。

王哲坤在迪斯科里面玩得不是很多，因为迪斯科一般都是混混扎堆的地方，什么乱七八糟的人都有，里面还经常会发生打架斗殴之类的事。

今晚酒吧里的人很多，进入酒吧以后，霓虹灯光闪烁，动感的音乐震耳欲聋。酒吧中间是一个圆形的舞台，舞台上挤了一大群男女，他们在随着音乐扭动着身体。穿着制服的服务员们在酒桌间穿梭，有人拿着蜡烛在摇晃着，有人在划拳大声地叫喊着。

王哲坤和玉玉选了一个地方坐了下来，他凑到玉玉的耳朵边大声地问玉玉想喝什么，玉玉说：

"老公，我们来一瓶洋酒吧，我想喝点酒。"

"不怕喝醉吗？"王哲坤问玉玉。

"今天我就想喝酒嘛！"玉玉对王哲坤说。

于是王哲坤点了一瓶威士忌。

威士忌端上来之后，王哲坤又点了几瓶饮料给玉玉。但玉玉却给自己倒满了一杯威士忌，然后端起酒杯就喝了一大口。

"干吗喝得那么急？"王哲坤问玉玉。

"今天想喝酒了嘛！"玉玉说。

"你喝醉了怎么办呀？"王哲坤又问玉玉。

"你背我回去呀！"玉玉说。

"你要想跳舞就去舞池里跳呀。"王哲坤说。

"老公真好。"玉玉亲了王哲坤一下，便跑到舞池里跳舞去了。王哲坤想只要她开心，就由着她吧。

舞池中间人很多，玉玉的身影晃动了几下之后就不见了。王哲坤不想跳舞，就没有跟着玉玉上去，一个人默默地坐在那里边看边发呆，大约过了十分钟，玉玉闪现在王哲坤的眼前，脸上洋溢着开心的表情，头上冒着汗，在座位上坐了一会儿以后，又不停地倒酒喝。

"喝慢点行不？不要喝得那么急。"王哲坤大声对玉玉说道。

"我想喝酒，难得出来喝一次！不要管我，好吗？"玉玉对王哲坤说。

"老公，一起去跳舞好吗？"玉玉喝了一口酒问王哲坤。

"我不太会跳呀！"王哲坤说。

"来，跟我一起去吧！反正都是乱跳的。"玉玉说完，就拉着王哲坤的手一起进了舞池。震耳欲聋的音乐在王哲坤的耳边响起，王哲坤抱着玉玉的腰随着节奏在舞池中不断地摇晃着。

可能因为酒喝得太急，后劲上来了，从玉玉不规则的步伐中王哲坤能感觉到玉玉已经有点醉了。看到她已经几乎快要摔倒的样子，王哲坤赶紧将玉玉拉到了座位上。

在座位上还没坐几分钟，玉玉拿起酒瓶又倒了一杯酒，刚要喝的时候，王哲坤一把就抢了过去。

玉玉双手紧紧地捧着王哲坤的脸，将自己的脸凑到王哲坤的面前，醉眼蒙眬地看着他，说道：

"难得让我出来开心一回，今晚就不要管我了好吗？只喝这一回，下不为例。"

"老婆，回去吧！"王哲坤说。

"不想回去，我还想玩会。"玉玉说。

"那我们不喝酒了好吗？不然真的会醉了。"王哲坤将酒瓶盖了起来。

"那我再去跳舞！"玉玉说完就又起身往舞池走。看她走路的姿势有点踉跄，王哲坤赶紧上前扶住了她。

"我陪你一起跳吧！"王哲坤说。

跳舞的时候，王哲坤几乎是完全抱着玉玉的身子在跳，累得实在不行了，才不得不将她半拉半抱地弄到了座位上。此时，玉玉拿起酒瓶又准备倒酒了。

"不要喝了，你真的不能再喝了。"王哲坤不断地央求着玉玉。

"我要喝，今天你就让我喝个够吧，好不好？"玉玉大声对王哲坤说。

"那就再喝一小杯，好不好？"王哲坤大声对玉玉说道。

"好。"玉玉大声答应了，王哲坤因为被玉玉要酒喝的行为缠得不行，只好又帮她倒了一小杯，结果玉玉拿起杯子一口就干掉了。

"要不我们回去喝，我看你真的有点醉了。"王哲坤将酒瓶盖了起来。他看她喝得有点东倒西歪了，一副醉得不轻的样子。

"我还要喝。"玉玉大声叫着，幸好是在酒吧里，声音嘈杂，在那种环境里面，也没有什么人去注意她。

"回去算了，我回去让你喝好不好？"王哲坤贴在玉玉的耳边大声地说着话。

"好！"玉玉终于答应了。

王哲坤于是收好那瓶酒，架着玉玉就走出了酒吧的门。玉玉此时已经完全醉了，走路七扭八拐的，根本站不稳了。

"我还要喝酒。"玉玉大声叫唤着。

"酒我带好了，我们回去再喝好吗？"王哲坤耐心地对玉玉说道。

"你今天哪里是喝酒，分明就是在喝水！哪有人这样喝酒的？"王哲坤一边扶着玉玉一边有点责怪地对她说道。

王哲坤扶着玉玉，拦下了一辆的士回家了。

回到家，王哲坤把玉玉放在床上，玉玉在床上大声说道：

"老公，酒在哪？你不是说回来再喝吗？"

"不喝了吧！你已经醉了，今天你要是不高兴，有什么事情可以跟我说呀！别自己一个人喝闷酒呀！"王哲坤委屈地说。

"没有什么事情，就想喝酒嘛！"玉玉说。

王哲坤打好热水，帮玉玉擦拭全身，整理干净后，便打算离开，这时玉玉忽然从床上爬起来，拉着他的手说：

"老公，你准备去哪儿？过来陪我嘛。"

"我去洗漱，一会儿就回来了。"王哲坤知道玉玉喝醉了，想要性子。

洗完脸洗完脚以后，王哲坤刚一缩到被子里面，玉玉就一把抱紧了他，然后嘤嘤地哭了起来。

"老婆，怎么啦？"王哲坤觉得玉玉今天有点怪怪的，就问她。

"没有什么，今天就想哭。"玉玉说。

"今天为什么又想醉，又想哭呢？"王哲坤问玉玉。

"没有，就是想抱抱你。"玉玉将身子紧紧地靠在了王哲坤的身上。此时，可能是喝了酒的缘故，玉玉的身体像一个滚烫的火球一样靠在王哲坤的身上。

"老公，今天不开心吗？"玉玉问王哲坤。

"没有，你好好睡吧！"王哲坤拉灭了灯。

在被窝里面，玉玉像一只小猫似的拼命往王哲坤的怀里钻，好像要钻到他的肚子里去似的，王哲坤不得不紧紧地抱着她，那种感觉就好像要用 502 胶水将两个人从头到脚粘起来似的，一直到她慢慢睡着了才松开。

## 二十一、相亲

下班以后王哲坤回到家里，母亲就特意交代他："今天你哪儿也不要去，我已经在一家餐厅订好了包厢，约好了邓院长他们一家人一起吃个饭，正好你和小金也一起见个面，相互交流交流感情。"

"我今天有事。"王哲坤对他母亲撒谎道。

"什么事都不行，就是天大的事也得给我放下来。"母亲有时候说话就是那么专横。

王哲坤不得不服从母亲的话，被她强迫着去了那家餐厅。在餐厅门口，母亲不断地叮嘱着王哲坤，看到金县长他们一家，要主动打招呼，要礼貌，并说跟他们一家人搞好关系，对王哲坤以后的前程会有很大的帮助。毕竟现在是一个关系社会，正当王哲坤母亲不断交代他的时候，金县长、邓院长他们一家人慢慢地走过来了。

"金县长好，邓院长好。"一看到他们来了，母亲就立刻满脸笑容，亲热地上前拉住了邓院长。父亲也笑着上前，用双手握住了金县长的手。

"林主任好，王局长好。"邓院长和金副县长也热情地和王哲坤他父母亲打着招呼，客套地寒暄着。

这时，王哲坤看到了那个女孩，十多年的时光，除了使王哲坤长成一个个子高高的帅小伙以外，也使她长成一个亭亭玉立的大姑娘。她的个子和玉玉差不多，身材比例还算好，但很瘦。她挽着她母亲的手臂，有点怯怯的，害羞地躲在她母亲的身后，但那双眼睛一直在偷瞄着王哲坤。她是个长得还算漂亮的女孩子，瓜子脸，穿着一身浅灰色的套装裙，戴着一副精致的无框眼镜。一看就知道她是一个很注重形象、循规蹈矩的女孩子。她的皮肤没有玉玉那么白，也完全没有玉玉身上所体现出来的那份灵气和可爱。

"这是我儿子。"王哲坤他母亲向金院长他们一家人介绍。

"叔叔好，阿姨好！"王哲坤很有礼貌地跟金副县长他们一家人打了招呼。

"都长这么高了呀！"邓院长很认真地看着王哲坤说。

"是的，大学毕业以后分在县财政局上班。"王哲坤母亲对邓院长说道。

"不错，小伙子有前途，很优秀。"金副县长在旁边称赞道。

"这个是梦婷，你还记得吗？你们小时候一起玩耍过的。"王哲坤母亲此时向王哲坤介绍着金梦婷。

他们相互看了一眼，都礼貌性地微笑着点了一下头。金梦婷看王哲坤的视线停留得久些，眼睛里似乎闪现着一丝不易察觉的柔情。

王哲坤的母亲引导着金梦婷一家进入了她事先订好的豪华包厢。虽然金梦婷的父母是王哲坤母亲的上级，但从他们轻松而又亲密的交流中看得出王哲坤的母亲和邓院长在单位的关系应当是非常好的。

金梦婷的母亲是王哲坤母亲所在医院的正院长，她的父亲是主管文教卫的副县长，从金梦婷父母的职位来讲，他们家应当属于这个县城里非常有名望的家庭了。此时，王哲坤才深深理解，他的母亲为什么那么强烈反对他和玉玉的事情了，原来，是他被这个有实力的家庭看中了。

等大家全部坐好，服务员倒好茶水以后，母亲又开始刻意向王哲坤介绍起金梦婷的情况。

"梦婷呀，在我们医院是一个很优秀、很上进的女孩子。"

此时的王哲坤，因为心里装着玉玉，所以对金梦婷也无心关注，他总觉得她的身上有一种很微妙的刻意装出来的时尚感，与玉玉的真实本色截然不同。不知为何，王哲坤总觉得这种见面的感觉比较生硬，也有可能是因为他母亲刻意介绍的原因吧。若王哲坤和金梦婷是自己私下认识的，可能那种感觉就要放松得多，因为年轻人本来就对那种父母之命、媒妁之言有一种自然而然的排斥感。

"你们小时候经常在一起玩的。"母亲不断撮合着他们。

"你和梦婷是同一年的，以前在我们医院那老院子里住的时候，你还经常欺负梦婷呢，你小时候就是调皮，你们还在一起玩过家家呢！"母亲想勾起王哲坤对金梦婷那份儿时的记忆。

金梦婷听了王哲坤母亲的话，脸红红的，似乎因为害羞而低下了头。

然后两家父母就开始客套地寒暄起各自的现状。

王哲坤认为，无论在什么时代，年轻人对所谓的门当户对，都觉得是家庭与家庭之间的一种无形交易。双方家庭在天平上衡量着各自的财力、家境、社会背景以及双方家庭的付出。其实，有时候想起来，他反倒认为这种婚姻是最不牢靠的，一旦双方心中的期望值和以后所得到的有很大的差别时，那份感情就也会变质。

王哲坤和金梦婷的话不是很多，毕竟是长大后的第一次见面，而王哲坤的心里还装着对玉玉的爱，对金梦婷也没有太多的话好说，并且十多年的时间造成的空白也唤不起王哲坤太多的回忆了。

在整个用餐的过程中，王哲坤和金梦婷基本上只是很客套地聊上不多的几句话，比如说你现在怎么样之类的。因为王哲坤是个男孩子，如果他都不主动聊起话题，那人家女孩子也会因为矜持而不好意思说过多的话。于是，聊完那几句之后，他们之间就没有什么话可说了，他们只是呆呆地听着他们的父母说着那些对于他们年轻人来说枯燥得要命的话题。金梦婷可能也觉得无聊，一次又一次地用一块手帕擦着她的镜片。王哲坤发现金梦婷摘掉眼镜以后，她的脸好像一下子变大了，能清晰地看到她鼻梁上因为长期戴眼镜而留下的痕迹。最后金梦婷将眼镜片擦拭得光洁明亮之后，又重新戴到了眼睛上。

这顿饭的大部分时间都是双方的父母在聊着他们的话题，王哲坤因为心里牵挂着玉玉，只能强颜欢笑地坐在那里，其实如坐针毡，难受得要命。王哲坤感觉在母亲的眼里，他已经是一个快要过期的商品，忽然间找到了一个中意的买家，就想尽快将他出手。这让王哲坤觉得一点意思都没有。

在枯燥的气氛和百无聊赖之中，终于结束了晚饭。

"小伙子还是不错的，很斯文，也很懂礼貌，以后有时间可常来我们家玩呀!"邓院长客套地说道。

"谢谢您!"王哲坤生硬而假装礼貌地回答了一句。

"哲坤,邓姨说了,以后如果有时间就常去邓姨家坐坐,邓姨小时候还带过你的,你也应当常去看看阿姨呀!"王哲坤母亲在旁边对王哲坤说道。

"知道的!"王哲坤有点生硬地说道,他此时非常讨厌母亲这种逼迫的感觉。

在一片客套声中终于结束了今天的相亲联谊会。

王哲坤真的不明白,天下所有干涉子女婚姻的父母,都以为他们是神仙,他们总是用他们已经过期的思维来影响着儿女们的幸福,棒打了多少爱得死去活来、铭心刻骨的恋人。

在接下来的两天里,王哲坤悄悄地安排着一切,他先到单位和他的朋友那里偷偷借了些钱,又准备了一些换洗的衣服装包,然后他带上了所有的东西坐车到他们租的房子里去找玉玉。

在路上的时候,王哲坤的脑海里不断闪现着那天玉玉和他分别的情景,是那么难舍难分。现在的他,突然间觉得很开心,因为一个人一旦下定了决心去做一件事,他就会觉得很轻松。王哲坤想着等到了外面,找份工作,正式稳定了以后,再告诉自己家里。

王哲坤想等见了玉玉以后,就将这个决定告诉她。王哲坤好想看到玉玉开心的样子,他猜想她一定会吊着他的脖子大声地欢呼。王哲坤一想到玉玉脸上的笑容,想到她全身都洋溢着的那份喜悦,他就好想马上见到玉玉,和她一起分享这个消息。

但是当他打开门以后，他犹如被从天而降的大锤子给捶了一下似的，一下子就在那里怔住了——只见房间里面就像被人洗劫了一样，已经空空如也，空空的房间里没有留下一丝痕迹，就好像他们不曾来过似的，什么都没有了。

王哲坤赶紧跑上跑下地问其他租房的人，但大家都说不太清楚。

这时王哲坤看到了上次和玉玉在一起聊天的那个老男人，他像看到了救星一样扑了上去，那个男的都被他的样子吓了一跳，但他说他也完全不清楚是什么情况。

王哲坤又跑去问房东，房东告诉他，房子已经退掉两天了。王哲坤这时才突然想起那个早晨，玉玉那么反常地抱着他，原来是要从心底同他诀别！

王哲坤一下子无力地靠在墙上，看着空荡荡的房间，一时回不过神来，似乎这房间里还飘着玉玉淡淡的体香，一直没有散去，那温馨的气息还停留在这个空间里，那种时时回响在他耳边的莺声细语，就恍如昨日。王哲坤抬头看着白白的天花板，回想着玉玉曾经在这个房间里的一举一动，眼泪止不住地流了下来。

一瞬间，王哲坤感到头晕眼花，手脚一下子变得冰凉，他慢慢地蹲了下去，双手捧着头，双眼饱含着泪水，心里不住地呼喊道：

"玉玉啊！当我从心底已经坚定地做好了私奔的准备的时候，你却突然间走了。我没有事先和你说明，是因为我怕万一在这个过程中，我没有借到钱，或者我的父母知道了，会有什么意外发生，而让你更加难过呀！"

玉玉突然间就消失了，这让王哲坤伤心到了极点，他的眼泪顺着脸颊流了下来，一滴一滴地掉落在冰冷的地板上，他有一种内心被掏空了的感觉，就像一个在茫茫荒野中迷失方向的孩子，一下子不知道该怎么办了。

王哲坤知道，在这份感情当中，玉玉已经承受了太多，她的心里已经完全承受不了了。

王哲坤也知道，当玉玉看到那个女孩子的照片时，当她看到路上那对结婚的年轻男女时，当她一个人待在这个房间里度过一个又一个孤独的夜晚时，她可能清楚地感觉到他们是来自两个不同世界的人，他们是没有未来的。

王哲坤甚至能想象出，当时的玉玉边走边回头的情景，她走得有多痛苦啊！要怪也只能怪自己太粗心了，没有看出玉玉那几天脸上的憔悴和满脸的愁云，没有感觉到玉玉临别时和他的依依不舍。

可能恋爱中的人会觉得疲倦，也许玉玉真的感觉很累了。

王哲坤知道，虽然玉玉和他在一起好开心，可是不断闪现在玉玉脑海里的纠结，使她始终看不到未来，让她想不走都不行。

"我真的该死！"

王哲坤狠命地打了一下自己的脑袋。

他拼命打那个呼机，一直呼了几十遍，玉玉都没有回，王哲坤猜想玉玉一定是离开本地了，因为王哲坤那个呼机出了他们那个地区就完全呼不到了。

王哲坤赶紧去找玉玉的哥哥，她哥哥不在，只碰到了她的嫂子。一见面王哲坤就主动问她："请问玉玉在这里吗？"

"玉玉不在这里。"玉玉嫂子回答道。

"那她哥哥在家吗？"王哲坤又问道。

"不在，玉玉她哥陪着父亲到省城看病去了，父亲得了很严重的肺病，要到省城才能治，前段时间很严重。"她嫂子说道。

"啊！一直都没有听玉玉说起过，不然也应当去看看他的。"王哲坤不好意思地说道。

"那玉玉在哪里了？你知道吗？"王哲坤又问道，这才是他最关切的问题。

"不清楚，玉玉已经走了几天，她没有回老家，只到我们这里打了一个转就走了，说是到外面去打工了，也没有说到哪里去打工，说她安定下来了就会联系我们的。"她嫂子说道。

"哦，她没有说具体去哪个地方吗？也没有留下什么联系方式吗？"王哲坤又追问道。

"没有。"她嫂子说道。

"她没有向你交代什么事情吗？"王哲坤又问道。

"没有，什么也没有交代。"她嫂子又说道。

王哲坤知道再问也问不出个所以然来，玉玉的家人都是那么老实，应当不会骗他的。他很失望地离开了玉玉哥哥的家。

王哲坤赶紧又去找英子，可英子也没在家，英子的家人告诉王哲坤，前段时间英子到北方她亲戚家去了。

王哲坤在心里猜想，玉玉是不是又跑到广东打工去了呢？

一想到玉玉如果真的躲起来了，或者因为痛苦而嫁掉，一阵莫名的剧痛感就从王哲坤的心底涌了上来。一想到玉玉被其他男人拥在怀里，王哲坤的内心就充满了极大的痛苦和愤怒。

"我已经做好了决定，要和你厮守一辈子呀！你为什么就不能等我一下子呢！玉玉。"王哲坤在心里不住地呼喊道。

王哲坤简直快要疯掉了，他完全承受不了眼前的事实，没有玉玉的相伴，那种来自内心的孤独感让他无法忍受！

王哲坤内心里的那份失落感和深深的想念，迫使他产生了一个坚定的想法，他咬紧牙关对自己说道：

"玉玉，哪怕是隔着万水千山、刀山火海，我都要将你找到。"

最后，王哲坤下定决心，无论如何也要去广州找找玉玉，不管找不找得到，他也一定要去试试，因为就这样让他待在家里，他会更难受。

于是，王哲坤在家里待了几天以后，就买了一张车票，因为当时到广州的火车票实在是太紧张了，无论什么时候车里都是人挤人，王哲坤急于赶路，只好买了一张站票。他挤上了南下的火车，在一个通宵的拥挤和劳累之后，他又到了那个让他有了心理阴影的广州火车站。

一下火车，一股热浪立刻扑面而来，就像进入了一个巨大的蒸笼里，王哲坤头上的汗一下子就冒了出来。秋天的广州城，就像一个大火炉，白天的阳光极其毒辣，晒得地面就像一条条燃烧的火道，那柏油路面就像油锅里的油一样，踩在上面嗞嗞作响。一幢幢大楼，那玻璃幕墙上面反射出刺眼的白光，让人看一眼都无法睁开眼睛，路边树上的树叶因为酷热都有气无力地耷拉着叶子，显得垂头丧气。

还是一样的广州火车站，人山人海，混乱不堪。

唯一不同的是，这次王哲坤是带着辛酸和牵挂来的。

## 二十二、寻找玉玉

　　"玉玉，你在哪里呀？"王哲坤的内心在一遍又一遍地呼喊着，"我真的好想你啊！"

　　千百种可能发生的情景涌现在王哲坤的脑海里：一想到玉玉那孤独绝望的身影，一想到她工作时忙碌辛苦的情景，一想到她因为绝望而将自己嫁掉……王哲坤立刻就有一种被勒紧喉咙的窒息，心里就会有针扎一样的疼痛，那种感觉几乎要让王哲坤的内心抓狂。自己无比珍爱的东西无端地被别人抢走了，那种内心的痛苦是可想而知的。但是，反过来想，玉玉是一个生活在社会底层的女孩子，她又能做什么呢？毕竟在这个冰冷的世界里，她是那么单薄，只是一个奋力与爱情抗争的弱女子啊。

　　一下火车，王哲坤没有过多停留，直接坐公交车到了沙河。一到沙河，王哲坤立刻就找到了玉玉曾经帮忙拉过客的旅社，但这里早就换了老板。王哲坤又找到了玉玉曾经租住过的房子，但此时这里面已经住下了其他南下淘金的人。他猜测玉玉也有可能不会再住在那里了，但他又能到哪里去找她呢？他目前也只能凭感觉到曾经和她碰见和她居住过的地方来碰碰运气呀。

王哲坤那次在广州的时候，也没有去过玉玉上班的地方，他们是在街上认识的，他也从来都没去过玉玉她们工厂。况且后来英子也辞职，去省城做事了，所以，现在王哲坤只能盲目地寻找。他只知道玉玉在沙河打过工而已，而现在的沙河，到处都在搞建设，到处都拆得不像个样子，高楼大厦和一些老式的旧房子此起彼伏的，像沙河这个样子，可能过几年再来，就会完全认不得了。

接下来王哲坤又沿着整个沙河的街道，一条条地找，一遍一遍地寻，但等到的是一次次的失望、一次次的泄气，王哲坤的内心里充满了极大的愤慨，同时又充满了担心。

他又来到了两人第一次认识的地方，坐在那条长长的凳子上，他默默地想着玉玉。就是在这里，他看到了当时的她，那路灯下朦胧的身影，还有那段青涩的回忆一下子就闪现在他的脑海中：仿佛此刻玉玉就站在这里，穿着那件粉红的毛衣，还有那条蓝白相间的牛仔裤，露出她那怯生生的表情。那一切的一切恍若发生在昨天，可是，一瞬间，玉玉就不见了，一想到这，眼泪就爬满了王哲坤的脸颊。他不禁低下头，双手使劲地抓着自己的头发，痛哭了起来。

一天又一天，王哲坤住的是那种廉价的招待所，吃的是最便宜的盒饭，有时候为了节省开支，甚至就着一瓶矿泉水啃几个馒头。他的衣服也好久都没有洗了，天天是湿了又干，干了又湿，衣服上满是汗渍，穿在身上硬邦邦的，就像一块抹布了，他浑身都充满着一种酸臭味。

只要一看到背影和玉玉相似的女孩子，王哲坤就会不自觉地跑上去轻轻拍一下，接下来就是因为认错了人而不断地道歉和说明理由，有时还被误认为是耍流氓而被人痛骂。

那时的王哲坤好后悔跟玉玉在一起的时候没有留下一张照片，他此时只能不断地比画着、叙说着、描绘着，不厌其烦地向不同的人询问着，哪怕只有一丝丝的希望，他也不愿放过。广州那么大，那时候通信还没那么发达，找一个人真的犹如大海捞针。

王哲坤甚至去找过派出所，说她的女朋友突然走失了，他甚至幻想着警察能帮他找到玉玉，喊他去领人。

王哲坤越来越失望了，到最后那种希望几乎变成了绝望，感觉走在街上的每一个女孩子的背影都像他的玉玉。唉，十多天过去了，玉玉真的就好像人间蒸发了一样，完全消失了。

有时候，王哲坤就一个人默默地坐在马路边，感受着这潮湿闷热的天气，看着充满尘烟的灰蒙蒙的天空，看着喧嚣的街道，看着那一辆辆车经过，看着那一个个行人走过，他在心里默默地想着玉玉，可以从早上一直坐到晚上。

有时候，王哲坤一个人在旅馆里，吃着硬硬的馒头，喝着矿泉水的同时，眼泪禁不住就流了下来。

身心的疲倦，让王哲坤苦不堪言，他一个人漫步在人生地不熟的广州街头，禁不住仰天长叹："我该怎么办？"

难道玉玉嫁人了？难道玉玉进其他的什么工厂里面去做事了？王哲坤在心目中设想着玉玉一个又一个的去处。在不断的设想中，他不知不觉地走到了一个小公园里面。

在小公园里面，他看到了一把长长的椅子，就坐在椅子上面休息了一下。一坐下来，疲劳和满天的思绪就立刻飞涌了上来，不断地在他的思维中荡漾着、荡漾着。就这样坐着，不知什么时候，王哲坤在一片恍惚中不知不觉地睡着了。

　　王哲坤做了一个梦。

　　他一个人走在空空的街道上，看到了一栋白色的楼房，在周围的房子中是那么显眼，大门口的防盗门是开着的。于是，他就慢慢地走了进去，上了一层楼又一层楼，也不知道走了多少层，看到一个单元里的一套房子的门是开着的，就不知不觉地走了进去。那是一套四周的墙壁都是白色的房子，他走进了客厅，又走进了厨房，突然间看见玉玉就在厨房里做着饭菜。他欣喜若狂，就从后面紧紧地抱住了玉玉，眼泪一下子哗啦啦地掉了下来，但玉玉的脸上却一点表情都没有，仍然只是在做她的饭菜。王哲坤从后面去亲她的脖子，玉玉没有理他，王哲坤亲着亲着，突然感觉到头上传来一阵剧烈的疼痛，原来是一个四十多岁的高大而又粗壮的男人，正抓着他的头发使劲地往门外拖，并狠狠地打着他的耳光。王哲坤的鼻子里一下子流出了血，但那男人仍不停地打着，打得王哲坤全身都是血。他不断地挣扎着，大声地喊叫着："玉玉，救救我。"

　　玉玉却一直在厨房里不停地做着饭菜，没有出来。那男人打够了之后，一把就将王哲坤扔出了门外，然后"啪"的一下就将铁门重重地关上了。这时玉玉忽然从里面又将门打开了，并探出头来，王哲坤高兴地爬了起来，伸出双手就要拥抱过去的时候，玉玉却出其不意地将他一脚踢开，面无表情地对他说："那个人是我的老公，你以后再也不要来了。"

　　王哲坤在大声地哭叫着："玉玉！玉玉！"，

这时他感觉肩膀被重重地拍了一下，王哲坤翻身就爬了起来，迷迷糊糊中，他使劲睁开了眼睛，原来是一个戴着红袖章的老头子将他摇醒了，并叽里呱啦地对他说着什么。听了半天，王哲坤才明白，原来是让他不要在那里睡觉，说凳子是让人坐的地方，不是让人睡觉的地方。

时间一天一天地过去，王哲坤一直打听不到玉玉的消息。

到最后王哲坤实在是没有一点法子了，只好守在他跟玉玉第一次见面的地方，在那周围不停地徘徊着。晚上的时候，王哲坤一个人默默地坐在不远处街道绿化带的长椅上叹息。

这时，王哲坤看见几个妇女就在他的不远处不断地招呼和询问过路的人，问他们要不要住旅社。王哲坤想想，要不再去和她们聊聊天，说不定能问到什么好消息。就这样，王哲坤抱着死马当作活马医的心态就向她们走了过去。

"您好，请问一下，你认识一个叫玉玉的女孩子吗？"王哲坤小心地问着其中的一个妇女。

"不认识，哪个地方的人？"一个妇女问道。

于是王哲坤跟她们详细讲了下玉玉是哪个地方的人，以前在这里帮旅社拉过客，在附近的服装厂打过工，有多高，有什么样的外貌特征等。

"现在这里都准备拆掉做大型的服装批发市场了。"一个妇女喊道。"你应当到另外的厂区去问下那些打工妹。"另一个妇女说道。

于是她们告诉了王哲坤服装厂的具体位置。

接下来王哲坤就到了厂区的位置。一看到那些穿着厂服刚下班的服装女工，王哲坤就有一种说不出的亲切感。于是，他开始一个一个地问她们。

终于，功夫不负有心人，王哲坤从一个路过的女工那里，知道了玉玉的情况。

当时，一群女工从厂区走过来时，王哲坤就上去问她们。

"是哪一个玉玉？我们这里有好几个叫玉玉的女孩子。"有一个女工说道。

于是王哲坤就详细讲了下玉玉的情况给她们听。

看到她站在那里很认真地努力回忆着，王哲坤心中一瞬间燃起了希望，他就在旁边耐心地等待着。

"请问您要不要喝水？我去帮您买一瓶水来。"王哲坤极力讨好着她，生怕她走了。

"谢谢，我不需要。"那女孩子轻轻地挥了一下手，还在努力回忆着。

"你找的那个玉玉跟你是什么关系？"她又问王哲坤。

"我是她的男朋友，我找了她好久了。"说完了这句话后，王哲坤又详细地告诉了她玉玉的外貌特征。

"哦，原来是那个玉玉，长着圆圆的脸，皮肤很白，很漂亮的那个女孩子。"她终于想起来了。

"是的！"王哲坤兴奋得大叫起来。

"我们厂里有三个叫玉玉的，一个是东北的，一个是贵州的，还有一个就是你说的那个。"她告诉王哲坤。

王哲坤开心极了，认认真真地和她交流了一番。她告诉王哲坤，她只认识玉玉，她还说玉玉前段时间在她们厂子里面做过，但现在没有在这里做了，还说有一个女孩子跟玉玉玩得很好，她可以带王哲坤去找那个女孩子了解。

"好的，真的谢谢你！"王哲坤一听到这个消息，心里十分感激这个女孩子，只是他此时手头很紧，不然就能请女孩子去吃顿饭表示谢意了。

接下来这个女孩子带着他到了女工宿舍外面，她上去不久，就下来了一个年纪和玉玉相仿的女孩子。

她个子和玉玉差不多，没有玉玉那么漂亮。

"你是不是在找玉玉呀？"那女孩子一上来就直接问道。

"是的，找了她好久了，但一直找不到。"王哲坤很失望地说道。听她口音，应该不是他们那个地方的，可能都不是一个省的。

"刚才那美女呢？真的谢谢她，她怎么没有下来了？"王哲坤又问道。

"她就住在上面，她叫我下来找你的。"那女孩子接着说道。

"好的，真的谢谢她了，玉玉现在怎么样了？"王哲坤焦急地问道。

"玉玉现在没有在这里做事了，她去虎门了，她现在找了男朋友，是她老板，她现在享福了。"那女孩子说道。

啊！一听到这个，王哲坤的心里犹如万箭穿心般痛苦不已。

"具体在虎门哪里，你有她的电话号码吗？"王哲坤又问道。

"这个，我想想……"女孩子停顿了一阵之后，告诉了王哲坤大概的位置，因为她说玉玉走后，就没有再联系过她了。

"好吧！谢谢你了。"王哲坤失望地对女孩儿说道。

"不好意思，我知道的都告诉你了，你去那里找她吧！祝你好运。"那女孩子对王哲坤说道。

"好吧，再次谢谢你，我走了。"王哲坤对女孩子说完以后，就很失望地离开了。

王哲坤终于知道了玉玉的行踪，他内心既兴奋又痛苦。

王哲坤同时也在担心，他从来都没有去过虎门，他能顺利找到玉玉吗？

王哲坤决定去虎门碰碰运气，也想给他们这段凄苦的爱情做个了结，如果玉玉真的过得很幸福，那他就只是远远地看看她，然后就回去。

当王哲坤坐车到达虎门时，已经是晚上了。不知为何，一踏上虎门，他就有一种莫名的心慌的感觉，一整天心都怦怦地跳个不停。

半个多月的寻找，让王哲坤变得非常憔悴、邋遢，头发凌乱得像茅草一样支在他的头上。

他一想到和玉玉之间所经历的事情，万般滋味都涌上了心头。想到寻找玉玉的这番艰辛，想到他和玉玉那充满着辛酸和快乐的交往，他禁不住百感交集，眼泪也不知不觉地流了下来。

因为从来没有来过这里，王哲坤一边走一边问，只找到一个大概的位置。此时，王哲坤一个人在大街上漫无目的地走着，不断地向行人打听那女孩子告诉他的地址。此时，夜风带来些许的清凉，城市的烟尘也渐渐消散，他不知不觉就走到了一个街心花园旁。花园里人有点多，大多都是下班后的人们出来散步，三三两两、成双成对的。

王哲坤走在街心花园旁边的大道上的时候，看到前面路口的人流量比其他地方的要多些，于是生出很大的好奇心，也随着人流走向那个路口。拐过路口，他走上了另外一条道。原来这里是一个好热闹的世界呀！这里面简直是人声鼎沸，只见一排排的夜宵摊，沿着整个街道排过去，就像一条亮丽的长龙，几乎挤满了整条街道。

一看到这种景象，王哲坤的肚子开始咕咕地叫唤起来，他悄悄地吞咽着口水，顺着那一排排的夜宵摊，慢慢地一路看过去。

可能老天还注定他俩的缘分没有断吧，当王哲坤慢慢地走到一个卖海鲜的摊位时，他一眼就看见了玉玉。她离王哲坤站着的地方大约有七八米的距离，王哲坤的心在一瞬间就剧烈地跳动了起来，像擂鼓一样。玉玉就坐在那一排排的座位中间，他日夜思念的玉玉就坐在那里，但他此时因为紧张，脑海中什么也没有了，只留下一片麻木的空白。

他当时只能一动不动，像个呆子似的，痴痴地看着玉玉。

玉玉穿着一件粉红色的吊带小背心，双手放在桌子上，一只手拿着一个白色的小杯子在慢条斯理地喝着水，眼神看上去有点忧郁。她和一个穿着白色短袖衬衫的中年男人面对面地坐在一张圆圆的桌子旁边，那桌子上放了一个很大的黑色男式手提包，旁边的座位都是空着的。那个男人正好背对着王哲坤，从他长长的双腿来看，他应当很高，不是很胖，大约四十来岁，很精神的样子，一看就像个做生意的。他们两个坐在一起的感觉就像一对准备用餐的父女，这时候可能还在等待，没有出菜吧，玉玉的眼神不自觉地往周围扫视着。

一瞬间，玉玉的眼神扫到了王哲坤的脸上，就在她的目光和王哲坤的目光对撞在一起时，那种犹如触电般的感觉，让她突然间震动了一下，她惊讶得将手中的杯子松开掉到了地上。

她噌地一下就离开了座位，叫了一声："哲坤！"

玉玉已经向王哲坤走过来了。王哲坤面如土色，完全不知道心里是一种什么样的滋味，他拼命地想跑开，但双腿却像被钉住了一样，挪都挪不动了，他的喉咙干燥得快要冒火了，一句话也说不出来。就在玉玉快要走到他面前时，王哲坤突然转身就跑，玉玉在后面拼命地追。

　　玉玉在后面一边拼命地追着，一边大叫着王哲坤的名字。王哲坤跑了一段距离之后，发现玉玉还是死死跟在他的身后，他忽然间就转过身来，睁着一双愤怒的眼睛瞪着她。

　　此时，玉玉离王哲坤也就两三米的距离。她脸色苍白，不停地喘息着，眼神中能看到闪动着的泪花，那里面有着无数的惊诧，也包含着无限的哀怨和柔情。但此时王哲坤已顾不上去体会她的想法，十多天的辛苦寻找，最后却看到她居然和一个可以做她爸爸的男人在一起，他心中的愤怒可想而知。

　　这时玉玉想要上前一步抱住王哲坤，王哲坤却用一种极其怨恨的目光狠狠地瞪着她，用食指指着示意她不要过来。

　　"不要动！"王哲坤厉声叫道。

　　"哲坤。"玉玉又叫了王哲坤一声。

　　亲吻，拥抱，叙说，本来心目中设想过的千百种相见的场景都没有发生。不知为何，王哲坤居然狠狠地对玉玉说道：

　　"我恨你！我永远都不想看到你了。"

　　也不知道玉玉当时是一副什么样的表情，总之她一下子被震住了。此时王哲坤也不想理会玉玉到底是什么样的表情了，只是转身飞也似的跑了。

　　王哲坤真的不明白他当时为什么要那么残忍地对待玉玉，他太冲动了，他想也许是一种极其敏感而又太过于强烈的爱情，在一瞬间突然转化为一股深深的仇恨吧。

　　卸下了全部的爱恨情仇以后，王哲坤几乎是拖着一个空空的躯壳，坐汽车，坐火车，然后回到了家里。一路上，他没有吃一口饭，喝一口水，也没有合上哪怕是一分钟的眼睛睡一下。

一回到家里，王哲坤就病倒了，发着高烧，骨头都烧痛了，一连几天都动弹不得，全身因为病痛而变得有气无力的。本来家里是要将他狠狠地批斗一番的，但看到他这个样子，最后也只好作罢。

整整一个月，王哲坤都没有下楼，也不想下楼，他天天躺在床上，默默地问自己：

"我能怎么办？"

"我真的好无能，在面对世间所有事物的时候，我只能无情地摧残着自己的肉体，用疾病来忘掉这种痛苦，了断这段感情。"王哲坤在心里答道。

一个月之后，因为郁闷，王哲坤去外省的姑姑家玩了两个月。

虽然痛，但王哲坤不得不强迫自己去学会忘记。

就这样，六个多月的时间过去了，转眼就到了第二年的四月份。王哲坤跟家里的关系也没有以前那么紧张了，他又另外配了一个呼机，玉玉也从来没有联系过他，他开始一点一点地恢复了理智，让时间来慢慢淡化这段感情。他似乎从童话世界慢慢回到了现实世界，由极其的不适应到强迫自己去感受、去适应，他又决定重新投入他那平静的生活了，那种让别人看起来所谓正常的、有规律的生活。

但闲下来的时候，王哲坤还是控制不了自己想玉玉，但恢复了理智的他从心底还是真心祝福着玉玉，希望她过得幸福，因为那是她自己选择的路，只要她自己觉得幸福就好。"天要下雨，娘要嫁人"，很多事情本来就是不能随着人们的主观意愿而改变的。

## 二十三、情缘

有一天，吃完晚饭以后，王哲坤独自一人到电影院看电影。电影院一般都是县城里人流比较集中的地方，所以一到晚上，人会非常多。王哲坤看了一眼电影排期后，正准备买票时，他看到了金梦婷——他母亲给他介绍的那位女医生。

"你好！"一看到帅气阳光的王哲坤，金梦婷便主动向他打招呼。

"你好！"王哲坤也礼貌地打了个招呼。此时的金梦婷，戴了一副大红色的细边框眼镜，烫了个大波浪卷发，比第一次见面时要洋气多了。

"一个人看电影呀！"金梦婷问道。

"是的，你买票了吗？"王哲坤问金梦婷。

"没有，你呢？"她问王哲坤。

"我也没有，要不一起买票吧。"毕竟看见了她，她又是一个人，王哲坤就顺口说了一句。

"好呀，不过我眼睛有点近视，座位尽量不要太后面了。"

王哲坤没想到金梦婷一口就答应了。那时候电影院的影厅比较大，可以坐下五六百人，所以如果坐到太后面的话，视觉效果要差好多。

"好，我知道了。"王哲坤说。

于是他就跟着那长长的队伍排队买票，金梦婷就站在旁边陪他聊天。

"这段时间过得怎么样？"王哲坤问她。

"还好吧！和平常一样。"金梦婷说。

"你这段时间过得怎么样？以前很少看你出来玩呀？"金梦婷问王哲坤。王哲坤不太清楚她说这话的意思，他想是不是她话里有话，她是觉得他以前很少约她玩呢，还是她真的很少在街上看到他呢？

"是吗？"王哲坤说。

"嗯，从来没有看见过你。"金梦婷又补充了一句。

"我去外省我姑姑家玩了几个月。"王哲坤说。

"怪不得呀！你妈也说你出去玩了。"金梦婷说。

"在家里待着挺闷的，就想出去走走了。"王哲坤说道。

"是呀！年轻就要多出去走走。我们上班的人呀，很少有机会啦。"金梦婷有点羡慕地说。

"我不也是个上班的人呀！我是请假的呀！年轻的时候都不出去走走，以后就没有机会了。"王哲坤说。

"嗯，以后有机会，我是得出去走走，要是我以后结婚，我就选择旅行结婚，反正有婚假的。"王哲坤不知道她是不是在暗示他，但他也没有猜测她的意思，只是听着。正好这时，轮到王哲坤买票了。

"两张，比较靠中间的座位有吗？最好是不要太后面了，因为近视看不清楚。"王哲坤把钱放进那小小的四方形窗口里。

　　拿到票后，因为还有半个小时才能进场，所以王哲坤想找个地方坐坐。电影院的广场上到处都站满了人，王哲坤和金梦婷走了一圈以后，看到没地方可以坐了，于是两人就去杂货铺买了零食和两瓶矿泉水。这时候，天空忽然下起雨来了，还越下越大，王哲坤拉着金梦婷的手飞快地跑到了电影院屋檐下的空地躲雨。这场雨来得特别快、特别急，因为没有任何预兆，所以没有什么人带伞。电影院屋檐下挤满了躲雨的人，小小的空间瞬间显得特别拥挤。

　　没办法，人实在是太多了，而雨也像是赶热闹似的下得更大了。他们俩只好紧紧地挨在一起站着，此时两个人的手都不得不放直，因为他们俩还不那么熟，所以王哲坤也不好意思用手去扶金梦婷。他低下头，便看见有股热辣辣的目光在看着他，那么近。王哲坤的下巴只要再稍微低一点就可以挨到金梦婷的脸了，他甚至能听到金梦婷由于紧张而变得急促的呼吸声，他们俩就在这个狭小的空间里被动地依偎着。

　　这时候，王哲坤不禁想起电影《魂断蓝桥》里费雯丽和罗伯特在防空洞里躲避炸弹的情景，觉得空气中弥漫着一股极其暧昧的气息。

　　这时人群里发出一声声叫骂的声音，好似有一大拨人向他们这边挤过来，金梦婷完全失去重心了，一下子就被人流挤到了王哲坤的怀里。王哲坤实在没办法，只好紧紧地抓着她的双肩，以防两个人跌倒。不知道从什么时候开始，金梦婷也呆呆地握着王哲坤的手，两个人被人流推动，紧紧地靠在一起。这时候王哲坤不禁想起了玉玉，要是她现在在这里，看到此情此景，会是多么兴奋啊！

而此时的金梦婷，因为这种无法避免的状况，脸上浮现出一抹不知是高兴还是不好意思的红晕。

他们俩就这样紧紧地被挤在一起差不多有五六分钟，王哲坤甚至能清晰地感觉到金梦婷的胸部紧紧地靠在他的胸口上，感受着她身体的热度和她那因紧张而怦怦直跳的心跳声。王哲坤感觉老天好像故意在开玩笑，把金梦婷拼命往他身上推，仅仅是一场电影，就让两人如此亲密地靠在一起。幸好当时天气还不是很热，衣服也还算穿得多，要是夏天，大家都穿着薄薄的衣服，彼此间这样抱在一起，真不知道会是什么尴尬的场面了。

人实在太多了，金梦婷紧紧地抓着王哲坤的衣角，他抱着她的肩膀，跌跌撞撞地往电影院里挤。顺着人流的方向，他们俩终于挤了进去，找到了座位。坐到座位上后，王哲坤深深地呼了一口气，身上的汗都出来了。

"真的好多人呀！"王哲坤说。

"是呀！我没有想到会下这么大的雨，实在是太挤了。"金梦婷从包里拿出纸巾递给王哲坤。

"你没事吧？"王哲坤问她。

"没事，有你一个男子汉在呀！"金梦婷笑着说道。

听到她这样说，王哲坤一时不知该怎么回答，两人又沉默了。

此时电影开演，灯全熄灭了，影厅内一下子安静了下来。王哲坤有点口渴，准备拿起手边的矿泉水时，不小心碰到了金梦婷的手，而金梦婷则立刻把手拿开了。

王哲坤问她："哪瓶水是我的？"

金梦婷笑着对王哲坤说："我也不知道哪瓶水是你的？随便

喝吧，不干不净，喝了没病。"

因为两瓶水都摆在他们俩的中间，并且这两瓶水都被喝过了，王哲坤也只好随便拿一瓶来喝。王哲坤在喝水时心里总有一种怪怪的感觉，如果那是玉玉喝过的水，他可能会毫不犹豫地喝下去，但毕竟现在旁边的人是金梦婷，不是玉玉。

随着剧情的起伏，王哲坤发现金梦婷在哈哈大笑的同时，偶尔会偷瞄他一下。

终于散场了，影厅内又是人潮涌动，这次金梦婷根本不用王哲坤说，便紧紧地抓着他的手臂。直到离开影院，她还在抓着，王哲坤无意识地瞄了一下她的手，金梦婷才惊醒了，立刻不好意思地将手放了下来。

"看场电影，真的像打仗一样。"为了消除彼此之间的尴尬，王哲坤随口说了一句。

"有时候还要挤些。"金梦婷说。

"那好危险，要是有人摔倒了怎么办？"王哲坤说。

"曾经就发生过因为有人摔倒而被踩死的事件，当时送到我们医院来了，全身都是淤青，已经断气了。"金梦婷说道。

"也亏你一个人敢来看电影，还真不怕挤。"王哲坤说。

"不是经常都那么挤的呀！"金梦婷说。

"那也是。"王哲坤说。

"今天幸好有你，要是我一个人，看到那么多的人，说不定就回家了。"也不知金梦婷说的是真是假，王哲坤只是听着。

"要不要打车回去？"王哲坤问金梦婷。

"不用，就走走吧，在影厅里面闷了那么久，走走路还舒服些。"

"好吧，那我送你回去吧。"王哲坤说。

"我知道你姓金，但我忘了你全名叫什么了。"王哲坤突然问起了金梦婷的名字来。

"金梦婷，上次林主任不是告诉你了吗?"如果换作是其他人，金梦婷理都不想理，但偏偏是王哲坤，是她从小就喜欢的男孩子，所以她就算知道王哲坤并不是真心想了解她的名字，她还是认真地回答。

"上次我没有听清，那时候因为单位事情比较多，心情比较烦闷，不好意思啊。"王哲坤故意编了个理由，他不想让金梦婷难堪。

"哦!原来是这样呀!"金梦婷一下子释然了，无论怎么样，至少眼前的这个男孩子给了她一个很好的理由，她的心里没有那种不舒服的感觉了。

"你的名字很好听呀。"王哲坤随口说道。

"美不美反正都是父母取的。"金梦婷说。

接下来王哲坤要了金梦婷的呼机号码，并把自己的告诉了她。

就这样，聊着聊着，他们就走到了人民医院的大门口了。医院的家属楼就建在医院的后面，穿过医院的大门口就可以走过去，当然家属院的后面还有一个小门，但很少有人会走那个小门。

"那我就不送了，有时间再聚。"王哲坤对金梦婷说道。

"好，再见。"快要分开时，金梦婷向王哲坤招了一下手。

王哲坤看到她的眼神里面饱含着深情的目光，目送他离开。

"有空欢迎你来我家玩，再见。"王哲坤跟她礼貌地道别后便离开了。

过了两天之后，有一天下午，王哲坤刚进门，真的就看到金梦婷坐在他家客厅里。看到王哲坤一进来，王哲坤母亲就笑嘻嘻地从厨房里跑出来对王哲坤说：

"梦婷说，前两天正好在电影院门口碰到你，就和你一起看了场电影，今天正好她休假，她说还没有来过我们家，于是我就约她来我们家玩玩。"

王哲坤母亲真聪明，只是一两句话就将金梦婷所有的尴尬都消除掉了，还造成了是王哲坤主动邀请金梦婷看电影的错觉。

金梦婷双手捧着茶杯，笑嘻嘻地看着王哲坤，说道：

"我跟林主任什么都聊的，跟她在一起有一种特别亲近的感觉。今天和她聊天时，她就邀请我来你们家吃晚饭，正好我也没有来过，就来看看。"金梦婷故意装作她对王哲坤母亲的邀请一点都不在意的样子。

反正怎么说呢，人都来了，王哲坤能感觉到金梦婷肯定是喜欢他的，那天看完电影走到没人的地方时她还紧紧地拉着他的手臂不松手。说句心里话，要不是那天有那么多巧合，王哲坤说不定看完那场电影便会遗忘。他最讨厌他母亲掺和他的事情，只要有她掺和，再简单的事情都会变得复杂。就算他不再去找玉玉了，他也不想他母亲给他介绍女朋友，况且他现在还没从和玉玉分开的阴影中走出来。孤独的时候，他就会想到玉玉，因为和玉玉在一起的快乐和轻松的感觉是任何人都代替不了的。

"吃这鱼呀，这鱼很好吃的。"吃饭的时候，王哲坤的母亲不断地招呼着金梦婷。

"好的，谢谢林主任。"金梦婷说。

"来，吃这个鸡，这可是大老远让人帮我买的土鸡呢。"

母亲不停地往金梦婷的碗里夹菜，王哲坤想，要是金梦婷只是一名没有背景的、很普通的护士，那么他母亲肯定不会邀请她来家里做客，更不会那么热情。他母亲之所以有今晚的表现，还不是因为金梦婷和金院长之间的关系，又碰巧逮到了王哲坤和金梦婷两人一起看电影，于是趁机邀请金梦婷来家中做客，顺便培养一下两人的感情。

吃完饭后，母亲要王哲坤到房间里拿些相册给金梦婷看。

此时的王哲坤感到骑虎难下，他想：老天爷真会开玩笑，一次电影就把他和金梦婷的事情搞得那么暧昧，让他有一种上套的感觉。

那天晚上，金梦婷一直在王哲坤他们家玩，不知不觉时间已经很晚了。王哲坤的母亲便对金梦婷说道："梦婷，现在已经很晚了，你给家里打个电话，就说今晚不回去了，你在哲坤他姐房间睡算了，明天早上我再和你一起回医院。"

金梦婷还是一个未嫁的女孩子，以后要是没和王哲坤结婚，将来这件事被传出去，那真是跳进黄河都洗不清了。但她又不想错过这个与王哲坤培养感情的机会。

当金梦婷正犹豫不决的时候，她的 BB 机响了，查看信息后便回拨了电话。

"梦婷吗？我是小王，我的爷爷今晚过世了，我要去帮忙处理一下后事，今天晚上你和我换一下班好吗？"

"好的，没问题，放心吧！"

"阿姨，我今晚不能在这里睡了，刚刚我们科室的小王给我打电话说她爷爷过世了，我今晚要和她换班，所以我要先回医院了。"金梦婷对王哲坤母亲说道。

"好的，那快去吧，上班要紧。"王哲坤母亲说道，因为金梦婷有正事要做，她也就不好再挽留了。

"哲坤，那你送梦婷去医院上班吧！这么晚了，一个女孩子独自去上班不太安全。"母亲对王哲坤说道。

"好的，我这就送她。"王哲坤答道。

"你一定要把梦婷送到上班的科室再离开呀！"母亲再三叮嘱着。

王哲坤装作没有听到就出去了，因为他知道，母亲恨不得他今晚都和梦婷待在一起不要回来，早点将好事做成，好圆了她的心愿。

出了大院门后，王哲坤招手拦了一辆三轮车，将金梦婷送到了住院部门口后，对她说："我明天还要上班，就不陪你了。"

"好的，谢谢你今天送我回来。"金梦婷很深情地看着王哲坤说道。

然后王哲坤头也不回地走了，他不想在那里做过多的停留，让金梦婷有念想。因为在他的心里，总还有一份莫名的牵挂。但是他又不想马上回家，当他离开了金梦婷的视野后，便独自在街上慢慢地走着。当王哲坤走了好远一段路后，他回头一看，却发现金梦婷还站在住院部门口，朝他离去的方向看着。

回到家后，母亲问他："你怎么这么快就回来了？没有陪梦婷吗？"

王哲坤撒了一个谎说："她让我回来的，说不用陪她。"

母亲说："你看人家正经的女孩子就是不一样，要是像那种很开放的女孩子呀！早就要你去陪她了。"

王哲坤知道母亲是话中有话，想借题发挥，但现在已经是大半夜了，他也懒得跟她吵架，洗漱后便赶紧去睡了。

母亲只要和王哲坤在一起的时候，就经常提醒他："你怎么不去约人家梦婷？女孩子要经常见面才能产生感情的，不然就生分了。"

王哲坤说："感情也不是一把火说烧就烧着的，要慢慢来的。"

其实，在王哲坤的心里，他要再找女朋友，也想找个和玉玉一样，苹果脸型的，充满灵性的女孩子。因为他讨厌那种虚伪做作的女孩子，这会让他感到压抑。

此后的一段时间里，王哲坤再也没有去医院，他怕看到金梦婷。

## 二十四、"小女友"


一天晚上，王哲坤因为腹部突然疼痛，并伴有发烧和呕吐的症状，被家人连夜送到医院。经过医生检查，他患的是急性阑尾炎，需要马上动手术。

王哲坤做完手术出来的时候，发现金梦婷就站在手术室的外面。

"手术很顺利，没有什么大碍了。"金梦婷笑嘻嘻地告诉王哲坤，然后就陪着王哲坤去了病房。王哲坤躺在床上后，金梦婷帮他把床头摇高，还在他背后垫个枕头让他靠着。可能金梦婷是医生的关系，所以做起来得心应手。

"谢谢你。"王哲坤对她说。

"林主任因为有事没来，我今天正好有空，所以过来看一下。"金梦婷说。

王哲坤在心里猜想："我动完手术我妈都没有在身边，是不是我妈叫她来的呀？"

坐了一会儿，金梦婷的科室有事，她要回去处理。

她准备离开前问王哲坤："你还需要我帮忙带些什么东西吗?"

"给我带几本文学类的书来吧。"王哲坤说。

"好的。"金梦婷接着又说道，"手术后不能乱吃东西，等下我给你带点稀饭吧。"

"好。"王哲坤因为手术过后，也懒得多说话，就随便应了一声。

然后王哲坤看到金梦婷迈着轻盈的步子走了。

因为无聊，王哲坤在病床上躺着躺着，不知不觉就睡着了。

等他醒来的时候，看到病床旁桌子上的东西，他便知道金梦婷来过了。桌上有一个保温盒，里面装着稀饭。还有几本书，王哲坤拿起一看，是几本世界名著。

"你醒了?"不一会儿，金梦婷就进来了。

"嗯。"王哲坤回答道。

"我刚才在和同事聊天。"金梦婷说。

然后她将手中那盒稀饭打开，放到了王哲坤的手中。

王哲坤一口一口地缓慢地喝着，金梦婷坐在一旁静静地看着他，王哲坤觉得有点尴尬，便说道："你如果没有什么事就先回去吧，我会照顾好自己的。"

"没事，除了上班，平时我也没什么事的。"金梦婷说。

此后的几天，金梦婷每天都来看王哲坤，有时候在病房里一待就是两三个小时。慢慢地，王哲坤对金梦婷没有那么排斥了。

有时候王哲坤也会和金梦婷聊起小时候的事情。有一天，王哲坤问金梦婷："你还记得小时候的事吗?"

"记得一些。"她笑着说。

"哦? 记得什么? 我妈硬说我小时候非礼过你?"一时高兴，

王哲坤开了一个玩笑。

"你那时像个小流氓。"她说完这句话后，有些不好意思起来。

"不过我现在越变越好了。"王哲坤开玩笑道。

"人就是要越来越进步嘛。"金梦婷随口说道。

"那也是的。"王哲坤说。

不知不觉中，王哲坤在医院里住了十几天，等康复得差不多了，他才回到家里。

过了几天，王哲坤的母亲为了答谢金梦婷，也为了创造王哲坤和金梦婷相处的机会，她特地忙了一整天，做了一大桌好吃的菜，请金家人吃饭，但因为金梦婷的父母临时有事，最后只有金梦婷一个人来了。

吃饭的时候，母亲一如既往地在说各种客套话，让王哲坤和金梦婷都没有什么话说了。吃完晚饭后，本来母亲是想让金梦婷留下来的，但王哲坤讨厌他母亲的喋喋不休，就提出到外面走走，金梦婷当然很愉快地答应了。他们俩穿好鞋子准备离开时，母亲对王哲坤说道：

"你和梦婷一起出去走走也好！"

"我知道的。"王哲坤说。

"人家是女孩子，你回家前一定要记得先把梦婷平安送回家呀！"母亲再次叮嘱道。

"好的，我知道的。"王哲坤说完便赶紧拉着金梦婷离开了，他最怕母亲一直喋喋不休，唠叨个不停，那种感觉让他很烦。

王哲坤和金梦婷走到大街上后，一时不知该往哪里走走，于是他问金梦婷："想去哪里走走呢？"

"你决定吧！我跟着你就好了。"金梦婷对王哲坤说道。

"好吧！那我们去河边走走吧！"王哲坤说道。

于是他们俩就来到河堤边。

夜晚的河堤，有一点凉爽，一对对情侣漫步在河堤上。他们俩不紧不慢地走着，因为没有路灯，河堤显得有点黑，只能朦朦胧胧地看到一对对相互依偎着行走的影子。

走到一棵柳树旁边，他们俩决定停下来休息。金梦婷靠在树干上，在朦胧的夜色中，她的眼睛犹如一潭清水。突然，金梦婷发出一声尖叫，一把抱住了王哲坤。

"树的那边是什么？"她的手哆哆嗦嗦地指着。

"什么？"王哲坤顺着金梦婷的手指看去，只见一团黑影在动，并伴有说话声。

"那边是一对情侣啦！"王哲坤说。

"我当时看到好大的一团黑影，感觉不像只有一个人的人影。"金梦婷说道。

"当然不是一个人，你没有看到人家在拥抱吗？"王哲坤说。

"晚上我看不清嘛。"金梦婷不好意思地解释道。

此时她正紧紧地抱着王哲坤，虽然王哲坤不知道她脸上的表情，但从她那粗重的呼吸声中感知到她现在非常害怕。

"害怕了？你以为遇到怪物了吗？"王哲坤笑着对她说。

"才没有呢！你说清楚了我就不会害怕了。"金梦婷说。

王哲坤感觉自从遇到金梦婷以后，让人暧昧的事情总是接二连三地发生，似乎老天有意创造机会要将他们俩撮合在一起。此时的金梦婷，仍然没有松开手，她不知是有意还是无意，将王哲坤抱得更紧了，王哲坤甚至能感觉到她的心在"咚咚咚"地跳着。因为抱得太紧，她的头发拂过王哲坤的鼻子时，王哲坤忍不住打了一个喷嚏，这时金梦婷才意识到自己失态了，慌张地松开了王哲坤。

"你没事吧？要不要现在就回家？"看到金梦婷被吓了一跳，王哲坤赶紧问道。

"没事，我们再走一会吧！"她赶紧说道，金梦婷当然不会轻易放弃这难得的两人相处的机会。

"你不怕有鬼？"王哲坤笑着对她说。

"有你在呀！"金梦婷笑着回答。

不知不觉，一路走，一路聊天，他们俩很晚才分开，各自回家。

几天后，王哲坤在医院门口碰到了金梦婷。

"王哲坤！"金梦婷喊了一声。

当王哲坤跟她站在一起聊天的时候，不知为何聊到了迪斯科，金梦婷说道："长这么大，我还从没有到我们县城里的迪斯科去玩过呢！"

"要不晚上一起吃饭，我请你去温沙那边新开业的迪斯科玩呀？"王哲坤说道。

"好呀，那你晚上八点在医院门口等我！"金梦婷看到王哲坤邀请她玩，开心地说道。

## 二十五、再见玉玉

　　到了约定的时间，他们俩先在医院会合，又一起去了迪斯科。他们挑了一个地方坐了下来，又点了几杯饮料。他们没有点酒，因为金梦婷不会喝酒。当然，对于金梦婷这种出身的人，家庭教育都比较严，一般都不沾烟酒，特别是从事医生、护士之类的职业。而王哲坤也不想喝酒。

　　因为周围环境太嘈杂了，不好聊天，王哲坤便对金梦婷说："如果你觉得坐着无聊，可以去舞池跳舞呀！"

　　"我不太会跳。"金梦婷大声地说道。

　　"没事，本来就是乱跳的，没有什么规律。"王哲坤说。

　　"那不如我们一起去跳呀！"她说，"反正坐着也无聊。"

　　王哲坤只好陪着金梦婷去舞池跳舞，王哲坤因为不太会跳舞，也就随着音乐的节奏乱摇着。舞池灯光闪烁，让人看不清眼前的事物。王哲坤随着灯光的变幻看着舞池里的人群，突然他的头像是被木棒重重地敲打了一下，他竟然看到了消失了很久、日思夜想的玉玉。

　　玉玉居然在酒吧当服务员，王哲坤只觉得头皮发麻，那一瞬间他以为自己是在做梦，他使劲地揉了一下自己的眼睛。但嘈杂的音乐声证明他并没有做梦，于是他赶紧找了个角落躲了起来。

　　"她怎么回来了？她难道没有结婚吗？她干吗到酒吧打工？"带着千百个疑问，王哲坤不断在脑海里搜寻着答案。

　　"哇！这里面好吵！"金梦婷从舞池退出，对王哲坤说道。

　　"哲坤，你怎么啦？哪里不舒服吗？"看到王哲坤坐着发呆，似乎没有听到她讲话，金梦婷便轻轻地推了一下他，关切地问道。

　　"啊！你在和我说话？"此时王哲坤才反应过来，随口应了一句。

　　"是的，看你一直在发呆，是哪里不舒服吗？"金梦婷摸了一下王哲坤的额头。

　　"好像有点头晕。"王哲坤撒了一个谎。

　　"既然不舒服，那我们回去吧！"金梦婷说道。

　　"好吧！不好意思，我们下次再一起来玩吧！"王哲坤抱歉地说道。

　　"没事的，身体要紧。"金梦婷关切地说道。

　　"要去医院检查一下吗？"走出迪斯科大门后，金梦婷亲切地对王哲坤说道。

　　"谢谢你，不用了，可能是昨晚上加班熬夜了，今天又没有休息好的原因。"王哲坤说道。

　　"早知道就不约你出来了，原来是加班累的呀！"金梦婷说道。

　　"要不我先送你回家吧！大晚上的，一个女孩子回家不安全。"王哲坤说道。

"你还是先回家休息吧！我没事的，等下打车回去吧！"金梦婷对王哲坤说道。

"那好吧！我先回去了，今天实在是不好意思呀！"王哲坤说。

"没事，等你休息好了后再去玩吧！"金梦婷说道。

金梦婷离开后，王哲坤在街上转了一圈以后，又回到了迪斯科的门前。他没有进去，而是在外面找个不显眼的地方偷偷地蹲着，等着玉玉出来。

一直在那里等了好几个小时，此时已经是凌晨一点多了，终于等到玉玉出来了，此时的玉玉又换上了她自己穿的休闲服。

王哲坤悄悄地跟在玉玉的后面，穿过了街道，又进入了一条长长的巷子。此时，午夜的巷子里空无一人，寂静的夜里除了玉玉那高跟鞋发出的有节奏的清脆响声外，再无他声。微弱的灯光下，玉玉那长长的身影孤独地拖在地上。

玉玉在前面走着，王哲坤就紧随其后。

走了一段路后，玉玉发现有人尾随，她有点害怕，加快了脚步，然后王哲坤也加快了脚步。当玉玉故意放慢脚步的时候，他也放慢了脚步。

当玉玉走到一个弄堂口快要拐弯的时候，她突然回过身来，大声地叫了一句："是谁，你要干吗？"

沉默了几秒后，有个声音答道："玉玉，是我。"

就这样，在这个漆黑的夜里，在这条长长的巷子里，王哲坤和玉玉再一次相遇。

他们俩就这样站着，站了好久。玉玉的身体在颤抖着，两行清泪从她的脸上流了下来。

"玉玉。"王哲坤又喊了一声，缓缓地张开了双臂。

那一瞬间，玉玉向他飞奔过来，张开双臂紧紧地抱住了王哲坤。

就在玉玉扑入王哲坤怀里的那一瞬间，他紧紧地搂住了玉玉那颤抖的身体。

"老公！"玉玉趴在他的怀里放声大哭起来。

此时，沉默就是最好的语言，王哲坤想起了李清照的两句诗词：物是人非事事休，欲语泪先流。

玉玉哭得很伤心，眼泪沾湿了王哲坤的衣服。

王哲坤不停地用脸蹭着玉玉的头发。

不知道过了多久，玉玉终于抬起头来，用她黑亮的眼睛深情地看着王哲坤。似乎那双清澈的眼睛里，有太多的东西要诉说，但她没有说话。王哲坤低头看着玉玉，温柔地蹭着玉玉的嘴唇，他们俩便深情地吻在了一起。

"你当初为什么要不辞而别？"王哲坤问道。

"我希望你幸福，我真的不希望你因为我和你的父母亲决裂，只有我走了，离开了你，你才能安安心心地工作。这段时间发生了太多事情，我爸爸病了，需要好多钱。我不想麻烦你，因为我俩在一起时，一直是在用你的钱，我已经很不好意思了，如果我再告诉你我爸病了需要一笔钱，你肯定会找家里要钱，那只会给你带来更大的麻烦。"玉玉说道。

"那你为什么又回来了？我骂你的那些话都是气话，对不起，我当时不应该那么冲动的。"王哲坤说。

"我真的没有想到你会跑来广州找我，看到你那蓬头垢面的样子，我知道你一定找我找得很辛苦。我真的好难受。你见到的那个男人，他一直在追我，他是我们工厂的老板，离异了，虽然年纪大了点，但他对我很好。"

"我父亲治病的钱就是他借给我的，并且他也没有让我还钱。我知道，天上没有掉馅饼的事情，但他没有强迫过我，他一直在等我的回复。我当时在他的厂里面打工，我就想先做几年看看，如果你结婚了，我就祝福你，重新开始生活。如果你还没有结婚，如果你还要我，我就会继续和你一起。然后偷偷地存几年钱，还给他。"

"离开你的那段时间，我真的好痛苦。可是，我没有想到你会来广东找我，并且还跑到顺德来了，居然就在我的面前出现了。我真的没有想到你会那么拼命地找我，本来我离开的时候，我就非常不舍，你的出现完全打乱了我的计划，我完全控制不了我自己。因为我知道，我是那么爱你，都爱到骨子里去了，怎么可能会抛下你呢？我完全没有想到我的离开，会让你那么痛苦、那么伤心，对不起。"玉玉说道。

玉玉在说心里话时，王哲坤一直在紧紧咬住自己的嘴唇，不让眼泪流下来。他知道，因为他的任性和冲动，害了玉玉。可他当时又怎么能够控制得住呢！因为他实在是太爱她了！

"老婆，对不起。"王哲坤对玉玉说完以后就紧紧地抱住了她。

"你什么时候回来的？"王哲坤问玉玉。

"我太担心你了，生怕你出事，于是我回来以后，每天都偷偷地在你家的楼下观望着，但你一直都没有出现，我在那里一直等了一个星期。后来我遇到了你的母亲，你母亲当着那么多人的面打了我一个耳光，并且用最难听的话将我狠狠地骂了一顿，让我赔她的儿子，说她儿子被我拐走了，一直到现在都活不见人，死不见尸，并报警说要抓我。我当时以为你真的不在家里，我不知道你跑到什么地方去了，于是只好失望地走了。"玉玉说。

"我在房子里面，那个时候我病得糊里糊涂的，天天发着高烧，烧得迷迷糊糊的，我根本不知道我母亲骗了你，对你做出了这么恶毒的事情呀！只怪我太冲动了，在广东的时候没有心平气和地跟你说清楚，可我也是真的控制不了，在那种漫天的醋意中，我是无法来听你的解释的。在你到广东的前一段日子里，我就下了一个决心，我一直都偷偷在外面借钱，准备衣服，因为我想和你私奔，在外面随便做点什么都可以，就是卖苦力我都愿意，因为我实在是不想和你分开呀！"王哲坤说。

"我知道，我也想永远和你在一起，可是我需要钱啊！我们两个以后的生活都需要钱呀！我也不能清清楚楚地告诉你说我是去做什么，我只能选择偷偷地出走，可是，你的出现，让我真的什么事情都不想做了呀！回来之后，我的心里是那么担心，我找你又找不到，我还以为你想不开遭遇了不测，我到处打听你，那种感觉真的是喊天天不应，喊地地不灵，我真的好痛苦。你知道我的性子很急，那一刻的感觉让我真的想跳到资江河里淹死算了。因为，如果是我害了你的话，我是绝对绝对不想一个人活下去的。"玉玉深情地说。

"我在家里足足病了一个月才下床，我以为这辈子我已经失去你了，痛苦不已，只想狠狠地折磨自己。我本来是希望你能幸福的，我从心里认为那是你自己选择的幸福，不管你找个什么样的人，只要你生活得幸福，我就会让自己平静下来。"

王哲坤说到这里，心里却在默默地想着："玉玉，你可曾知道，没有你的日子我真的觉得任何东西对我都没有意义。"

"病好了以后，心里的痛苦还需要一个过程慢慢去消化，所以我就去了外地亲戚家玩了两个月。我以为你已经找到你想要的生活，我必须学会忘记，我必须强迫自己适应没有你的日子。可是，今天我一看到你在酒吧打工，我的信念就完全崩溃了，是我害了你。"王哲坤因为内疚，眼泪不住地流了下来。

"那你为什么又没有离开，反而在那酒吧里打工呢？"王哲坤又问道。

"我飞奔去追赶你的时候，他就知道留不住我了，以后他再也没有要求过我嫁给他。其实我和他也讲过我和你之间的故事，他说我是一个重情义的人，我的幸福由我自己决定，因为他并不只想得到我的人，他更希望得到我的心。他说，如果有一天，我真的无路可去，他无论什么时候，都会接纳我。可是，自从爱上了你之后，我生命中出现的其他人，都只是你的影子，我才真的发现，我完全不可能爱上别人了。"玉玉说道。

"是呀！生命里总有一个人，爱上了，就是无法放下的。当我在酒吧看见你时，我就知道，我是真的放不下你了。特别是知道你居然在那里打工时，我的心真的好痛。此生，我发誓，只要我活着，我就再也不会离开你了。"王哲坤坚定地对玉玉说道。

"听到你这句话，我就心满意足了。此生，即使我们以后分开了，我也会给你最诚挚的祝福。"玉玉说道。

"我不会和你分开的，绝不。你离开的这些天我都要崩溃了。"王哲坤说。

"其实，我为什么留在这个地方没有出去，就是觉得，能够离你近一些。我虽然无法和你在一起，但我知道，你就生活在这座城市。假如有一天，我真的离开了，那说明你已经结婚了。其实我也碰到过你几次，但我看到你和照片中的那个女孩子在一起后，我就不想再来打扰你了。"

"你真是个小傻瓜。"王哲坤怜爱地对玉玉说道。

"你重新和我在一起了，那个女孩子怎么办？你怎么和家里交代?"玉玉问王哲坤。

"不管了，不管了，我也管不了那么多了。你就是我心头的痛，你现在就是拿把刀赶我走，我也不会走的。我家里还有那个女孩子，我自己会去解决的。"王哲坤说。

一说到这，玉玉转过身来紧紧地抱着王哲坤。

"英子呢?"王哲坤继续问道。

"英子还在省城打工呀！前段时间还有联系，她要我去省城打工，我不去，她最近找了个男朋友，现在人家正在热恋中。"玉玉说。

"花姐呢?"王哲坤又问道。

"还在上海打工呀！前段时间有电话联系过，她说你是一个好男孩，要我轻易不要放弃呢！说万一不能在一起了，至少曾经也是真正深爱过。"玉玉说道。此时，玉玉的脸上展现出一丝笑容。

"是吗？那花姐真的是一个善良的人！看问题很深入呀！"王哲坤说道。

"本来我们的性格就差不多，所以才会玩得好，这叫物以类聚，人以群分呀！"玉玉笑着说道。

就这样，他们俩相拥着，一起叙说着那份离别后的深情，不知不觉就聊了一个晚上。

第二天，王哲坤回到办公室时，就接到金梦婷打来的电话，问他好点了没有。王哲坤知道金梦婷对他的感情，可他不想给她希望，所以他决定向金梦婷坦白。

然后，他约金梦婷晚上到茶馆见面。

## 二十六、分手

晚上的时候，王哲坤早早就在茶馆定好了一个包厢，等着金梦婷的到来。

过了一会儿，金梦婷就来了。她穿着白色的连衣裙，一进门，就能闻到她身上的香水味，她化了一点淡淡的妆，嘴上涂的是那种无色的唇膏，在夜晚灯光的映衬下，显得格外漂亮。能够感觉得出，她为了见王哲坤，肯定是用心打扮了很久。

一见面，金梦婷就关切地问王哲坤的身体情况。

"谢谢，早就没事了。"王哲坤勉强而礼貌地对金梦婷笑了笑。

"好，没事就好。"金梦婷回答道。

然后王哲坤就帮金梦婷点了杯茶，过了一会儿，服务员将果盘、点心和茶都端了上来。

除了茶是金梦婷自己选择的，其他的都是王哲坤事先点的。金梦婷任王哲坤摆弄着桌面的茶点，没有作声。要是玉玉，可能早就叫起来，说不用点那么多，只要能和你在一起，就行了呀！

王哲坤在心里不知不觉地将金梦婷和玉玉的行为举止进行了比较。

看到王哲坤一直正襟危坐，好像心事重重的样子，金梦婷就问道："你好像有心事，是有什么事吗？"

"梦婷，实在不好意思，有件事情在心里很久了，很想跟你说，但一下子却又不知道从何说起。"王哲坤说。

"什么事情呀？说吧！是不是工作上碰到难题了，跟我说，我帮你解决，我解决不了的，要我爸帮你解决。"金梦婷关切地对王哲坤说道。在金梦婷的心目中，只要是王哲坤有求于她，她一定会无条件帮助他。

"梦婷，我跟你讲一个故事吧，是一个很久以前的故事，你仔细听着，我细细跟你道来吧！"王哲坤看了一眼金梦婷之后，继续说道。

"好！你说吧！我用心地听！"金梦婷说道。

王哲坤于是将他和玉玉认识的经过原原本本地讲了一遍。金梦婷听着听着，表情慢慢变得凝重，脸慢慢变得苍白，听到后来，眼睛开始慢慢变红了。

王哲坤继续跟她说道："我看到玉玉以后，我内心的那道防线就完完全全垮掉了，我实在控制不了自己那份爱她的心，特别是现在她无依无靠的样子，我真的不想离开她，我不能因为我的自私，害了一个女孩子。"

"你能清楚你对她的感情不是感恩，而是爱吗？"金梦婷又问道。

"我真的爱她，我无法控制自己，我的心已经装不下其他人了。对不起，梦婷，你是一个好女孩，我必须把实情告诉你，我不能伤害你。"王哲坤说道。

金梦婷眼里含着泪，虽然被王哲坤和玉玉那伤感的经历深深地打动了，但她还是对王哲坤说道：

"我很妒忌那个女孩子，其实每一个女孩子的心中都有一个美丽的爱情梦，只是我们被现实打败了，我真的好佩服你。"金梦婷说。

"每个人都有自己的标准，我就想要纯粹的爱情，正因为现代都市的人都特别现实，害怕付出，我才更能感觉这份感情的珍贵。"王哲坤说。

"那你以后有什么打算吗？你总不能光为爱情而活着呀！"金梦婷问王哲坤。

"我想和她在一起，我真的想和她生活一辈子，我想照顾她。"王哲坤坚定地说道。

"我真的没有想到你会这么痴情，只可惜我们俩没有这个缘分。我怎么没能早点认识你呢？"金梦婷看着王哲坤悠悠地说。

"其实我一直喜欢你，只是因为女孩子的矜持，我一直不敢过多表现出来。因为你一直对我都不冷不热的，我以为是你还不懂这些男女之事，加上你妈总在我的面前说你不太懂事，像一个长不大的孩子。我真的没有想到你还有一段这么动人的经历。你知道吗，自从小时候与你玩耍后，我就一直忘不了你。你妈这两年经常在我的面前提起你，我现在才知道你妈是希望我们两个人能够在一起，好让你断了和那个女孩子交往的念头。现在我明白了，我心里对你是有好感的，但你从来都没有主动找过我，我也就不好意思先找你了。"金梦婷说。

"我知道，感情是需要慢慢培养的，如果没有玉玉的存在，可能我们两个还是有结果的。但是现在，我的心中已经完全容不下任何人了，特别是现在玉玉的处境，我更是放不下她了，那是一份责任，当然，也是一份爱。"王哲坤说。

"如果没有碰到玉玉，你会不会爱上我？"金梦婷问王哲坤。

沉默了几秒钟之后，王哲坤对金梦婷说："我想会的。"

可能在这个清雅脱俗的环境里面，再加上悠扬婉转的音乐，金梦婷有点动情地摸了摸王哲坤的脸颊，这个在四岁的时候就"非礼"过她的小男孩，如今已经长成了让她爱慕的大男孩了。虽然他们从小就认识了，却没有合适的机会在一起。这可能是现代都市男女的通病，每个人都认为自己心目中的感情是水到渠成的，都在被动地守着那份感情的到来。这也是为什么王哲坤那么喜欢玉玉的原因，他就喜欢她在感情上的那份洒脱。玉玉那种敢爱敢恨的性格是多么的难能可贵，她在感情上永远是一个大方的人，舍得付出。

"谢谢你的回答，如果真的有一天，你和玉玉散了，如果那个时候我还没有结婚，我还是希望能够和你在一起。"金梦婷说。

"好！我求你暂时先帮我保守这个秘密好吗？等到机会来了，我会向我妈说明一切，不管有多难。当然，我也真心希望你以后能找到比我更加优秀的男孩子。"王哲坤对金梦婷说。

"好的。"金梦婷眼中的泪花在闪烁着。

"你早点回去吧，我不送你了，我想一个人静一静。"王哲坤站了起来，准备送她到门口。这时，金梦婷突然一下子就扑到王哲坤的身上痛哭了起来。

王哲坤也伸出了双手拥抱着她，轻轻地拍了拍她的头，说：

"有点晚了，早点回去吧！我谢谢你的理解。"

"我会帮你保守秘密的，希望你自己以后多保重。"金梦婷说完这句话后抬头看了看王哲坤，就下楼离开了。

望着金梦婷孤独的背影慢慢地消失在门口，王哲坤的内心泛起阵阵心酸，他知道，他这一生和金梦婷都没有机会了。当然，王哲坤很庆幸他和她交往得还不太久，还没有伤她太深，她应当能从这段交往中快速地抽身。不然王哲坤真的不知道以后该如何面对她，面对她的家庭。

## 二十七、爱的伊甸园

　　王哲坤回家睡的次数又少了，因为他得花时间来陪玉玉，接送她。王哲坤的母亲还以为他在忙着工作，忙着和金梦婷联系，也就没有管他了。

　　偶尔，母亲也会问王哲坤是否在和金梦婷联系。因为有了在茶馆的会面，所以王哲坤含含糊糊地回答着，自然母亲在金梦婷那里也问不出什么，于是家里也不清楚王哲坤这一段时间在忙些什么。

　　因为经常去酒吧接送玉玉，王哲坤看到酒吧里常有人打架。有一天接了玉玉下班后，他就对玉玉说：

　　"老婆，那酒吧治安很不好，要不你别在那做了，先休息一段时间，然后再找个好点的工作吧！"王哲坤说道。

　　"我做事也只是想充实下自己，天天玩也不好的。"玉玉说道。

　　"那以后就想办法换份事做吧！"王哲坤又说道。

　　听到王哲坤这样说以后，玉玉就说：

"再过两天就发工资了，发了工资以后我就不做了，我想回家住几天，然后再出来找事做。"玉玉说道。

"好吧！那我陪你回去吧！正好我也想和你回家看看你的爸妈。"王哲坤开心地说道。

"真的吗？你陪我回去吗？"玉玉开心地搂着王哲坤的脸亲了一下。

"当然，我先回单位准备一下，到时候就陪你回去住几天。"王哲坤回答道。

"好的，谢谢老公。"玉玉开心得像个小女孩一样。因为这是她长这么大第一次带男孩子回家，并且还是她最爱的人。

过了两天，玉玉告诉王哲坤，她把工作辞掉了。

于是，王哲坤陪着玉玉上街去买了一身新衣服和一些日常用品，还给玉玉的父母买了些保健品和水果。

然后他们就一起到汽车站买了两张车票，王哲坤决定陪着玉玉回她家乡。在候车室里，玉玉开心地等待着发车，因为她好久没有回去了，况且还有她最爱的人陪着她一起回去。王哲坤没有去过玉玉的家，对此行也是抱着极大的兴趣。

玉玉的家乡，属于贫困山区，距离县城有一百公里，而且路况很差，车次每天只有一趟，很不方便。

"老婆，要不要买些零食在车上吃？"王哲坤开心地问着玉玉。

"不用了，只要有你陪着我就行了。"玉玉开心地说。

等了大约半小时，他们的车就出发了。车是那种很旧的客车，从那斑驳的锈迹中就能知道这车肯定是开了有些年头了。车顶上堆满了行李，车内也很挤，座位过道上全是人，车门口也挤满了人，再加上车上有篮子、箩筐等东西，空气中弥漫着一股酸臭味。一路上，车子越过一片片田野，路过一座座房子，又穿过一座又一座的山。

王哲坤和玉玉坐在最后一排靠窗户的座位上。一路上，玉玉都非常兴奋，不时转过头来看王哲坤。她的手一直都放在王哲坤的手心里，两人十指相交紧紧地握着手。

"我在这个地方曾经丢过一个钱包。有一个小混混下车时，突然抓着我的包就跑了。"当路过一个地方时，玉玉对王哲坤说起了她曾经经历过的事情。

"后来呢？后来怎么样了？"王哲坤问玉玉。

"还能怎么样？丢了就丢了呀！"玉玉说。

"包里面有贵重的东西吗？"王哲坤又问。

"只有几百块钱，还算好，不是很多，里面都是一些女孩子平时要用的东西。"玉玉说。

"为什么没有报案呢？"王哲坤问。

"报案了，但是到现在都没有结果。"

车子又开了一段路，这时上来了几个小混混模样的年轻人。他们上来后，便向拥挤的人群走去，两个站后，他们便下去了。

玉玉就告诉王哲坤："刚刚下车的那几个人是小偷。"

"你怎么知道的？"王哲坤问玉玉。

"只要是坐过这辆车的人都知道，他们会准时在这个路段出现，比上班的人还准时。"玉玉说。

"就没有人管吗？"王哲坤问。

"不知道，不太清楚。"玉玉说。

一路上，玉玉像个讲解员一样不断向王哲坤诉说着她曾经在这个车上经历过的事情，比如这车又到了什么地方了，她以前在哪里玩过。玉玉的这份开心好像只有她和王哲坤待在一起时才显露出来。因为玉玉一路上都在讲解，让王哲坤感觉好像是在坐旅游观光车，充满着无尽的快乐。

虽然一路颠簸，但王哲坤下车后，没有任何不适感。他和玉玉在山路上开心地步行着，那种感觉就像多年未曾归家的游子终于踏上了回家的路，充满了喜悦。一路上，玉玉都在向王哲坤诉说着她小时候的一些事情，就这样，他俩爬过了一个小山坡后，就来到了玉玉的家。

一只黄色的小土狗欢快地摇着尾巴向他们跑过来，因为有陌生人的出现，小土狗便对着王哲坤狂吠了几下。

"不要叫。"屋子里面传来一个女人的声音，小土狗瞬间停止了狂叫。

玉玉的父母从屋里出来迎接他们，玉玉的父母都长着一张古铜色的、爬满皱纹的脸，一看就是那种极其纯朴、老实巴交的农民。

"玉玉回来了？"玉玉的母亲看到玉玉就笑着说道。

"爸、妈。"玉玉开心地和父母打招呼。

玉玉的父亲略显木讷，个子不高，黑黑瘦瘦的。他的胸前吊着一根竹管铜烟嘴，竹管上还吊着一个小塑料袋，里面装着烟丝。只要一笑他就会露出满口的黄牙，可能是生病的缘故吧，他的身体微微佝偻着。玉玉的母亲身材也不胖，长着一张跟玉玉相似的圆脸，看上去比她父亲要硬朗些。他们两个话都不多，和玉玉、王哲坤打过招呼以后，就伸出双手笑着接过两人手里的袋子。王哲坤当时还在想着，将来玉玉老了会不会也是她妈妈这个样子呢！

"这是哲坤。"玉玉向她的父母亲介绍道。

"伯父好，伯母好。"王哲坤也向玉玉的父母打了一下招呼。

"好，好，进屋坐吧。"玉玉的母亲说道。

面对王哲坤这个城里来的长相白净又腼腆的男孩子，玉玉的父母简单地问候了一下就没再说什么了。

玉玉的奶奶在屋内，因为年纪大了，腿脚不方便，就没有出来。

"奶奶。"玉玉一进屋，就亲热地蹭着奶奶的脸。

"奶奶，这是哲坤。"玉玉指了一下站在她身旁的王哲坤。

"奶奶好。"因为怕玉玉的奶奶听不见，王哲坤大声地问候道。

"好，好，快坐!"玉玉的奶奶抬起了头，失神地向前方望着。

"奶奶年纪大了，眼睛不好使，耳朵也有点听不见了。"玉玉向王哲坤解释道。

"我知道，年纪大了都会这样的。"王哲坤说。

玉玉的母亲给王哲坤和玉玉倒了茶水，还从厨房里拿出自家种的玉米、红薯和花生等给他们吃。玉玉的父母因为忙着干活，把食物放下后，便离开了。

王哲坤和玉玉在椅子上坐了一会儿后，玉玉问道：

"老公，你闷吗？要不要我带你去周边看看？你应该没有来过农村吧？"

"好!"王哲坤愉快地答应了。

玉玉开心地拉着王哲坤的手，开始带他参观自己的家。

因为玉玉的家在山区，所以房子建在了半山腰上，房子的后面有一个小山坡。

山区的房子一般都是独门独户，很少有连成一片的。玉玉家也是，前后左右都没有房子阻挡，视野很开阔。她家房子的结构是乡村里面最普遍的红砖瓦房，共有两层，房子的外墙没有粉刷，裸露出了原本的样貌。

从正门进去有一个大堂屋，堂屋正中的墙上挖了一个很大的四方形的洞，洞里放着一个牌位，牌位前面的香炉里盛着许多香灰。堂屋的两边就是住房，外屋是厅，里屋是卧室。房子的地面是硬硬的水泥地，家具虽然陈旧，但收拾得很干净。

房子后面有一个用砖瓦搭建的小院子，里面种了各式各样的菜。厕所也是在后院，是用大块的四方砖堆砌而成的，房顶上盖着茅草。厕所旁边养着一只大大的肥猪，看到有人进来，就伸着大鼻子哼哼地叫唤。

厨房就在房子隔壁的小平房，里面堆满了从山上捡来的木柴，用于烧火做饭。

房子的前面有一块小小的空地，几只鸡正趴在泥土坑里面睡觉。

农村的环境让王哲坤感觉到很舒服，慵懒而放松。

他们参观完房子后，玉玉问道："感觉怎么样？"

"好亲切，好温馨。"王哲坤说。

那晚的气氛是极其和谐、温馨的，玉玉家里准备了好多好吃的菜，大多都是他们家的农产品——猪肉和鸡肉都是自家圈养宰杀的，蔬菜是自家种的，都是纯天然的绿色食品。

吃饭的时候，玉玉的父母不停地给王哲坤夹菜，他碗里的饭菜堆得高高的。

"我们乡下没有什么好吃的，你们城里来的孩子吃得惯不？"玉玉的父母担心王哲坤会吃不惯农村的伙食，就关切地问道。

"吃得惯，饭菜都很好吃。"王哲坤捧着饭碗回答道。

有玉玉的陪伴，不管吃什么东西，王哲坤都觉得是天底下的美味佳肴。

吃完晚餐以后，他们便坐在一起聊天，但主要是王哲坤和玉玉他们俩说话。玉玉的奶奶吃完饭后便去睡了，玉玉的妈妈是一个闲不住的人，她坐了一会儿也去做事了，玉玉的父亲就低着头在旁边抽烟。

"晚上我睡哪里？"王哲坤偷偷问玉玉。

"你睡楼上呀！"玉玉说。

"那你睡哪里？"王哲坤又问玉玉。

"我睡在一楼客房呀！"玉玉说。

"你不和我睡吗？"王哲坤悄悄地问玉玉。

"我们俩还没有结婚，在家是不能睡在一起的。"玉玉说。

"那晚上我不是只能一个人睡了？"王哲坤有点失望地说道。

"小王，我帮你把床铺铺好了，你要是想睡觉了，可以直接上去。"玉玉妈妈把房间收拾好后，跑来告诉王哲坤一声。

"好的，谢谢阿姨！"王哲坤说。

一般在乡下都有一种不成文的风俗，没有结婚前，女孩子的男朋友是不能睡在正房的。王哲坤就是再怎么想，也只能一个人睡楼上了。

王哲坤和玉玉为了多待一会儿便一直坐在客厅。

"爸爸，你先去睡吧，不用陪我们坐了呀！"玉玉看到她爸那打瞌睡的样子，说道。

"那好吧！你们玩，我先去睡了呀！白天活比较多，有点累了。"玉玉爸说道。

"老公，你也去睡吧！我帮你打洗脸水吧！"玉玉说。

"外面好黑，我陪你一起去吧。"王哲坤说。

"好呀!"玉玉应道。

玉玉家房前有一口水井，她们用水直接从井里打上来就行了。

"老公，你要不要洗澡?"玉玉问王哲坤。

"怎么洗呀?"王哲坤问道。

"你想用大木盆洗还是用桶淋着洗?"玉玉继续问道。

"哪样方便就用哪样吧!"王哲坤说，他主要是怕会麻烦玉玉。

于是玉玉拿出了一个大木桶，倒了一些热水在桶里面，调好水温后便让王哲坤脱掉衣服。

"要洗头吗?"玉玉问王哲坤。

"怎么洗?"王哲坤问，因为没有来过乡下，好多事情他都不太懂。

"你蹲着，我用水瓢帮你冲洗!"玉玉告诉王哲坤。

于是王哲坤就先将头发打湿，玉玉就挤了一些洗发膏在他的手上面。

"好了。"用洗发膏将头洗好了以后，王哲坤就喊了玉玉一下。

"好! 来了!"玉玉就提了一桶温水过来，用一个水瓢为王哲坤一遍又一遍慢慢地淋着头发。

"冷吗?"玉玉问道。

"还好，稍微有点凉。"王哲坤说道。

王哲坤洗好后换上了干净的衣服，就问玉玉湿衣服放在哪里。

"湿衣服就放在那里，等下我帮你洗干净。"玉玉对他说道。

"你呢？你等下怎么洗？也是这样淋着洗吗？"王哲坤有点好奇地问道。

"我哪能在这里洗呀！我等下在房间里用浴盆洗。"玉玉说。

"那你的头发怎么洗？等下我也帮你淋吧！"王哲坤说道，他想多陪陪玉玉，反正他就是不想太早去楼上睡觉。

"好吧！只要你不怕烦就行。"玉玉说道。

"帮老婆用水淋头，那有什么麻烦的。"王哲坤笑着说道。

"谢谢老公。"玉玉开心地亲了王哲坤一下。

他们洗漱完后已经十二点多了，玉玉对王哲坤说道："现在好晚了，你快点去睡觉吧！"

玉玉从房间里拿出一个手电筒，带王哲坤去了二楼房间。

因为二楼也是在室内，门没有落锁，只听到"咯吱"一声，门便被推开了。里面的床是乡下的老式木床，被子是用粗棉布做的，还垫着一张干净的草席。

"你晚上要是想上厕所，打着这个手电筒下一楼就可以了，你要是嫌麻烦，在阳台外面解决也行。"玉玉笑着对王哲坤说道。

"你把手电筒给了我，等下你怎么下楼呀？"王哲坤担心地问道。

"我在自己家里，肯定比你要熟悉多了呀！"玉玉说道。

玉玉说完就要往外走，王哲坤真的舍不得她离开，揽着她又抱又亲的。

"好啦，好啦！明早就可以见面了，快点去睡觉吧。"玉玉娇嗔地说道。

王哲坤一个人待在房间里，心里稍稍有点失落。因为无聊，他只好躺在床上环顾起四周来。

房间的墙壁是那种没有粉刷的土砖墙，能看见墙头光秃秃的红砖。墙角放着两个大箱,应当是装晒好的谷子用的。瓦面的屋顶下方用几块大塑料布遮挡着,以防止灰尘掉下来。

王哲坤一个人静静地躺在床上,虽然玉玉暂时不在他的身边,但一想到他是睡在玉玉的家里,躺在玉玉的床上,心里就感到一阵温暖。

想着想着,睡意慢慢地袭来了,王哲坤赶紧跑到门边拉灭了灯,然后摸黑上了床,周围一下子变得静谧,仿佛整个世界都陷入了一片漆黑之中。农村的夜是宁静而安详的,只有远方极其微弱的灯光像萤火虫一样闪耀着,伴随着一两声时断时续的狗叫声,王哲坤慢慢地进入了梦乡。

半夜里,正当王哲坤睡得迷迷糊糊的时候,突然听见一声轻微的"吱呀"声,他以为是一只老鼠什么的,也没有太在意。朦朦胧胧中,一个光滑而柔软的身体像蛇一样钻进了他的被窝里,悄悄地从身后抱住了他,那柔软的胸部像一对火球一样紧紧地靠在他的后背上。

原来是玉玉偷偷地钻进王哲坤的被子里面来了。

摸着玉玉柔软光滑的身体,孤单寂寞了半夜的王哲坤一下子睡意全无了。他立刻转过身来紧紧地抱住了玉玉,一边用手轻轻地抚摸着她,一边兴奋而悄悄地问她:"你是怎么进来的?"

"我临走时知道那门不是没有关上吗?"玉玉笑着说。

王哲坤轻轻地刮了一下玉玉的鼻子:"你呀!真是一个小机灵。"

过了一会儿,玉玉在王哲坤耳边轻轻地说道:

"老公,我们俩干脆穿上衣服到外面散步去吧!"

"现在?外面没有人吗?"王哲坤对玉玉的这个建议有点期待。

"没有人的，这是山区，晚上方圆几十里都是没有什么人的。"玉玉说。

他们两个悄悄地下了床，蹑手蹑脚地下了楼，然后偷偷地打开了大门。

南方六月的天气，十分闷热。此时，凌晨的气温没有白天那么高了，少了几分燥热，偶尔的一丝丝凉风吹在他们身上，让他们感到非常惬意。

走在田间的小路上，夜色是那么的安详和美丽。乡村的夜晚，天空特别的清爽明朗，一轮皎洁的月亮挂在天边，月光像水银般倾泻在大地上。深蓝的夜空中点缀着无数颗星星，它们如珍珠一般，闪烁着迷人的光芒。路边的小溪低吟着潺潺的流水声，像是弹奏给恋人的曲子。整个大地似乎都沉醉在浪漫的氛围中。

他们俩一起手拉手走过了一条小道，来到了田野的中间，看到一块很干净的草地，然后两人就坐了下来。玉玉幸福地把头靠在王哲坤的肩膀上，王哲坤轻轻地抚摸着玉玉那一头如瀑布般披散在她双肩上的秀发。在芬芳的旷野中，玉玉显得格外的妩媚和动人。

在朦胧的夜色里，王哲坤痴痴地看着玉玉的眼睛。那双眼睛就像山中的泉水般清澈、明亮，投射出柔情似水的目光，足以让王哲坤的身心都沉醉在玉玉的浓情蜜意中。

"老婆，你真的好美。"看着此时的玉玉，王哲坤不禁赞叹着。

玉玉虽然是在农村长大，但她身上有种城里女孩与生俱来的灵性，农村干净纯朴的环境又让玉玉长成了一个纯天然的小美女。

"真的呀?"说完玉玉就站了起来，很开心地摆了一个造型。

"好！咔嚓。"王哲坤用手做了一个照相的动作。

六月虽然是夏天，但山区的晚上还是稍微有点凉意的。看到玉玉单薄的身体在微微地抖动着，王哲坤赶紧把玉玉紧紧地揽在怀里。

王哲坤深情地吻着玉玉的嘴唇和脸颊，玉玉幸福地闭上了双眼。此时此刻，王哲坤觉得玉玉就是他心里的绝世美女，这个世界上没有任何人能够比得上玉玉在他心目中的位置。

玉玉轻轻地闭上了自己的眼睛，那陶醉的样子，那柔情似水的表情，仿佛她全身的每一个毛孔都在享受着王哲坤的爱意。

他们就这样温馨地相拥着、缠绵着。玉玉柔软的身体，像磁石一样吸引着王哲坤，让他兴奋不已。王哲坤似乎觉得整个空气都充满了甜蜜的气息。

一直到听到远方传来公鸡的鸣叫声，他们才偷偷地回到房间。


当天早晨，当王哲坤还躺在床上迷迷糊糊的时候，他感觉到有个软软的物体在触碰他的嘴唇。他一睁开眼，就看到了玉玉蹲在他的床边，微笑着看着他。

"懒虫，怎么还不起床？吃饭了呀！"

"你怎么那么早就起来了？没有睡觉吗？"王哲坤一把就抱住了玉玉。

"你看看都什么时候了？都已经天亮了呀！"玉玉说。

王哲坤抬头看了一下挂钟，才八点半。

"现在才八点半呀！"王哲坤说。

"可我妈已经做好早饭了呀！他们要出去干活了，起来吧！等下吃完再睡也是可以的。"玉玉说。

"好吧！"王哲坤说。

吃完早饭以后，玉玉的爸妈就去田间劳作了，玉玉就靠在王哲坤的身上美美地补了一觉。

晚上，王哲坤一个人坐在床上的时候，觉得这里使他的心情如此放松，他对玉玉的爱似乎又更深了一点，一瞬间灵感大发，就睡不着了。于是，他拿出纸和笔，随手就写了一首散文诗。早上起来的时候，他偷偷地溜进了玉玉睡觉的房间，把诗稿放到了玉玉的枕头边。

第二天晚上，王哲坤和玉玉吃完晚饭后，玉玉拉着他的手一起到乡间散步。他们俩并排坐在田埂上，欣赏着红彤彤的晚霞。西斜的太阳在日落前放射着它最美丽的光芒，远处的炊烟袅袅升起，一派田园美景展现在他们俩的面前。

此时的玉玉柔情似水，轻轻地靠在王哲坤的肩膀上，闭着眼睛，感受着夕阳余晖的美丽。王哲坤没有问玉玉看了他写的诗后的心情，因为他知道，玉玉一定会有回应的。

"老公，你觉得现在的景色美吗？"玉玉问他。

"美，此情此景，能与你在一起，是天底下最美的事情。"王哲坤动情地说。

"那我念首诗给你听吧！"玉玉说。

"好！"王哲坤说道。

玉玉深呼吸一下以后，轻张嘴唇，慢慢地念着王哲坤给她写的那一首诗：

前世的心痛牵挂

蓦然撞开百年的相思

寻觅到今世翠绿的你

相聚

缠绵痴爱的疯狂

牵手

游离飘浮幻影若现

真想

化作你睡梦中枕边唇间的呓语

躺在

游离在你柔软的心间

化成

相守相依的永恒

此刻，玉玉在美丽的夕阳下轻吟的诗句，胜过天底下最动人的歌曲。

"老公，我们为这首诗取个标题吧？"玉玉说道。

"叫《依恋永存》吧！"王哲坤说。

玉玉的家乡在南方的农村，所以与北方的农村不同，有许多绿色的植物，到处都是绿油油的草、五彩斑斓的鲜花，山上也都是翠绿的树。在那段时间里，他们俩经常漫步在田野上，呼吸着新鲜空气，忘我地亲吻着，深情地拥抱着。玉玉在山上玩耍时头上经常戴着草编的花环，开心地笑着，像一个孩子般兴奋地跳跃着，又像一个降落人间的仙子，一切都是那么自然、动人。

他们俩在玉玉家门前的老树上挂了一张吊床，晚上的时候玉玉穿着裙子睡在王哲坤的怀里，一起躺在吊床上轻轻地摇荡着，看着夜空中的星星，让彼此来猜猜哪一颗是属于他们的。那种快乐，真想将那个瞬间化成永恒。

而玉玉的父母，那一对和蔼的老人则经常会把一些玉米、红薯之类的食物放在一条小木凳上，端到他们俩面前。

有时候他们会手拉着手走路去村里的放映点看露天电影。在电影还没有开映的时候，玉玉就和王哲坤早早地搬一条长木凳在那里占座位，和那些乡亲挤在一起，嗑着瓜子，啃着甘蔗，感受着农村的朴实生活。

每到周三或周五，一大清早，王哲坤和玉玉便会跟随着玉玉的父母到乡镇集市赶集。乡镇集市规模并不大，大概只有两公里长，摊位都摆放在土路两旁。在集市摆摊的大部分都是当地的农民，一般卖的是自家种的蔬菜、瓜果之类的农产品，或者自家做的一些本地特产、小吃等。他们挑着几个竹篮子，卖完了就回家。那种设有摊位的是专门到各个乡镇集市做生意的人，卖的大都是生活日用品，一般卖到下午两点钟左右。

王哲坤和玉玉在集市上逛的时候，会买一些王哲坤平时在县城里很少看到的东西，因为有的土特产只在乡里赶集的时候才能碰上，如那种用树叶包着的野菜粑之类的食物，可以边走边吃，有时候还能买到野味。

玉玉也经常带着王哲坤去别人家串门。在别人家里，坐在木凳上，吃着乡村里地道的土特产，围在一起和村民们聊着村里村外的事情。

有一次，村里一个八十多岁的老奶奶去世了，玉玉与王哲坤便代表她们一家去那户人家放炮送礼。那时候乡下送礼一般都是送几斤米和一块布，还有一挂爆竹，不像城里是送钱的。

到了那户人家，就有一位小伙子跑上来接过王哲坤手中的爆竹并对他们行跪拜礼，然后在小伙子的引导下，他们把礼品交给了总管。玉玉和王哲坤一起在死者棺木前拜了三拜，死者的家属就在旁边作陪似的跪着。此时，屋外响起了一阵又一阵的爆竹声，原来是他们把王哲坤带来的爆竹放掉了。

那些手臂上缠着一块红布的人，都是当孝子的。王哲坤听玉玉说，谁家孝子最多就表示那户人家在这个地方是人丁最兴旺的，而且只有八十岁以上才过世的老人，他们的子孙戴孝才是用红布的，八十岁以下的一般都用黑布。

王哲坤发现，那些妇女哭的时候干号着却没有眼泪，听玉玉说这也是一种风俗，就是做孝子的才有权利哭，甚至是边哭还边和周围的人讲话聊天。此时，哭也只是一种形式而已，一个内心里真正伤心的人哭当然不是这种形式的。

然后王哲坤就和玉玉守在那里，看那些做道场的人敲锣打鼓，唱着一些完全听不懂的"歌曲"。吃饭的时候，在门前露天的草坪上，摆满了从各家各户借来的桌椅板凳、锅碗瓢盆。在乡下做白事，只要是送礼来的人都要在主人家吃两顿饭，中午吃一顿，晚上还要吃一顿，家家都是这样的。吃饭的时候，玉玉都会紧紧挽着王哲坤的手臂，一起去入座，当别人问起玉玉他身边的这个男孩子是谁的时候，玉玉就会落落大方地将王哲坤介绍给她所认识的每一个人，说王哲坤是她的男朋友。此时，玉玉已经完全将王哲坤当成她生命中唯一深爱的男人了。以前，玉玉没有带王哲坤到她的家里去，可能也是有她的顾虑，因为她的家是她心目中最后一块安全壁垒。此时王哲坤能深深感受到，在情感的路上，玉玉已经没有考虑任何退路了。

有一天下午，下了一场大雨。雨停了以后，玉玉就问王哲坤："老公，你想不想去抓泥鳅玩?"

"你还能抓到泥鳅吗?"王哲坤对玉玉能够抓到泥鳅是持怀疑态度的。

"我以前都抓到过呢!要不去试试呀!反正是去玩玩呀!"玉玉说。

"那好呀!"王哲坤很开心地答应了。

他们两个换了一身短衣短裤,光着脚就出发了。玉玉带了一个大点的玻璃瓶子,王哲坤扛着一把锄头,两人手拉手,踩着松软的泥土来到田里抓泥鳅。因为泥土里面很滑,他们俩就深一脚浅一脚地在田里面小心地踩着。

"看,老公,那里有泥鳅!"玉玉兴奋地指着一个地方大叫了起来。

"哪里有泥鳅?"王哲坤赶紧问道。

"那里呀!快点挖呀!"玉玉快乐地大叫着,顺着她手所指的方向,王哲坤看到一个筷子大小的洞。

王哲坤赶紧用锄头去挖,结果挖了半天,泥巴堆出一大堆,就只看到一条好小好小的泥鳅。

"泥鳅!泥鳅!老公快点抓呀!"玉玉兴奋地指挥着王哲坤。在爱玩这点天性上面,玉玉还完全像个孩子。王哲坤伸出双手去抓,结果太滑,没有抓牢,泥鳅溜走了。

"快点抓呀!"玉玉边叫边兴奋地扑上去,不停地扒着泥土,好像是发现了什么价值连城的宝贝似的,伸出白白的双手在湿湿的泥土里使劲地扒拉着,终于将泥鳅抓住了。她用指尖紧紧地捏住泥鳅,兴奋地大叫着。

"瓶子,快拿瓶子来呀!"

王哲坤赶紧拿过瓶子,玉玉兴奋地将泥鳅装了进去。

"抓了半天，才抓到这么一条小泥鳅，看你兴奋成那个样子，等到晚上做菜的时候，将这条泥鳅犒劳你，给你打一窝汤来吃。"王哲坤笑着说道。

"这是我和老公两个人一起抓到的，要和你一起分享才行呀！那一窝汤也有你的一半呀！"玉玉开心地说。

这时王哲坤看到玉玉的鼻尖上粘着一粒小小的泥巴，就用手指帮她揩掉，却忘了自己的手也是脏的，结果不小心又在她的鼻尖上弄出了一个大泥印。这时王哲坤想反正已经弄脏了，索性用脏手在玉玉的脸上抹了一下。

"老公，你好坏。"玉玉嘟着嘴，娇嗔地骂了王哲坤一句，骂完也用脏手在王哲坤的脸上抹了一下。结果他们两个人的脸都变成了花猫脸。

于是王哲坤一把抱紧了玉玉，用他的脏脸就去噌玉玉的脏脸，玉玉边笑边挣扎着，结果因为太滑了，两个人一起滚进了泥巴里，瞬间就成了两个大泥人。

一看到这个样子，玉玉笑嘻嘻地抓了一把泥巴干脆在王哲坤的脸上抹了起来，然后王哲坤也抓了一把泥巴抹在玉玉的身上，抓泥鳅变成了嬉闹。两个人就在满是泥巴的田里嘻嘻哈哈地闹了起来，到最后完全就成了两个看不出本来面貌的泥人了。玩了好久，终于没有力气了，看到彼此狼狈的样子，王哲坤就问玉玉：

"老婆，这个样子，怎么弄得干净呢？"

"我们这个样子只有到塘里面去才洗得干净了。"玉玉笑着说。

"我们现在这个样子可以直接到展览馆当兵马俑去给人家参观了。"王哲坤笑着说。

玉玉听到以后马上摆了一个可爱的造型，然后两人哈哈大笑起来，手拉着手，一起翻过一座小小的山，来到了一个池塘边。池塘不大，就一两亩田的面积。此时的塘里还算干净，水面上漂浮着一层绿绿的浮萍。

当王哲坤正要脱衣服的时候，玉玉大声地说道："老公，先穿着衣服下去洗，等下再脱呀！"

"好吧！"于是王哲坤停止了脱衣。

两人手拉着手一起下了池塘，玉玉一下水就欢快地游了起来，游了一圈之后，她身上的泥巴立刻就没有了，全身也干净了。这时，只看到玉玉在河的中间不断地扑腾着，不住地向王哲坤招着手：

"老公，来呀！游到这边来呀！"

王哲坤于是赶紧游了过去，到了池塘中间，王哲坤不住地在水中摆动自己的双手和双腿，以免自己沉下去。

"老婆，湿衣服穿在身上很不舒服，我想将衣服脱下来。"王哲坤在水中对玉玉说道。

"好吧！"玉玉说完，就陪着王哲坤一起游到了对岸。王哲坤将身上的湿衣脱了下来，只留下了外面的短裤，还有里面的内裤。

"将外面的短裤也脱下来呀，就穿着里面的内裤就行了。"玉玉对王哲坤建议道。

"那不是被别人看见了吗？"王哲坤说道。

"在乡下人们干完农活以后，就到塘里洗一洗泥水，洗完后都是这样穿的，哪有城里那么讲究，没有人笑你的。"玉玉笑着说道。

"老婆，你呢？"王哲坤问玉玉。

"你将你的上衣先撑开挂在树枝上，等它干了我就穿你的上衣回去就行了。"玉玉说完，就脱下了她厚厚的牛仔短裤，只穿着外衣和小内裤，因为湿湿的，身体的曲线尽显无遗。

玉玉又跳进了水里，只见她白白的身子一翻，屁股一撅，就钻到水里面去了，过了一分多钟还没有出来，此时的水面突然间变得死一般的寂静。

"老婆，老婆。"王哲坤紧张起来了，他大声地叫唤着，水面照样显得很平静。

"玉玉，玉玉。"王哲坤有点急了，一个猛子扎了进去，在水面上大声地叫喊起来。

过了好久，玉玉像一条美人鱼一样从十几米远的水中钻了出来。

"老公，你怎么也下来了？"玉玉问王哲坤。

此时，王哲坤正拼命游向玉玉，随后把玉玉带到岸边，紧紧地抱住了玉玉。

"我等在岸边，看到水面一点动静都没有，我以为你溺水了，真是被吓坏了！"王哲坤有点颤抖地带着哭腔说道。

"傻瓜，我要是淹死了，会扑通扑通在水面挣扎的呀！"玉玉摸着王哲坤的脸深情地说。

"那你刚才在水中听到我喊你的声音了吗？"王哲坤问。

"就是听见你喊，我才冒出来的呀！不然我还能再憋一会儿气的。"玉玉说。

"你倒开心了，都快将我吓死了。"王哲坤说。

"老公，对不起哦！我是无意的。"玉玉冲上来狠狠地亲了王哲坤一下，算是安慰了他。

"为你压压惊。"玉玉接着说道。

"老婆，你游泳怎么那么厉害呀？跟谁学的？"王哲坤问玉玉。

"被我哥带熟的呀，小时候我经常跟着我哥下塘游泳的，现在知道了吧，我也是身怀绝技的。"玉玉笑着说道。

"佩服佩服，老婆，你游泳真的好棒，玩了那么久，居然还能游那么远!"王哲坤跟玉玉说道。

"咱是劳动人民出身，能吃苦耐劳呀!"玉玉吐了吐舌头，向王哲坤做了一个鬼脸。

此时，天已经快要全黑了。

"太晚了，我们回去吧!"王哲坤说。

"老公，你帮我在那边守着，我先换下衣服。"玉玉说。

"好!"

说完王哲坤就跑到池塘上面，帮玉玉放着哨。他远远地看到，玉玉脱掉了身上的湿衣服，在黑暗中，只看见一团白色的影子在动来动去。不一会，玉玉就跑上来了，手里拿着她的湿衣服，身上就只套着王哲坤的长 T 恤。当玉玉弯下身子抓脚趾的时候，白白的大腿显得好修长，并且露出了半边屁股，王哲坤就轻轻地上前拍了一下。

"老婆，你身上没穿短裤就不怕曝光呀!"王哲坤开起了玉玉的玩笑，其实王哲坤那长长的 T 恤穿在玉玉的身上，就像一条裙子一样，是足够罩住玉玉膝盖以上部分的。

"短裤那么湿，怎么穿呀!现在天都这么黑了，谁能看得见呀!除非是你。"玉玉故意对着王哲坤，又将她的小屁股撅了一下。当王哲坤跑上去又要拍打时，玉玉就咯咯咯地笑着跑开了。

玉玉手里拿着玻璃瓶走在前面，玻璃瓶里还有两人抓的一条泥鳅呢!王哲坤扛着锄头走在后面，他们一起快乐地走在那凹凸不平的田坎路上。

"老婆，还说抓泥鳅，一个下午，就只抓了一条呀！"王哲坤笑着说道。

"我只要一条就够了呀！难道还需要两条吗？"玉玉邪笑着看着王哲坤说道。

"我才不是小泥鳅，我是大黄鳝。"王哲坤笑着去抓玉玉，她又笑着跑开了。

那天晚上，两人拿着劳动了一个下午的战利品——一条小泥鳅，趁着灰蒙蒙的夜色回家了。

一个阳光明媚的下午，玉玉带着王哲坤走了好几里路，到她曾经就读过的学校玩。快到学校的时候，就看到学校周围有一排低矮的用红砖砌的围墙，学校大门的上面有一个小小的屋檐，屋檐上是青色的砖瓦。

"老婆，我总觉得这所学校像以前地主家的房子。"王哲坤说。

"是的，本来就是地主家的房子，并且听说还是一个大地主，不过 1949 年后因为改成了学校，就慢慢扩大了。现在就成了中心学校了，有初中也有小学。"玉玉说。

"这学校好简陋呀！"王哲坤说。

"这还简陋呀，这学校是我们乡里最好的学校呢！我们这是山区，哪能跟城里的那些学校相比呀！"玉玉说。

"你以前读书的时候也在学校住宿吗？"王哲坤问玉玉。

"当然住宿呀，不过我家离学校还算是近的，这对于我来说是很有优势的。我可以经常从家里带炒好的菜到学校吃，并且一次不需要带很多，因为一个星期我可以回家带两次，不比有的同学，因为隔得太远，不能经常回家，要多带些菜回学校，有时候要吃一个多星期呢!"玉玉说。

"一个星期那菜不会坏掉吗?"王哲坤说。

"都是那种用坛子腌制的干菜之类的,因为放比较多盐,不容易坏。"玉玉说。

"那条件真的好艰苦呀!"王哲坤说。

"没办法,为了跃出农门呀!在这个穷山沟沟里,不努力怎么行呀!"玉玉说。

"可我觉得这个地方很美,我喜欢这里。"王哲坤说。

"因为有我在这里呀!要是没有我在这里,看你能够待多久?"玉玉笑着说。

进入大门后,首先映入眼帘的是三栋普通的红砖灰瓦房,有两栋是并排着建的,另外一栋是横着建的。其中两栋是小学部和初中部,最后一栋是宿舍,厨房和厕所在另外两栋低矮的平房里。

学校的中间有一棵很大的桂花树,从那高大而苍老的树干上能感受到它有些岁月了。玉玉对王哲坤说这棵桂花树比她的年纪还大些,它见证了玉玉曾经在这里度过的快乐时光。此时正是桂花盛开的季节,整个校园都弥漫着一阵浓浓的桂花香味。因为今天正好是星期天,学校里面没有人,非常安静。两人边走边看,看到那用水泥做的乒乓球桌,用木头做的简陋的篮球架,还有那有点凹凸不平的泥土操场,透过这些东西依稀看到那些纯朴而天真的孩子三三两两地在操场上玩耍的情景。

王哲坤跟着玉玉来到二楼,走到她以前就读的班级的教室里面。玉玉走到她以前坐过的课桌上坐了下来,用双手支撑着下巴,似乎陷入了沉思。王哲坤猜想此种情境已经将玉玉的思绪带入她以前那无忧无虑的学生时代了吧。

玉玉在这个学校读了九年，从小学读到初中毕业。

玉玉很开心地和王哲坤讲起她曾经在这里经历过的一些趣事。她曾经也是班里的优等生，老师喜欢她，同学们也喜欢她，从小学到初中她都是班里的学习委员、语文课代表，那是玉玉经历过的一段最引人注目也是最令她骄傲的人生历程。那时，很多男同学暗恋过她，玉玉经常会收到男同学的小纸条。那个时候，她经常穿着一条粉红色的连衣裙，一些男同学只要看到她在操场上走路，就一排排地站在学校二楼的栏杆旁喊"一二一"。害得她当时都不知道怎么走路了。那时候，经常有男同学跑到玉玉的家里帮她父母做事，给玉玉带好吃的东西。有两个男同学因为争着要给她家放牛而打了一架。玉玉轻轻地叙说着，脸上洋溢着那种因回忆甜蜜往事而带出的幸福笑容。

这时不知从哪里传来一声：

"刘紫钰。"

王哲坤想这样喊玉玉的应当不是同学就是老师了。果然，玉玉回了一句："袁老师。"一个个子不高，穿着很朴素的男老师站在了玉玉的面前，可能因为刚劳动完回来吧，他打着赤脚，脚上沾满了泥土，如果不是因为戴着眼镜，王哲坤还真不敢说他就是一位老师呢！

"怎么今天有空到学校来看看呀！有好几年没回来学校了吧？"袁老师说道。

"嗯，有两年了吧。"玉玉说。

"这是你男朋友吧。很帅气，是个大学生吧？"袁老师问道。

"嗯，是的。"玉玉小声地回答，有点害羞地瞄了一下王哲坤，王哲坤也向袁老师微笑着点了一下头。

然后玉玉和袁老师就站在学校的那棵桂花树下聊了起来。

"当年要不是你数学考差了，考个中专应该是不成问题的。"袁老师遗憾地说道。

"是呀！好多时候，都是命中注定的呀！"玉玉有点叹息地说道。

其实也不是玉玉不努力，玉玉后来告诉王哲坤，中考当年她父亲病了，玉玉很担心，再加上考试的前一天她又没有睡好，所以考试时失手了。

读书时候的玉玉是她们学校一颗璀璨夺目的明星，从玉玉家墙上挂着的一张张发黄的奖状就能看出来。玉玉曾经就在这所学校里，努力地拼搏着，编织着她心目中最美丽的梦想。有时候命运就是这么奇怪，如果没有那几分之差，可能玉玉现在还是一名在校学生，可能也不会认识王哲坤。

王哲坤想，那个时候，如果是他只差那么几分的话，他的父母肯定会找各种关系让他去学校读书的。从学校毕业以后，王哲坤再也没有回去过，王哲坤当年在学校里并不起眼，过几年再回到学校去，可能也没有几个老师认得他了。

不知不觉太阳要下山了，王哲坤和玉玉准备回家了。

"要不今晚就在我们家里吃个便饭吧！"袁老师说道。

"不了，谢谢袁老师。我爸妈已经在做饭了，下次有机会再来吃吧！"玉玉答道。

他们和袁老师告别后就回家了。

有一天下午，天气特别晴朗，温暖的阳光照耀着大地，王哲坤刚刚午睡起来，就听到玉玉家的后院传来玉玉的歌声。王哲坤以为玉玉一个人在做着什么愉快的事情，就偷偷地走过去，想吓她一跳，结果看到玉玉正在帮他洗衣服。只见玉玉的额头上那密密麻麻的汗珠在太阳光的照射下亮晶晶的。玉玉一边洗衣服一边轻声地哼着歌，纤细有力的手指在搓衣板上不断地揉搓着，因为背对着王哲坤，她完全不知道王哲坤已经到了她的身边。看到玉玉辛勤劳动的样子，王哲坤心头的怜爱油然而生，他环抱着玉玉，将脸轻轻地靠在她的背上，玉玉回过头来在王哲坤的脸上亲了一下。

"老公，怎么了？"玉玉问道。

"看到你用手搓衣服，很心痛。"王哲坤说道。

"从小就是在农村长大的，哪有那么娇气呀！这事都是从小做习惯的。你是因为做得少，所以才会觉得辛苦。况且这些都是老公的衣服，帮你洗衣服，也是应该的呀！"玉玉开心地说道。

"那是，虽然我们俩还没有结婚，但是我感受到了家的温暖。"王哲坤说。

吃完晚饭以后，他们俩牵着手漫步在乡间的小路上，一起看着天空由火红变成了暗黑。王哲坤想起以前在城里的时候，晚上要是停电了，那一栋栋明亮的建筑物突然间就变得黑洞洞的，像一只只庞大的怪兽矗立在眼前，那种感觉很不好，让他感到十分的渺小与孤单。

但此时的黑夜却让他感到放松、惬意。

在夜色中，一轮明亮的月亮高高地挂在天空。看到月光下两人那长长的影子，玉玉说道：

"老公，你看看我能踩到你的影子吗？"

玉玉说完就像个小孩子一样追着王哲坤那长长的影子踩着。

王哲坤笑着说道："别踩别踩，如果踩坏了就要你赔的。"

玉玉开心地说:"那么你将我的影子也踩坏算了,如果没有踩坏,到时就把它赔给你。"

于是王哲坤也嬉笑着追着玉玉的影子不断地踩着。

他们俩就在这美丽的夜色中快乐地追逐着对方的影子,一前一后地跑着闹着。

田野上空飘荡着他们俩嘻嘻哈哈的笑声,惹得天上的月亮都绽开了明媚的笑脸。当踩得好开心的时候,王哲坤突然就兴奋地将玉玉抱了起来,快乐地转起圈来。

"看看看,你的影子没有了,被我甩掉了!"

"你赔我影子,你赔我影子。"玉玉大叫着。

"你拿去行了,我将我的影子送给你了。"王哲坤笑着说道。

"不行,不行,你的影子已经被我踩烂了,我不要了,我要你背着我。"玉玉嘟着嘴向王哲坤撒娇。

"好,我背你。"王哲坤立刻弯下了腰,玉玉则立刻跳到了他的背上。

王哲坤背着玉玉走了好长的一段路。

"乖,下来自己走呀!我背不动了。"因为背了好久,王哲坤也觉得有点累了。

"老公,你背上好舒服,让我想起了小时候我爸爸背我。"当王哲坤将玉玉放下来时,玉玉开心地说道。

"我让你重温了儿时的梦,你要怎么感谢我?"

玉玉开心地亲了王哲坤一下之后,就像一个侠客般双手做出一对爪子的形状向前伸出,同时喊道:"我教你一个绝招,九幽销魂掌,让你打遍天下无敌手,来试试呀!吃我一掌。"

王哲坤则立马假装倒地,摆出一个痛苦的样子。等玉玉笑嘻嘻地跑上来探望时,王哲坤就立即伸手抱住玉玉的腰,笑着说:

"让俺销魂销魂。"然后与玉玉长吻在了一起。

第二天下午，王哲坤和玉玉走在路上的时候，看到一堵低矮的围墙里面好多的橘子树，树上结满了金黄色的橘子。

"橘子，那里面有好多的橘子。"王哲坤对玉玉说。

"那我们进去偷点来吃。"玉玉兴奋地说。

"好，我先过去看一下。"王哲坤说。

王哲坤先爬上围墙，探头向里面看了一下，只见寂静的院子里一个人影都没有。

"老婆，你认识这片果园的主人吗?"王哲坤问玉玉。

"认识，是我一个远房亲戚。"玉玉说。

"怎么住这附近的都是你家的亲戚呀?"王哲坤问玉玉。

"我们这里地方小，以前大都是亲上结亲，并且以同姓住在一起的多。所以，只要仔细了解一下，一般这周围几里内都是沾亲带故的，按辈分，我还应当叫这家主人为三叔呢!"玉玉说。

"哇!如果是你家亲戚，被抓到了也没关系呀!"王哲坤说。

"只是被抓到了会有点不好意思而已，乡下人纯朴，对自己的果园没有城里人看得那么重。我们这里的果树结的果子一般也就是自己吃，再送一些给周围邻里吃，很少拿来卖的，除非是大批量的种植。像这种在自己院子里种的，一般都是自己家吃的。"玉玉说。

"那你想不想吃?"王哲坤问玉玉。

"想，我们俩偷偷地进去摘几个吧!"玉玉说。

王哲坤蹲了下来，让玉玉骑在了他的肩膀上。

"你先爬到围墙上面去，站在那围墙上不要动呀!我到了里面以后，再接你下去。"王哲坤说。

"好的！"玉玉应道。

因为橘子树长得比较高大，王哲坤够不着橘子，所以就让玉玉骑在他的肩膀上，玉玉负责摘，他在下面接着。

"够了吗？老公，还要不要再摘一些呀？"玉玉摘了几个橘子后问道。

此时突然传来狗叫声。

"老婆，怕是有人要来了吧？我们快走吧。"王哲坤有点紧张地说。

玉玉从王哲坤的肩膀上跳了下来，王哲坤马上脱下衣服，把地上的橘子包了起来，然后两人如进来时一样，小心地翻墙出去了。

王哲坤和玉玉在路上走着，两个人都特别兴奋。王哲坤拿起偷来的橘子递给玉玉，玉玉接过橘子马上剥开，然后掰了一瓣放到了王哲坤的嘴里。

"今天你功劳最大，第一瓣先给你。"玉玉说道。

"老婆，偷来的橘子就是甜些呀！"王哲坤吃着这偷来的橘子开心地说道。

"嗯，下次我们带上一个大点的袋子再来装呀！"玉玉开心地说着。

其实那时候的乡下，方圆几里内的村民要么是亲戚，要么就是相熟的同乡，因而对于橘园不会太看重，更不会专门派人看管。

王哲坤和玉玉并不是真的想去偷橘子，而是想体会在一起时顽皮快乐的心境。

## 二十八、棒打鸳鸯

只要和玉玉在一起，无论做什么，王哲坤的内心都觉得很知足、很平和。

玉玉家乡的人都特别纯朴，乡间从来没有发生过打劫、偷窃之类的事情，感觉整个村庄就像一个大家庭似的。

虽然他们没有圣诞节，没有情人节，没有巧克力，没有葡萄酒，也没有任何时尚元素，但是王哲坤觉得他们待人特别真诚，不会戴着有色眼镜看待他和玉玉之间的感情。

此时他们俩觉得自己就是天底下最幸福的人，梦想着能在这个小小的村庄里白头偕老，一直这样幸福地生活下去。这样的日子一定很美好。许多人努力了一辈子，就是为了逃离所生活的环境，其实他们不知道，最美丽的环境就在自己的身边，就在自己的心中，只要有爱。王哲坤当时真的好想和玉玉在这个简朴而美丽的乡村待上一辈子，和她一起慢慢变老。

每晚他们在短暂分开后，玉玉还是会偷偷溜进王哲坤的房间里。

那时的他们太过于天真了，以为远离了城市的喧闹声，就可以投入到大自然的怀抱中，就可以倾心相爱，就可以完全割离世俗的纠缠。

但快乐的日子总是像风一样转瞬即逝。

七月份的一个早晨。

那是一个下着大雨的早晨，玉玉的父母不在家里，他们一大早便到菜地里干农活去了。王哲坤正准备去玉玉家门口洗漱，一开门，迎面便撞上了他的母亲。她手中拿着一把伞，脸因为愤怒而扭曲着，眼中射出两道咄咄逼人的寒光。她的后面跟着一大拨人，大部分都是王哲坤的远房亲戚，有些王哲坤认识，有些不认识。

"啪！"的一声，一记响亮的耳光打在了王哲坤的脸上。母亲的突然袭击，把王哲坤给打蒙了，他一时还没有回过神来，怔怔地站在原地。母亲接下来拿着伞疯狂地扑向了王哲坤身后的玉玉，同时嘴里大声地骂着王哲坤：

"你这不争气的东西，我要跟你拼了，你真的是要气死我呀！"她把手里的雨伞向玉玉扔了过去。

只听见"哐当"一声，玉玉手中端着的洗脸盆被打翻在地。

玉玉看着王哲坤的母亲气势汹汹地向她走来，脸瞬间就吓得惨白。她长这么大，还从来没有人这么对过她，她目瞪口呆地站在原地完全不能动了。

就在王哲坤的母亲快要扑到玉玉身上的时候，王哲坤猛然清醒过来，随后全身充满了愤怒之情，彻底失去了理智。他大叫了一声后，便像发怒的野兽般扑向了他的母亲，死命地抱住了母亲那丰腴粗壮的腰，用力将母亲拖住。因为太大力，一时没有站稳，两个人都摔倒在地。玉玉回过神来之后，赶紧跑上前来要扶王哲坤，王哲坤拒绝了，并对她大声地说：

"玉玉！不关你的事，你快点走。"

这时王哲坤家的那些亲戚蜂拥而上，七手八脚地把王哲坤拖走了。王哲坤拼命地挣扎着，但那些人的力气实在是太大了，最后王哲坤几乎是被他们抬到了路边停着的汽车里。几个人死死地按住他，用一根很粗的麻绳把他结结实实地绑好，扔在了车子最里面。王哲坤的母亲没有再追打玉玉，也上了车。王哲坤还没有回过神来的时候，车子就已经发动开走了。

"哲坤，哲坤。"玉玉在后面带着哭腔大声地喊着。

王哲坤不知道玉玉是怎样的表情，他被那些人抬着的时候，只听到了玉玉绝望的哭喊声。王哲坤能够想象得到，在他走了之后，玉玉会有多么绝望，没有他在身边，玉玉的心里将会是多么恐惧和无助。一想到这里，王哲坤的心都要碎了。

王哲坤一进家门就被母亲拿着扁担一阵毒打，她一边打一边骂："打死你算了，你这个不争气的东西，人家梦婷那么喜欢你，你不要，偏偏被那个狐狸精迷成这个样子，你真的是鬼迷心窍了。"

王哲坤随她打着，咬紧牙关没有说话。

王哲坤被捆在家里足足十天。

王家父母只要一有空，就不停地咒骂着王哲坤。

王哲坤知道，他父母这么疯狂地阻止他，是认为他破坏了他们家的声誉。他们并不在乎你是否过得幸福。王哲坤只要一想到父母之间那几十年的教条般的婚姻，就觉得窒息。王哲坤想，要是让他那样活着，他宁可做个不结婚的自由人。

　　王哲坤不想和任何人说话，他只想一个人静静地待着。他看周围的人都不顺眼，有时候心情太过低落，会有一跃而下的冲动。

　　到最后，王哲坤父母给他留下了一句话：

　　"你玩归玩，现在居然连班都不上了，你不想要那份工作了吗？你要再这样弄下去……"

　　停顿了一下，母亲补充了一句："不是她死，就是我们亡，大家同归于尽。"

　　此时的王哲坤觉得眼前的父母是那么的陌生，让他从心底无法认同这份亲情。

　　他由起初硬碰硬的敌对态度到最后的漠然，直至麻木。

　　王哲坤被父母松绑时，他得知玉玉又一次消失了。

　　王哲坤的心再次揪了起来。

　　王哲坤害怕他家里把玉玉情感深处快要愈合的伤口再一次狠狠地撕裂，这件事情会不会让她对感情彻底地绝望呢？

　　接下来的日子，王哲坤对任何东西都失去了兴趣，除了深深地思念玉玉，就是想着如何寻找玉玉。

　　此时，王哲坤的父亲病倒了。

　　王哲坤不知道他是装病还是真的病了，但他总是在半夜里被他父亲剧烈的咳嗽声吵醒。

　　但这并不能使王哲坤稍稍转移一下注意力，他仍然时时刻刻想着玉玉。

　　心爱的玉玉，你到底在哪里？一想到这，王哲坤就心如刀绞，心乱如麻。

　　王哲坤实在是太担心玉玉了，他担心这一次又一次的打击会把玉玉逼上绝路。

只要一有时间，王哲坤就到街上去找玉玉。

王哲坤先去了玉玉老家，玉玉那老实纯朴的父母根本还不明白是怎么回事，他们只是告诉王哲坤，玉玉当天就离家外出了。王哲坤不忍心和他们聊得太多，怕他们担心，就匆匆地和他们告别了。

王哲坤又去到她哥哥那里打探消息，但也是一无所获。

王家父母和王哲坤之间的关系越来越像一对仇敌似的，他们看王哲坤的眼神是极其严肃、痛恨的。但他们此时也不敢过分刺激他，他们也怕太过分的手段会让王哲坤和他们玉石俱焚。王哲坤在整个家族中，已经是一个天大的笑话了。但此时的王哲坤，已经孤注一掷，谁说的话都听不进去，谁跟他讲道理他就跟谁急。

他犹如一只受伤的野兽，心中充满了无限的困惑和悲伤，只要有一点风吹草动，他就可能会因为控制不了自己而去做傻事。

那种内心的郁闷和痛苦折磨得王哲坤都快要发疯了。

那段日子，王哲坤找遍了县城里大大小小的娱乐场所。他希望能再一次碰到玉玉。找到玉玉后，王哲坤发誓不会再让她跑掉了。

但这次，玉玉真的找不到了。

王哲坤很怕玉玉因受到太大的伤害而出现意外，虽然他知道，玉玉的内心很坚强，但毕竟她还只是一个小女孩。

有一天晚上，王哲坤一个人在街上孤独地走着，思绪万千。不知不觉中，他来到了一个夜宵摊前。他点了一份花生米、一份麻辣豆腐，然后独自一人喝酒买醉。

他从来都没有喝过那么多酒，直到喝得分不清东西南北，喝醉后，他就趴在桌子上睡着了。

当他醒来的时候，他发现他躺在了宾馆的床上，外衣被脱下来放在了凳子上。

王哲坤觉得奇怪，是谁把自己送来宾馆的？难道是玉玉吗？

一想到这里，他马上起床穿好衣服，打算出门找玉玉。突然，他发现床头柜上摆着一封信。


亲爱的老公：

写信的时候，我是快乐的，也是痛苦的。因为我写信的时候，脑海中不断浮现着与你在一起的场景，回忆着与你在一起度过的那些酸甜苦辣；而痛苦是因为，让你和家里人闹得那么僵，让你受苦了。

和你相处这么久，我很知足。这个世界上虽然有的人拥有好多的东西，但我觉得他们什么都没有。因为他们得以自豪和炫耀的东西我们从心底根本就不会在意。

我真的好爱好爱你，正因为爱你爱得是那么无法自拔，所以最终才选择离去，将痛苦留给自己一个人去品尝。

我从来都不后悔对你付出的爱，心中装着的都是你的好，我已经很知足了。我们不是输给了爱情，我们只是输给了世俗而已。那种根深蒂固的观念早已深深植入到每个人的脑海里，光靠你我哪怕是再完美的爱情也是改变不了的，因为我们的力量实在是太小太小……

亲爱的老公，你真的不要觉得内疚，你要努力，幸福地活着，哪怕有一天，我真的从这个世界上消失了，我也觉得值得。至少，我在这个世界感受到了什么是真正的爱情。

我爱你，那种爱，已经深入到我的灵魂，遍布我身体里面的每一个细胞。所以，你的每一丝痛苦，同样也深深地牵动着我的心。

从认识你的那一刻起，我就知道，你就是我的真命天子。我在你的面前，觉得无比轻松和幸福。

我们在一起的时间，相对于一生来说，虽然短了点，但对于我来说，已经足够了。虽然只是短短两年多的时间，但它已耗尽我一生对男人的爱，我已经拥有了值得让我一辈子回味的东西，那就是你给我的爱和你带给我的快乐。

你给予我的快乐和开心，已经深深地嵌入到我的灵魂深处了。

亲爱的老公，我不觉得痛苦，我心中最大的痛苦就是怕给你带来痛苦。你感觉痛苦就会让我更加痛入心扉，因为我爱你，爱你就希望和你在一起时的每一分每一秒都能够开心，都觉得快乐。只要你开心，那就是我最大的幸福。

其实此时写在纸上的字，不用多言你也清楚。点点滴滴的相濡以沫，在你我的心灵深处早已相通。我知道，我所做的每一件事，体验着的每一丝痛苦，脑海中的每一点想法，你都会理解的，也是能够感受到的。我之所以逃避你，就是希望你不要为了我，让自己遭受痛苦和折磨了，因为我是带着你满满的爱而逃离的。哪怕就是将来我的躯体消失了，但精神是永存的，因为我得到了别人无法拥有的东西，那就是你的真爱。

我知道，这就是爱情，无须多言，我能实实在在地感受到，甚至能摸得到，我从来都不感到孤独，因为我时时刻刻都能从我的内心里，拿出你我最真实的爱情来抚摸着、回味着。

亲爱的老公，我爱你，我跟你度过的每一分钟、每一秒钟，我都觉得是那么幸福。我们在短短的时间里，就过完了别人一生都无法拥有的快乐时光，我觉得我的人生是很圆满的，我死而无憾。

不要再找我了，越是找我，你就越会感到痛苦。我不恨你的父母，也没法恨你的父母，因为我的存在，让你和你的家人变成了仇人，那是我不愿意看到的。亲情是无法割舍的，所以你对家庭的一切怨恨都解决不了我们之间的问题，我们只能认命吧。

如果真的有一天，我离开你了，不要为我感到悲伤，因为只要你幸福，我才会觉得幸福。事实上，我想我也应该离开了，因为只要我在这个世上，你就会情不自禁地想和我在一起，但你家里人却不同意我们的爱情。这份爱让你过得太痛苦了，我真的不想看到你痛苦的样子，因为和你在一起后，我得到了你深深的爱，这就足够了。

我很开心，我就像一朵玫瑰，在我开放得最艳丽的时候，被你这个能够读懂我的人摘到了。我很幸运，我也很知足了，老公，努力工作吧！去幸福地生活吧！我不想再缠着你了，我害怕这样会让你变得厌烦，反倒会将我们最美好的时光全部忘掉。你可能不在意，但我会在意。

　　亲爱的老公，好好生活，忘掉我吧！慢慢地，你就
会适应了，我会永远为你祝福的。

　　　　　　　　　　　　　　　　　深深爱你的玉

　　玉玉的信写得真诚而直白，而王哲坤似乎早已知道信里的内
容，但真正读起来时，又是那么的伤感！玉玉不想伤害王哲坤，
她选择伤害自己，但她不知道的是，在她伤害自己的同时其实也
伤害了王哲坤。

　　当王哲坤看到这封信时，他的内心稍微平静了一些，因为他
至少知道玉玉现在是安全的。但看到信的内容，他又觉得很痛
苦。他知道，玉玉爱他，但又左右为难。他们俩若继续在一起，
王哲坤与家里的关系会越来越僵，放弃吧，她又心不甘情不愿。

　　"哎！"此时的王哲坤，看着眼前的信，深深地叹了一口气。

　　此后王哲坤每天按时上班，努力地工作，再也没有接触过异
性，也从没有去找金梦婷。

　　王哲坤的母亲再也没有过问过他的事情，无论王哲坤去哪
玩、做什么，都没有以前管得那么紧了。玉玉不在身边了，王哲
坤也就不那么在意他的母亲了。

　　一有时间，王哲坤就去玉玉的哥哥那里玩，只要她哥哥遇到
什么困难，他都会尽力地帮助他们。

　　又是一个星期六，王哲坤想到那天他陪玉玉回家的情景，感
慨万千。想着想着，他突然想去看看玉玉的父母，于是立刻去车
站买好车票，带上礼物，踏上了去玉玉家的客车。

一路上，他看到熟悉的场景都会不由自主地想起那时的感受，想起与玉玉在一起时的一点一滴。玉玉在他心里留下的印记，是那么深刻，让他怎么也不能忘怀……

下了车，王哲坤终于又踏上了那条熟悉的小路，前往那思念已久的房子。终于，他看到了那栋熟悉的房子，此时，玉玉的家里一个人也没有，他走进了堂屋，看着堂上供着的神像，就禁不住双手作揖，拜了一下，然后就站在那里，闭上了眼睛，感受着在这个房子里曾发生的一切。

就在这时，玉玉从背后抱着他，将脸贴在他的后背上，温柔地靠着他。他将玉玉的手环绕到自己的胸前，轻轻地抚摸着、抚摸着。王哲坤感觉仿佛进入到梦幻中，他一摸，居然就是真的，他的玉玉真的在抱着他，他不是在做梦。他猛地回过头来，他的玉玉就站在他的身后，满脸都是泪水。

"你去哪里了呀？你让我找得好辛苦。"王哲坤有点嘶哑地说。

"我哪儿都没有去，我就在你的身边。"玉玉说。

"可你为什么不见我？"王哲坤问道。

"哪有不见，你那天喝醉了，我不是送你去宾馆了么？"玉玉说道。

"我知道，你为什么要躲着我呀？"王哲坤又问道。

"我怕我的存在会更加激怒你的母亲，让她更生气，也让你更难受。"玉玉伤感地说道。

"我是她儿子，她再生气也不会拿我怎么样的，反倒是你，让我好担心。你不在的日子里，我真的犹如行尸走肉一般，感受不到快乐，过得好难受。"王哲坤说道。

"我知道，所以我一直都偷偷陪在你身边，只是不敢见你而已。"玉玉说。

"那你今天为什么出现了呀？"王哲坤问道。

"因为我实在控制不住自己了，你就在我的眼前，我再不抱抱你，我会崩溃的。"玉玉说。

"以后再也不要离开我了，此生，我非你不娶。"王哲坤双手握着玉玉的肩膀，凝望着玉玉的眼睛，认真地说道。

"嗯。"玉玉看着王哲坤的眼睛，就像是犯了错误的小孩子，很认真地点了点头。

"我会通过关系帮你找一份稳定点的工作，你去上班吧！如果你不上班，我想你会感到很不安吧？"王哲坤对玉玉说道。

经历了这些事后，王哲坤才知道，他和玉玉之间不能光知道腻着，还得为他们的未来做个安排才行。

"我想帮你找一份朝九晚五，比较正式的工作，我不想你去娱乐场所打工，那地方的人又多又杂，就怕碰到各种意外，况且上班时间也是黑白颠倒的。"王哲坤说道。

"嗯，一切都听老公的。"玉玉不住地点着头。

"好的，那我回家给你安排。"王哲坤说道。


两天以后，王哲坤通过朋友帮玉玉找到了一份在私人电子工厂当办公室文员的工作，他觉得这份工作玉玉是能够胜任的，因为玉玉的脾气好、形象好，再说那个老板和他很熟，所以玉玉在那里上班，他比较放心。在企业上班，一来工作时间规律些，二来他也希望玉玉能够边工作边学点东西，比如说学习电脑软件之类的。

玉玉正式上班后，王哲坤就在工厂附近租了一套房子。

就这样，王哲坤和玉玉又开始生活在一起了。一有时间，他就去玉玉那里。

这段时间，王哲坤总是有种不适感。他发现母亲再也没有过问他的事情了，也不太管他业余时间去干什么了。他回家也好，不回家也好，都不会质问他了。不仅如此，父母对他的态度也慢慢恢复到以前，彼此之间的关系不再那么紧张了。

有一天，玉玉和王哲坤在一起时，她开心地对王哲坤说道："我今天在街上碰到了你妈妈。"

"哦？那有什么奇怪的，都在一个城市里生活，难免会碰到嘛。"王哲坤对玉玉说道。

"她今天看我没有一点恶意，居然还对我点了点头，虽然没有笑容，但态度比以前好多了。"玉玉开心地说道。

"啊？"王哲坤觉得奇怪，当然也很开心。他觉得，他和玉玉的未来终于见到曙光了，他兴奋地把玉玉抱在了怀里。

"如果以后我们有钱了，我们俩就去找一个风景怡人的地方，开一家客栈，然后，我帮你生一大堆娃娃，我们俩快乐地生活在一起，看着我们的孩子长大。"玉玉憧憬地说道。

有一天，王哲坤正在上班，突然接到了母亲打来的电话。母亲让他下班后直接回家，她有话要对他说。

下班后，王哲坤没有去玉玉那里，而是直接就回了家，因为他知道，他母亲肯定又要和他谈玉玉的事情。虽然王哲坤对这件事的态度很坚定，无论他母亲说什么，他都不会动摇，但他内心还是有一点不安。

到家后，母亲开门见山地和王哲坤聊了起来。

"最近，你一直和玉玉在一起，是吗？"

"是的。"王哲坤回答道。

"我以前反对你和玉玉来往，是有原因的。如果你不是我的儿子，我当然不会管你。可怜天下父母心，我也是为你好。毕竟我的儿子很优秀，我不想因为她而耽搁了你的前程。毕竟找一个好老婆，会让你以后更轻松些，当然这只是站在我的角度看问题，忽略了你们年轻人的想法。你从小到大，都是那么乖，从来没有让我们操过心，而你对这感情的执着也超乎我的想象，我从来没想过你会这么叛逆。做父母的，肯定都希望子女将来能过得幸福、有出息。"母亲语重心长地说道。

顿了一下，母亲继续说道："对于你的这段感情，可能我做了很多让你讨厌的事，无论你恨不恨我，我都是要做的，毕竟我是站在父母的角度来处理这件事。但是今天，我想跟你说的是，我不反对你和玉玉来往了。因为前段时间，梦婷和我聊过你和玉玉的事情，我很用心地听了。然后，通过这段时间的思考，我也很认真地反省了一下自己。我终于明白，真正的感情是要自己去体验的，因为没有感同身受，不明白你为何那么执着地要和玉玉在一起。我知道，玉玉在你的前程上不能帮助你，但通过这段时间我对你们的观察，也终于明白，她对你的感情，是认真的。既然如此，只要你自己觉得幸福，以后你的未来就由你自己去把握好了，你觉得幸福就好。"

"谢谢妈妈！"王哲坤听完了母亲的话，就站起来对着母亲深深地鞠了一躬。

"你去找玉玉吧！方便时把她带回家里来吧。"

王哲坤像疯了一样跑出家门，因为他现在最想做的事情，就是找到玉玉，亲口把母亲的态度告诉她。

经过这么长时间的努力，家里终于同意他和玉玉的事了，王哲坤此时比考上大学还高兴，他终于能够和玉玉长相厮守了。此时他觉得走起路来，脚下都是带风的。

他突然看到玉玉在对面马路的人行道上走着，因为玉玉低着头，所以她没有看到王哲坤。

王哲坤立刻大喊了一声："玉玉！"当玉玉抬头看向他时，王哲坤正要穿过马路，他像一匹脱僵的野马般向着玉玉飞奔而来。

"车子——"玉玉大喊了一声，王哲坤还没反应过来，便被玉玉推倒在地。

玉玉被撞飞到五米开外，倒在了一片血泊中。

"老婆——"被推倒在地的王哲坤看到眼前的情景，悲切地喊叫着。他顾不上全身的伤痛，猛地一下站了起来，向玉玉跑去。可是此时的玉玉满脸都是血，已经听不到他的呼喊声了。

伤心欲绝的王哲坤趴在玉玉的身旁，他不敢乱动。一瞬间，他觉得天旋地转，下一秒就昏了过去。

当他醒来时，已经是在医院的病床上了。

"玉玉，玉玉……"王哲坤痛苦地喊着。

"玉玉已经去世了。"王哲坤的姐姐站在病床前说道。他们俩人出事后，王哲坤全家人都来了。他家人从警察的口中得知，善良的玉玉为了救王哲坤，被一辆飞速行驶的皮卡车撞倒，送到医院后，因为伤势太重，不治身亡。

此时王哲坤才知道，他的玉玉，这次真的彻底离开他了。

## 二十九、相思的痛苦

玉玉，王哲坤最爱的人，就这样走了！

王哲坤听到这个消息时，他的脑袋里嗡嗡作响。他努力撑起身子，下了床，想要走到玉玉的旁边。他走得摇摇晃晃的，只觉得自己直冒冷汗。他又感觉到自己的嘴唇有一种麻麻的感觉，口水都不能吞咽，走了几步以后，王哲坤连忙扶着墙，大口大口地喘着气，生怕自己再次昏过去。

最终，王哲坤还是被他姐姐带到了抢救室门口。他推开了眼前的门，走了进去。此时的玉玉被一块白布盖着，在病床上安静地躺着，已经没有反应了。

王哲坤疾步向玉玉走去，紧紧地抱住了玉玉的身体，把玉玉的头轻轻地放在了自己的怀中，就像玉玉还没有离开一样。王哲坤轻轻地拨开了玉玉的头发，让她的脸露出来。

王哲坤不知道抱了玉玉多久，直到手臂都要失去知觉时，才发现整个房间里只剩下他和玉玉了。这个时候，他真的很希望世上有神明存在，让他能够和玉玉再说说话，哪怕只有一分钟也好。

　　玉玉是一个善良的女孩子，她总是害怕因为自己而让王哲坤受到伤害，但玉玉不知道的是，她的离去对王哲坤来说才是最大的伤害。

　　后来王哲坤回忆与玉玉的这段往事时，心里总是设想着：如果不是我主动去骚扰玉玉，玉玉是会把这份爱埋在内心深处的。王哲坤觉得他的爱是自私的，以至于玉玉的花样年华早早地被定格在那一刻。他这一生都是亏欠玉玉的。这种深深的自责感伴随着王哲坤度过后来的无数个日日夜夜。

　　王哲坤如果知道这份爱会让玉玉以生命作为代价的话，他宁可从来都没有拥有过这份感情。玉玉死了以后，王哲坤才感受到，他和玉玉的恋情，就是一场不折不扣的黑色生死恋。


　　王哲坤不断地自责着，他默默地在纸上写道：


　　亲爱的玉玉：

　　　　我根本不知道我不能爱你，我做梦都没有想到，我随时都会失去你。可是当时，我们俩毕竟还是没有长大的孩子，我们真的是控制不了情感，我们俩对彼此都没有免疫力。我们俩爱得那么无法自拔，在这个充满了虚情假意和物欲的世界里，我们俩对彼此没有任何的野心和欲望。我们本以为两个人只要单纯地相爱，这种纯洁无瑕的爱就会被这个世间所包容，会让我们幸福。我们所希望的仅仅只是一份简单的幸福，追求的是那份来自灵魂深处的相守，可是我们太天真了、太弱小了，我们斗不过这个世俗的世界。我完全没有想到，在我们两个人的世界里，爱情是一件那么残酷的事情。

其实我和你都是把感情看得很重的人，所以只要我对你好，你就会回报我满室的春光。我们俩既享受着这份难得的真情，同时也被这份真情所拖累，直到最后我将你送进了无尽的深渊。

玉玉，假如我们的年龄再大一些，我们可能会考虑得更多，也看得更远。但是没有如果，可能那个时候，我们的爱已经不那么纯粹了。我认为真爱是一种缘分，玉玉，今生我们不能在一起，可能是我们前世的缘分还没有修到吧！

在我的心中，你永远是一个善良、可爱的女孩子，也是我深深爱着的人。

爱你的哲坤

王哲坤的内心痛苦万分，那种痛苦几乎渗透到他全身的每一个毛孔，让他悲伤到了极点。

"玉玉，无论什么时候，我都想陪着你，最后这段日子里，让我守着你吧！"王哲坤不断地在心里默念着。一想到玉玉不在了，他全身就有一种揪心割肉般的痛。

在玉玉的病床前，他突然感到头昏眼花，心口像堵着一块大石。他的脚跪得好麻，想站起身来，但内心的那份伤痛让他失去了力气。他刚一起身，便因为双腿无力而向一侧歪倒，他使劲地扶着床，狠狠地咬着牙，才不让自己倒下去。

王哲坤心里的痛苦，只有他自己能够体会，他在心里一遍又一遍地对玉玉说道：

"玉玉啊！你知不知道我母亲已经同意我们俩在一起了？我

们就要永远在一起了！可是现在，这个消息已经没有用了，因为你已经听不到了，你已经永远离开我了。"

后来因为太过于思念，王哲坤还找了一位占魂师给玉玉托话。那是个五十多岁的老太婆，他对她报上了玉玉的生辰八字。以前的他是绝对的唯物论者，什么神呀鬼呀是根本不信的。但玉玉死后，他总是在想她最后一刻在想什么。当占魂师说玉玉已经"附体"在她身上时，王哲坤眼里满是泪水。那个占魂师翻着白眼告诉王哲坤，玉玉要他好好活着，要他过得幸福，不要再牵挂着她，她在那边过得很好。王哲坤知道，无论这段话是不是真的，他相信玉玉是希望他好好活着的。

一朵洁白芬芳的鲜花在他人生的道路上绽放了那么一下就枯萎了，一个鲜活美丽的生命就像烟花一样从这个世界上消散了。

王哲坤再一次在心里默默地说道：

"老婆，在我以后生命的日日夜夜里，你都不会出现了，不会和我嬉戏，不会和我吵闹，你永远在我的世界里消失了！你走得那么无奈、那么辛酸，你还没有过完你的二十二岁生日呀！我曾经答应过你，要带你去西双版纳旅游的呀！要在美丽的高山上为你戴上用鲜花制作的皇冠，让你永远做我心中的公主……"

王哲坤不断地抚摸着玉玉那柔软洁白的小手，此时那温暖的小手已经变得冰凉。玉玉最后拼命推开他，被飞驰的汽车撞上的那一幕，已深深地印入了王哲坤的脑海里，成为他此生都挥之不去的梦魇。此后的一段时间里，王哲坤一看到马路上飞驰的汽车，内心就会莫名地痛恨和反感。

王哲坤用手指轻轻地抚摸玉玉的眼睑、两颊，再从额头上慢慢地滑下去，不停地摩挲着她已经冰冷的肌肤，眼泪从眼里不断地滑落着。

突然一道闪电划过，伴随着震耳欲聋的雷声，窗外哗啦啦地下起了滂沱大雨，雨滴打在窗户上砰砰直响。不知为何，王哲坤顿时感觉自己好像浑身湿透并置身于严寒的冰窖当中。这种痛彻心扉的冷，让他全身发抖，仿佛他身体里的每一块骨头、每一个毛孔都在打战。

那一晚，王哲坤像一只刺猬般蜷缩在玉玉的身边，一动也不动，睁着一双红肿的眼睛，直愣愣地看着窗外漆黑的天空，直到天色发白。

王哲坤不希望玉玉以这副模样离开人世，于是在将玉玉的遗体运到殡仪馆后，他找到一个很有名气的化妆师，为玉玉梳洗和化妆，并做了一个漂亮的花环戴在她的头上。

此时，玉玉苍白而毫无血色的脸颊上涂抹着淡淡的胭脂，她安详地躺在棺材里，所有的痛苦和悲伤终于要离她而去了。

"玉玉，我握着你的手不得不松开了，我要放你走了。我好不希望我们这份情缘就此阴阳分隔。你离开的那一瞬间，我真想紧紧地抱着你，随你而去。"

王哲坤很是不舍地剪下了玉玉头上的一小撮青丝，放到胸前的口袋里，他想它作为他们俩在这世间相爱过的最后一份见证。

直到去世，玉玉也没有留下一张照片给王哲坤。

就这样，王哲坤心中的天使，他无限眷恋的姑娘，永远地离去了。但让他感到欣慰的是，玉玉是知道他是深深地爱着她的！

当初玉玉几度离开，她都是想将美好的记忆留给王哲坤，而独自一人去承受全部的苦难。可是玉玉不知道，这一次的离开，她留给王哲坤的是永远的痛苦和一生的煎熬！

为玉玉处理后事时，王哲坤通知了玉玉的家人。他们没有责怪王哲坤半句，看到王哲坤如此伤心欲绝，这善良的一家人反而不断地安慰着王哲坤。

只有王哲坤知道，玉玉是被爱情害死的。

因为爱他，玉玉把自己害死了，难道这就是她的宿命么？

当玉玉被推进焚化炉的那一瞬间，王哲坤终于控制不住自己，歇斯底里地号啕了起来。他那悲伤的哭声中充满了凄凉的痛苦和浓烈的爱恋，还有对玉玉离去的深深的不舍。他觉得这世间所有的一切都没有意义了，他的世界里只剩下一片黑暗。

王哲坤在心里哭喊着："玉玉啊！我不知道我们做错了什么，最后落得阴阳两隔的下场。你在那一瞬间就化成了缕缕青烟，可那揪心般的疼痛却要伴随我一生啊！"

回到家里以后，王哲坤一口气喝掉了一斤多白酒，喝得嘴唇都失去了知觉，然后昏睡了过去。他不知道自己昏迷了多久，只知道自己醒来时已经躺在医院的病床上了。

醒来以后，他感觉自己变得轻飘飘的，忽然间对一切发生的事情都释然了。他不恨任何人，他觉得这就是他的宿命，可能这辈子他再怎么努力，也无法拥有玉玉。

他觉得自己很累，他厌倦了周围的一切，也厌倦了这座城市。他想离开这个地方重新生活，这才是他唯一的选择。

不久之后，王哲坤就辞掉了工作，他家里人没有阻拦他。因为他们知道，比起玉玉的离去，任何事情都是次要的，况且换一个环境，他应该能够再次振作起来吧？

于是，王哲坤离开了生他养他的家乡，去了深圳。

临走的那一天，王哲坤再次来到殡仪馆，与他的玉玉道别，他将玉玉的骨灰盒放在殡仪馆里寄存十年。

他坐在玉玉的灵位前，整整一个晚上，和玉玉进行临行前的道别。

亲爱的玉玉：

你走了，我无法从你的离去中走出来，我再也不会遇到与你那般投缘的女孩子了。我真的觉得自己好孤独，一到夜里那种孤独就像病魔一样折磨着我，虽然在最后的岁月里，我和你没有亲热。但是只要你还活着，我还是充满希望的。可是现在这个希望破灭了。我在想，是不是老天爷也在妒忌着我们，看我们的日子过得那么快乐，硬是要把我们活活拆散，是不是？在我们俩有限的时间里，是不是我们把快乐都用尽了，我们把福都享尽了，我们将幸福不留余地地挥霍一空了？

我和你认识的这两年，你至少透支了我一生的青春岁月。我们在一起时有着太多的欢笑，有着太多常人无法想象的快乐。和你在一起，最美丽的风景我们都已经欣赏过，余下的人生，我又要从哪里找到属于我自己的快乐呢？

玉玉，自从你离开这个世界，我的心也死了。

玉玉，你先委屈一下待在这里，等我在外面干出了

一番成绩，我再来接你。王哲坤离开殡仪馆后，便去了
深圳。

　　因为王哲坤学的是财会专业，学习成绩一直很好，在财政局
也是从事会计职务，所以他一到深圳就找到了一份与财务相关的
工作。没过几年，他就考上了注册会计师，在一家大公司站稳了
脚跟。
　　此后的十年，王哲坤在深圳一直努力打拼着。他很少回家，
除非是家里有事，回家也是来去匆匆。他似乎想将全部的精力投
入到事业中，让自己忘记那段痛苦的往事。就这样，王哲坤凭着
自己非凡的能力，在一家大公司做到了财务总监的位置。拥有了
公司一定比例的股份后，他在深圳买了房子，生活条件变得越来
越好。在这十年间，他一直负担着玉玉哥哥两个孩子的学习费
用，因为他希望能够尽自己的能力帮助玉玉家改变命运。
　　有一次，他还特意跑到玉玉曾经就读过的学校，捐款十
万元。

　　王哲坤独自一人在外漂泊着，一直没有成家。与玉玉的恋
爱，耗尽了他追求爱情的全部精力。他觉得此生再也无法遇到像
玉玉那么爱他的人了，有也只是对他外表的欣赏和才华的仰慕，
而不是像玉玉那样爱他入骨。
　　有一次他来到云南，看到一个风景秀丽、民风纯朴的地方。
他在那里住了十天，也考察了十天。随后，王哲坤又做出他人生
另外一个重大的决定——在这个美丽的小镇定居。他卖掉了深圳
的全部产业，在这座美丽的小镇买下了一块地，开了一家独具特
色的旅游客栈，他想让自己的余生在这个地方度过。

客栈准备开门迎客时，王哲坤和玉玉的十年之约也到了。他回到家乡，将玉玉的骨灰盒带到了云南，带到了以她的名字开办的客栈里。

可能是玉玉在冥冥之中一直保佑着王哲坤吧！当然王哲坤的经营能力也很强，所以客栈的经营状况一直很好。接下来的几年，王哲坤又将客栈的规模扩大了，慢慢地客栈成了远近闻名的旅游宾馆。

"十年生死两茫茫，不思量，自难忘。"一晃十年就过去了，又是一年清明时，王哲坤独自倚窗而立，看着马路上那零星的灯光。那种寂寞孤独仍然伴随着他，他认为自己已经无药可救了。一想到玉玉，他的眼泪就会止不住地流下来。

而此时的他，不禁想起了李清照写的《武陵春》："风住尘香花已尽，日晚倦梳头。物是人非事事休，欲语泪先流。"

在这个特殊的日子里，王哲坤虽然没有摆贡品来祭拜玉玉，但他在心里已思念玉玉千百次，并为玉玉写下了祭文。

亲爱的玉玉：

我和你相处的日子犹如昨天发生那般，那种痛彻心扉的悲伤不断地涌上心头，像针扎一样刺向我全身的每一个毛孔，让我痛不欲生。好想快速地让自己老去，好想尽快来陪你，你在天堂的那边还好吗？

往事历历在目，你仿佛仍然在我眼前，那么真实。好想紧紧地抱着你，却怎么也抱不到，一个人默默地沉溺在思念你的世界里。

　　我总觉得和你相处的日子是那么甜美却又转瞬即逝，总觉得独处的日子是那么痛苦、那么漫长。我的脑海中总是浮现出你的身影，你身披一身彩衣向我走来。你那红扑扑的像苹果一样的脸蛋仿佛就在我的眼前，当我想扑上去轻轻咬一口时，却变成了你那张毫无血色的冰冷的脸，然后慢慢地在我眼前一点一点地消失。我好几次伸出手想把你抓住，却都扑了个空。

　　我经常在梦中回到我们相爱的那段日子，追忆着我们一起度过的快乐时光。可是每一次醒来后，我都是恍恍惚惚的，不知道自己是活着还是已经死去。我好想把梦境留住，却又不得不醒来。

　　你离开了，带走的是你的肉体，同时也带走了我的灵魂啊，留下我一个人孤零零地活在这个世界上。

　　这个世界每天都在变，不变的唯有我对你那刻骨铭心的思念。天长地久有时尽，此恨绵绵无绝期，这种日子不知何时才能走到尽头。

　　孤独的时候，我就会拿出你的青丝，睹物思人。那上面有我的斑斑泪痕，它已经成为我身体中最重要的一部分，我将它放在我口袋里，天天带着。它能在我内心极度不安时给我心灵的抚慰。我会带着它，直至从这个世界消失。

　　带着它，我吃饭的时候，睡觉的时候，走路的时候，看风景的时候，发呆的时候……我都感受到了与你在一起时的气息和快乐。可一想到你已不在我身边，我的眼泪就止不住地流。想起你，我难过得咽不下饭，入不了眠。没有你的日子，每一天，都是我的黑色星期天。我真的无法想象，我情感的光明，还能不能出现！

　　我想你，我想你，我心中的爱人。那寂寞的漫漫长夜里，我真的好希望你变成女鬼，与我相会。那相思的毒，在我的心里，抓下了道道伤痕。

　　此时，我一个人孤零零地躺在床上，没有亲人来看我。可是我不害怕，因为我的心每天都和你在一起，从来没有觉得孤单过。这个寂静的夜晚里，没有谁来打扰我，这种感觉很好。让我闭上眼睛，重温一下我们曾经一起经历过的快乐、温馨与美好吧！

日夜想你的哲坤

## 三十、玉落尘音客栈

　　张明明是南方某小县城里的一个年轻人，家里条件很好。他最近谈了一个女朋友，因为家里不同意，分手了，所以心情变得极其糟糕。

　　在一段时间里，他每天都溜达在相同的街道上，觉得生活是那么枯燥、单调。因为县城不大，他自然就能看到那一张张熟悉却又叫不出名字的面孔。看着一天天都在发生变化却又似乎一成不变的事物，听着那些客套而又虚伪的寒暄，他感到莫名的烦躁和心情的低落。有时候，在公众场所，他不经意地瞥一眼，就能看穿人们的做作和虚假，或是那种毫不遮掩的粗俗。他认为这就是小县城人在思维上的局限性，虽然它和大城市的小市民思维有相同的一面，但也有不同的一面，它在人性上可能体现得更本色一些吧。所以他认为，对于那些不断地想要感受新生事物的人来说，他们就会选择逃离，凭借各自能力的大小，短期的或者长久的逃离。

　　是的，如果一个人的人生还算顺利，并且在这种环境里生活得久了，就会慢慢地变得安逸而慵懒，变得容易满足，直至麻木，失去自我，失去对生活的激情，同时也失去追求。张明明觉得那种机械的、一成不变的生活，使他像天天被人扼住了喉咙一样，快要窒息了，仿佛自己的人生被时间无情地宰割着。

而张明明，因为年轻，肯定就会对生活的另一面有着无穷的好奇心，内心也会产生一种释放自我的冲动。因为他是一个讨厌被束缚的人，工作之余，只要一有时间，他就喜欢到处走走，让自己到外面去透透气。

人的心态如果与环境格格不入的话，就会因为心态造成诸多事情的堆积，那种不顺如果积累到一定程度，就会压得人全身透不过气来，使人看周围任何东西都觉得不舒服，心里憋得发慌，感觉空气沉闷得都快要凝固了。

有一天，张明明终于下了一个大的决定，不像以前一样只是将旅行作为一种短暂的逃离，而是要给自己的心灵找到一个归宿，因为他想逃离他现在的生活。于是这一次，他考虑了好久之后，向单位正式辞职了，他带走了自己的全部行李，毫不犹豫地踏上了他人生的旅程。

张明明喜欢这种想走就走，不受约束的感觉，因为只有在这种感觉中，他才能找到最真实的自我。仿佛才能在这个烦躁的世界里为自己不甘寂寞的内心找到一个归宿。

张明明就这样带着一种不受世俗约束的目的一边工作一边旅行着，边走边看，体验着他有限的人生，寻找着他人生中那一种来自内心的释放和无穷的快乐。

终于有一天，张明明来到了美丽的西双版纳，在一个风景秀丽的县城里面，他看到了一家特别精致、个性而极富有诗情画意的客栈。

一仰头张明明就看到，在大门的正上方，挂着一块好像从千年古树上很整齐地切出来的木招牌。因为要保持它的本色，所以木板两边的树皮还保留在上面，看上去既与众不同，又真实自然，招牌的中间刻着一个很诗情画意的名字——"玉落尘音"，那四个字的上面很用心地描着朱红色的油漆，招牌的右下角还有一个四方的红色落款印子。

一进入到客栈的里面，接待的大厅看上去既干净又整洁，所有的家具都一尘不染。

这里大部分的家具还有吧台都是用纯杉木做的，表层刷的是无色的清漆，露出了木头纯天然的花纹和色彩，地面铺的都是灰色而粗糙的大理石地面，墙上贴着以梅花图案点缀的粉红色墙纸，墙上还挂满了大大小小的各个民族的装饰品，尤其是以梅花造型为主的一系列用深棕色的胡桃木做的艺术装饰格栅，一个个整齐地挂在墙上，给人一种自然清新的感觉。

走过吧台，有一条长长的过道，过道两边的墙上都装饰着仿杉木色的生态木，看上去整洁又清新。从过道笔直走过去，展现在眼前的是一个四四方方的室内花园。

花园很宽，有一千多平方米。花园里面有一个小小的池塘，水碧绿碧绿的，清澈见底，能看见鱼儿快乐地在水底游来游去。池塘的水面上浅浅地浮了一层绿绿的青苔，中间立着一座小小的假山。绿油油的草地上铺着一条鹅卵石的小路，小路的上面扎着一个个长长的葡萄架，绿绿的叶子盖在葡萄架的上面，看上去就像一条幽静的林间小径。小路弯弯曲曲地通向一个不大但很精巧的，也是用杉木建造的四方亭子。亭子的四边是一排杉木做的栏杆，栏杆的旁边是一排用杉木做的长长的凳子。整个亭子刷的都是无色的清漆，中间是一个圆形的大理石小桌子和四条大理石小凳子。在花园里面稍高的地方，有两条用藤做的吊椅。花园里种了好多桃树，上面结满了大大小小的桃子。整个花园就是一种自然清新的风格。

此时已是春天，整个花园都弥漫着一种沁人肺腑的清香，如果一个人独自漫步在这个清香雅致的花园中，就会感受到春暖花开的诗情画意。

整个客栈由四栋房子组成，四栋房子像个大四合院一样将这个花园围在了中间。吧台大厅占用了一栋，其他三栋都是客房。

三栋客房都是青砖瓦房，看上去带着自然的明清风格。早上一起来，推开房门，倚靠在杉木做的栏杆上，就能俯瞰整个花园，宛如住在幽深的大森林中。在这个小小的县城里，这里俨然一个小小的世外桃源。

当张明明参观完这个精致而又极具个性化的客栈后，他就像看到心仪已久的恋人一样，有种一见钟情的沉醉，瞬间就喜欢上这里了。于是，他就在这里住了下来，每天怡然自得地陶醉其中，不知不觉就住了半个多月。

起初张明明还以为是个什么女孩子开的这个客栈，后来吧台的一位服务员告诉他，他们老板是个中年男人，并且最后通过闲聊，得知这个老板和张明明还是老乡。

张明明见到王哲坤，是闲聊后第二天的下午。当时王哲坤穿着一身笔挺的浅灰色西装，头发梳得很整齐，看上去很斯文，肤色很白，显得很干净，脸部棱角分明，鼻梁高挺，嘴唇上有一条很明显的像是画上去的唇线，一双眼睛虽然看上去柔和，但时时能感受到他眼中透出的丝丝忧郁，个子很高，虽然已到中年，但风采依旧。张明明猜想他年轻的时候一定是一个很有魅力的男人。

因为是老乡的缘故，自然而然的，王哲坤就向张明明问起了一些家乡的事情。原来，他来云南以后，也快一年没有回去过了。

王哲坤是一个很健谈的人，似乎什么样的东西，他都能谈出自己的看法，并表达得很深刻。虽然他性格里有女性的那份细心，但从他的言语中却时时都能感受到他身上散发出的男人的刚毅和坚强。

张明明觉得和王哲坤非常投缘，可能是一种思想上的相通、志趣上的相投吧，两人越聊就越有一种相见恨晚，惺惺相惜的感觉。慢慢地，两个有共同语言的人，因为对很多事物的看法相同，又是老乡，于是就聊成了知己。

张明明觉得王哲坤对许多事物的认识都很深刻，加之他阅历又深，性格细腻，描绘到位，通过多次交谈，张明明完完全全被他的口才和魅力征服了。

让张明明特别惊讶的是，从王哲坤的口中，哪怕是再复杂的事情，他都能够描绘得像从童话般中走出来的那样单纯，虽然有时候他的一些看法有点固执，但用心聊起来，他也蛮有趣的。此时，王哲坤的阅历、睿智及多年的修养，也让他的性格变得成熟而又温和。

所以通过几天时间的相处，张明明对王哲坤充满了无尽的崇敬和欣赏。在对待感情上，王哲坤一个人默默地固守在自己所感受过的美好世界里，不让自己走出来，这让张明明既吃惊又佩服。

王哲坤说他讲故事的时候，特别讨厌别人打断他。所以，在熟知他的这种性格以后，张明明就静静地当了一回王哲坤的忠实听众。这个年轻人随着王哲坤故事中起起伏伏的情节而心情忽喜忽悲，越听就越有一种身临其境的感觉。

在那样的客栈里，在那样幽静的夜晚中，泡一壶好茶，张明明和王哲坤在一起慢慢地品着，一起听点音乐，一起很用心地交流着，聊着各种各样的事。在那样的氛围里，那种感觉确实让人十分惬意。

跟王哲坤相处久了，张明明能感觉到，他是一个将金钱看得并不是那么重要的人，并且有时还带点感性的味道。他在和人聊到特别有感觉的时候，就会很开心地送对方一些礼物。慢慢地，因为跟张明明聊天聊得多，并特别能找到感觉，王哲坤希望张明明能多住些日子，就免掉了张明明接下来的房租。王哲坤这样对待自己，张明明自然更加高兴了，他本来一到这里就喜欢上了这里，如此就心安理得地又住了十来天。

有一天，在一个寂静的夜晚，王哲坤向张明明讲起了他曾经经历过的一段动人、悲伤而又短暂的爱情故事。

只是在讲的过程中，一讲到动情处，王哲坤就控制不了自己的情绪，在不知不觉中流下伤心的泪水。有时候，他讲着讲着会突然停顿下来，遥望一下远方的天空。从他那专注、入迷的眼神当中，张明明知道王哲坤已经进入到了他那默默的思念中，讲故事的过程已经将王哲坤带到了他那记忆的最深处，这让张明明的内心也时时感受到一种伤感。于是，莫名中，张明明对王哲坤充满了一种难言的同情，他真的无法想象，在这个金钱至上的社会里，居然还有如此凄美的爱情故事。

就这样，张明明静静地听，王哲坤则慢慢地说，讲得那么详细，似乎每一个情节都已经深深地烙印在了他的脑海中，在漫长的岁月里，他可能将这份记忆在孤独和寂寞中反复咀嚼了千百次。有时候，两人就这样一聊就是一个晚上，而王哲坤的故事他一直讲了几天才讲完。

当故事讲完的时候，张明明问他为什么还不结婚？王哲坤对张明明说："不是我不想结婚，是因为我对于这段感情投入得太深太深，一直不想走出来而已。因为当我独自回忆这段感情的时候，我真的觉得好知足，好幸福。"

第二天下午四点多的时候，王哲坤带着张明明去附近爬山，他们俩来到了一座风景非常秀丽的山上。山不是很高，但也不是那种小丘陵，到了山顶上，张明明顿感清爽。山顶上有一块很空阔的地方，地上长满了绿油油的青草，草地上一只只五彩缤纷的蝴蝶张着翅膀在悠闲地飞舞着。潺潺流淌的溪水清澈见底，各种各样的鲜花开满了山顶。抬头一看，蔚蓝的天空中飘浮着一朵朵洁白无瑕的云朵，一排排的鸟儿在天空中快乐地飞翔，那种繁花似锦的画面，真的犹如到了一个人间仙境。

王哲坤说只要有时间，他就会一个人来到这里，默默地对着鸟儿讲话，对着花儿讲话，有时候讲着讲着、聊着聊着，似乎它们一个个都化成了玉玉，在高高的天空中，在广阔的草地上，身披彩衣向他走来，和他一起嬉戏、打闹。玉玉的嘴角始终带着微笑，在一片迷蒙的水雾中，若隐若现，而当我走过去，想偷偷抱住她时，她却只留下一片银铃般的笑声，一下子就没了踪影。

他眯着眼睛仰头沉思，似乎深深地陶醉在一片自我描绘的意境中，这让张明明禁不住在内心里也感慨万千。他想到了自己的恋情。是的，其实每一个人都会或多或少有一些悲伤的东西隐藏在自己的内心深处，一旦碰到某一个特定的环境或某一个特定的场所时，就会释放出来。

如今才发现，有些刻在心灵深处的东西，早已经和他本人深深地连在一起了。

最后当张明明谈到他个人在感情上所经历的波折时，王哲坤是这样说的：

"有时候放弃是一件很简单的事情，但真正要去忘记一个曾经深爱过的人，却是很难的，人呀！不要欺骗自己的心，有时候，刻意去忘记自己所爱的人，那种感觉真的好痛苦。每一样相近的物件，每一个似曾熟悉的场所，都会呼唤起你心底的思念。你会在某一个下着雪的夜晚，泡一杯热咖啡，直到它慢慢地变冷，却还没有喝，这才知道，你又想起了她。你会经常在某一个夜晚，在床上辗转反侧，像个傻子似的不断问自己，为什么我睡不着。"

"但只要是一个人无聊或者孤独的时候，就又会想起她，那份内心里的郁闷就像一个东西卡在喉咙里一样，吞不下去，又吐不出来，好难受。"张明明说道。

"其实，做人简单就好，生活安逸就好，过分的折腾其实也很累。有时候折腾过后留下了太多伤，还是得自己一个人默默地承受着。我放不下的那份在乎，最终会压在胸口让自己更难受。因为心若没有找到栖息的地方，感觉到哪都是在流浪。有时候，劳累过后的最终要求，就是找到一个爱的人，平平淡淡地和她一起白头到老。所以，真正的感情不是躲避，而是要勇敢去面对，找到方法解决，我当初和玉玉在一起的时候，为什么玉玉那么爱我，就是无论发生任何事情，除非是她已经放弃我了，要不我就从来都没有想到放弃，因为只有让她发觉你是绝对不会随意放弃她的，她才有安全感，才会将自己的未来交付于你。"

听了王哲坤的话以后，张明明决定离开了，他决定还是去面对自己的家人，除非老天爷完全不让他们两个人在一起了。他很开心在这里认识了王哲坤，听了他的故事，让他在感情上受到了很大的启发。

一转眼，又过了几年，交通网络越来越发达了，到哪里去都有高铁、飞机等，高速公路也四通八达，人们的出行越来越方便。付款也方便，出门都不用带现金，都用手机付款，小偷也越来越少，社会治安也一天比一天好。人口的流动性也越来越大，从王哲坤他们县城到广州也不是什么稀奇事了，如果将来回的高铁票事先订好，一天都可以打个来回，如果不是节假日，出门当天买票，都可以买到。

有一天，王哲坤突然想一个人去广州玩玩，虽然以前他在深圳时，也经常去广州，却从来没有那种闲情逸致去溜达。一想到这，他就立马在手机上订购了一张高铁票，然后简单地带上点随身物品，就立即动身了。有时候，一场说走就走的旅行真的让人觉得心情舒畅。

现在的广州城，地铁在市区内四通八达，随便去哪，几分钟十几分钟就到了，就是到番禺那么远的地方，也就半个多小时，方便多了。城市也变得干净多了，人们的素质也越来越高，坐公交车较少看到以前那种人挤人的状况了。王哲坤一个人逛了北京路步行街、上下九步行街以后，才发现广州城真的好大，特别是逛了珠江新城以后，觉得广州真的是一个飞速发展的现代化大都市，高楼鳞次栉比，夜景实在是太漂亮了。

后来王哲坤又去了沙河，在路上时，王哲坤心里生出万种思绪。是啊，有时候，在意一个地方，其实就是在意那里曾经认识的人、发生的事。一下车，王哲坤原以为一种熟悉的气息会扑面而来，但很遗憾，这里到处都是人，似乎比以前的人更多，但却完全找不到以前的样子了。人虽然多，但都是来去匆匆进货的人，根本不像以前一样有好多闲逛买衣服的人，也根本找不到可以零售的地方了。那些低矮的厂房、宿舍，还有旧房子，都不见了，除了名字叫沙河，依然是服装批发市场以外，以前和玉玉认识时，那种熟悉的城中村、巷子街都已经不见了。王哲坤转了两圈以后，正准备去其他地方转转，却突然接到姐姐发来的信息，说父亲在上厕所时摔了一跤，在医院住院，现在还不知道是什么情况，还得观察几天再说。收到这个信息的时候，已经是下午了，王哲坤马上就开始订票，准备回去，结果在手机上一查，高铁票没有了，于是他又在手机上查询当天的火车票，但只抢到了一张站票。

站票就站票吧！大不了到时候去餐车买张餐车票，那也仅仅多几十块钱，还有免费的盒饭吃，而且在餐车里面，至少可以坐到第二天早上，虽然座位不是那么舒服，但有座位总比没有座位站在车厢里要好，王哲坤想到。

买完票以后，王哲坤一看时间，还剩下两个小时左右就要坐车了，于是他就坐地铁到了火车站。

好多年没有来过广州火车站了，火车站的样子没有变多少，但车站广场完全变了，全部围了起来，广场上再也没有逗留的人群，也没有喊住旅社的，总之，这里秩序井然，有的只是行色匆匆去赶火车或赶地铁、公交车的人。

到哪都需要排队，偶有插队的人，也是一脸不好意思的赶车人，王哲坤通过了三道安检口的检查，才到达候车大厅。火车站的人流比高铁站还要多一些，毕竟坐火车比坐高铁可要便宜得多，如果不是特别的赶，坐火车也还是不错了，并且买到卧铺票的几率比以前要大多了，要是以前，卧铺票还要找关系才能买到。

通过一系列的排队安检，王哲坤终于到了候车大厅，他咨询了铁路服务员以后，就找到了自己那趟车的候车室。舒了长长一口气之后，王哲坤终于在椅子上坐了下来。此时，候车室里已经有很多人在候车了，虽然坐车的人很多，但秩序比以前要好多了，也没有出现以前那种大包小包个个都带很多东西的情况了，毕竟现在物资丰富，超市、便利店到处都是，上哪买东西都很方便。

候车室有空调，很凉爽，没有以前那些分不出真假的乞丐一个接一个地围着你转，也没有那些卖东西的一个接一个地围着你转，接下的事情，就是静静地坐在那里等车，稍闭上眼睛打会儿瞌睡。

坐了不久，一列车员拿着一个喇叭喊了一声：从广州到成都的 K587 开始候车了。瞬间不知道人都从哪儿冒出来的，一下子来了好多，都排在进站口那里。不久，就开始检票了。王哲坤跟着长长的人流，开始快步往要坐车的站台上走去，不一会儿就到了站台上。王哲坤问到餐车的位置后，就快步跑进了餐车，找了个座位坐了下来。此时，餐车还有几个座位空着，很快，人越来越多，好多人都挤在餐车的入口。

列车乘务员不断地大声叫喊着："没有购买餐车票的旅客，请离开，到车厢里面去。"

正在此时，王哲坤在过道的入口那，看到了一个神似玉玉年轻时候的女孩子，她一身休闲的打扮，上身是一件紫色长袖衬衫，下身穿的是一条浅色的破洞牛仔裤，脚穿一双厚底休闲鞋。此时的她，满眼含泪，似乎有着莫大的委屈，在几次被列车服务员劝说离开的时候，她都眼巴巴地看着餐车里面，不愿离去。一看到这里，王哲坤瞬间就充满了恻隐之心，他悄悄地对列车服务员说道："我想给那位女孩子也买一张餐车票，请让她进来。"说完，他就快速帮那女孩子付了钱。

然后，那个女孩子就进来了，坐在王哲坤的对面，脸上充满了无限的感激之情。

"今天真的是太感谢你了，如果没有碰到你，我真的不知道该怎么办才好，我手机丢了，你存下我的电话号码吧！一到家里，我就将钱还给你，真的太感谢了。"一坐下来，那女孩子就跟王哲坤说道。那感激之情，溢于言表。

"不要那么急，要不要用我的手机，打下你的电话，看看是否还打得通，说不定是你不小心在哪挤掉了，拾到的人在找你也不一定呢！"王哲坤说道。同时他对女孩子点了点头，一直面带微笑地看着她。当然，王哲坤也从女孩子的这句话中，更加庆幸自己今天帮助了这个女孩子，因为她是真的碰上了麻烦，毕竟在这个陌生的世界里，人与人之间的信任度已经越来越低。

"好的，谢谢！"女孩子接过王哲坤的手机，拨打了自己的电话。从她迫切的眼神里，王哲坤知道女孩子希望他说的是真的。但接通之后，女孩子的眼神瞬间暗淡了，因为电话提示她的手机已经关机了。她失望地将手机还给了王哲坤。

"是不是钱包被偷了呀？"王哲坤对女孩子说道。

"是的，我的火车票买的是第五号车厢的站票，刚才在进入餐车的门口好挤，可能就是在挤进来的时候，手机被小偷偷走了。"女孩子说道。

"你要不要打个电话，打10086，将你的手机号码挂失，那样对方即便偷了你的手机，也不能使用你的号码。"王哲坤向女孩子提议道。

"好的，真的谢谢你呀！"女孩又接过了王哲坤的手机，拨了10086将她的手机号码挂失了。这样，即使别人偷到她的手机，也不能盗用她的密码和资料了。

"你的微信在哪，打开，你加我吧！回家以后我再验证。"女孩子说道。

"好吧！"王哲坤打开了自己的微信，然后女孩子就输入了自己的微信号码。

"现在没有手机，真的是好不方便呀！我来到这里准备拿微信付款的时候，才发现手机被偷走了。本来我早早就占好了座位，因为我以前也坐过这车，知道餐车是可以买餐车票的。后来我就去找乘警报案，但乘警说他的眼睛不舒服，准备下车了。跟列车长说，列车长说他也没有办法，要我下次注意点，说在火车上丢了东西一般都很难找回的。"女孩子一脸失望的表情说道。

"我是华新县人，到家里还要十来个小时，今天是周末，人又特别多，要是在火车过道或者连接处站十来个小时，那可真的是活受罪了，到了晚上，就更难受了！现在都是实名制坐车，中间很少有空座位的，因为只要有人下车，下一个站就会将座位卖掉，不像以前，只要有空座位就可以坐。"女孩子接着说道。

"你是华新县人，没想到普通话说得这么好。"王哲坤称赞道。

"是的，因为我是一位中学语文教师，所以普通话说得还好，这是职业需要，所以相对来说，会说得标准一些。"女孩说道。

"真的好标准，说了这么久，我一直都没有听出来。其实我也是华新县人，对于我们那地方的人来说，讲普通话，那可是一大特色，无论在什么地方，我一听就听得出来的。"王哲坤说道。

"那也是，我们那地方的人乡音都好重，但我是受过专业训练的，并且我一直都坚持讲普通话，所以也就习惯了。"女孩子说道。

"怪不得讲得那么好，你的声音很好听，讲得又很标准，那时候为什么没有去考播音专业呢？"王哲坤问道。

"去考过一次，但竞争好激烈，我是那种野心不是很大，比较安于现状的人，就那一次，后来就没有去考了，反正我也喜欢教书，又从小喜欢文学。"女孩子说道。

"以后出门，比如坐火车时，记得背个小胸包，将自己重要的东西放在里面，挂在胸前，就不会丢了。"王哲坤向女孩子提议道。

"是的，听你的，回家就网购个胸包。"女孩子对王哲坤的提议表示认同。

"或者你出门也可以穿那种多袋裤，就是裤腿上有袋子的，将手机放里面也不容易丢。"王哲坤又向女孩儿提议道。

"是的，你的建议很对哦！我发现你看问题很细心呀！回家以后再去买条多袋裤。"不知道是感激还是觉得王哲坤真的细心，女孩子对王哲坤说的话听了进去，并渐渐对他有了好感。

"比你年纪大一些，见的世面也会比较多，当然人生的经验也比你多些。再向你提点建议，你出门时一定要记得带点现金，随便几百块都可以，以防碰到什么事情。如果身上有贴身的口袋，就将钱放在贴身的口袋里，如果没有，就放进你的行李或者带的大包包里比较难翻到的地方。"王哲坤继续说道。

"是的，你提的建议对我都很有用！人呀！真是活到老学到老。你做事那么细心，看来，你老婆跟着你出门就不用想事，会很幸福呀!"女孩子说道。

"我还没有结婚。"王哲坤听女孩子这么一说，他有点不好意思地说道。

"怎么? 还没有结婚呀?"王哲坤虽然年轻时长相英俊，身材多年来因为自律，也保持得很好，但毕竟人已步入中年，岁月的痕迹还是或多或少在他身上留下了印记。所以，当王哲坤说他还没有结婚时，女孩子表现出了极大的惊讶。通过和王哲坤的交谈，女孩子对他的态度由刚开始的感激之情已经慢慢变成了欣赏，毕竟，这么一个有内涵、热心、善良的中年大叔那么用心地帮她，已经让她觉得是她无尽的幸运了。

并且，王哲坤给她的感觉是他并不是单纯地想要认识她，而是实实在在用他的善良在帮助她。因为对于出门在外赶车的人而言，人与人之间一般都带有很深的戒备心，就像她，如果不是因为丢手机，以她的个性，一般就是买好车票，找好自己的座位，然后就戴上耳机，默默听歌或追剧，她才不会去管周围发生了什么事情。当然，以她的个性，如果今天是王哲坤丢了手机，她也不会去帮他买票，因为出门在外，小心为上，多一事不如少一事，万一碰上什么居心不良的人呢? 但偏偏，今天是她人生中最尴尬、最紧张、最难受的一次，好在碰上了王哲坤这样的好人，并且还是一个那么帅气的中年大叔。在她自己的现实生活中，凭她的魅力，确实不乏对她好又愿意帮助她的优秀男士，但在火车上，能碰到这种真心帮助她解决困难的人，是很难得的。

常言道，看一个人，始于颜值，敬于才华，合于性格，久于人品，终于慈悲。虽然只是短短的一次交往，但让她确确实实地感受到了王哲坤的好。

她能够感觉到，自己从心底喜欢听王哲坤讲话，并对他的一切感到好奇。

"这说来话长呀！其实我以前是在华新县财政局上班的，那时候，我刚从大学毕业，就分配到了县财政局上班。后来，因为发生了一些事情，我就去了深圳，在深圳一家公司做财务总监，积累了一定的经济基础之后，我就去了云南，在云南买下一个地方，开了一家旅游客栈。"王哲坤说完，就递给了女孩子一张名片。

"哇！玉落尘音，这名字好有诗意哦！一看就感觉到里面有故事。"女孩子说道。

"是的，我是为了纪念一个女孩子才去开办这家客栈的。"王哲坤说道。

"哇！是什么样的女孩子那么幸运，值得你那么去纪念她，你一直未婚也是跟她有关系吗？"看来女孩子对王哲坤的故事有了极大的兴趣。

"是的，就是因为这个女孩子，改变了我的一生，也就是因为对这个女孩子的爱，让我至今没娶。"王哲坤说道。

"是什么原因造成的，我能有幸听听这个故事吗？"女孩子说道。

"那还是好多年以前，那时候，我刚大学毕业，参加工作……"王哲坤开始说起了他的故事，上一次说起还是在云南时，跟张明明讲过，好多年了，他一直没有再跟人讲起他的故事。好的故事，是需要真的用心来聆听你的观众的，没有用心聆听的人，就没有必要去讲，因为，太多的人，都只是将别人的故事当成茶余饭后的一种消遣而已。而今天，王哲坤知道，这个女孩子是用心来听他的故事的人。

故事讲完以后，女孩子坐在那里好久都没有作声，眼中噙着泪水。

"真的很感人。"她评价了一下。从她的神情来看，她已经深深地被王哲坤和玉玉的故事打动了。她眼眶中的泪水似乎马上就要掉下来，她已经深深陷入到这个故事中去了，并且对王哲坤也有了更深的了解。

"真的被你的故事打动了，玉玉真的是一个敢爱敢恨的女孩子，人的一生，只要真正谈一次恋爱，就值了。"女孩子说道。

"是的，玉玉是那种对待感情特别真实而又很执着的女孩子，她一旦动了真感情，就会将爱融入自己的生命里。现在的人都特别现实，也越来越浮躁，我和玉玉能找到真正的爱情，是因为那时候的我们都好纯真，还没有接触过这个社会的阴暗面，自然就很快乐。而现在的人，越来越复杂，个个满是心眼，所以，有时候遇到了美好的事情也就错过了。"王哲坤说道。

"那是，生活有时候就是喜欢逗弄我们，当你真的很绝望的时候，却又能在不经意间看到希望的火花，让你重新燃起对生活的信心，就像今天，真的谢谢你!"女孩儿开始用一双大眼睛深情地看着王哲坤。

"也谢谢你用心聆听我的故事，我平时很少这么认真地将我的故事讲给别人听，因为没有感同身受，是无法产生共鸣的。今天不知不觉中，和你一起度过了一段快乐的时光。"王哲坤笑着对女孩子说道。

"是呀! 不知不觉中，我们都快要到华新县城了呀! 以前觉得坐火车总是无聊又枯燥，我一般很少跟人在火车上聊天的，因为我特别讨厌聊一些家长里短的事情，还有一些无意义的争辩，今天和你聊的事情，我觉得好有内容。"女孩儿说道。

"是呀！碰到一个和自己有共同语言的人，真的很难得，有时候，越是热闹的地方，反而越感觉到孤独。所以，如果碰到的那个人，不是自己想要的，反而不如自己一个人独处时过得更快乐。"王哲坤说道。

"是的，我非常赞同你的看法，越理解，才会越包容。"女孩儿说道。

"对于爱情或者友情，我始终相信，越久就越能感觉到那份真实的芬芳，因为所有的包容都是在意，所有的理解都是在乎。"王哲坤说道。

"其实我也未婚，我叫林娟娟，聊了这么久，你都还不知道我的名字吧！你以后就叫我小林或者娟娟就行了，你猜我多大了？"林娟娟接着问王哲坤。当她这样问王哲坤的时候，其实在她的心里就已经充满着对王哲坤的好感了。所以说，在对的时间遇到对的人，是多么难得呀！

"其实我已经三十二岁了。"林娟娟说道。

"啊！那真的看不出来，你看起来好小啊。"王哲坤说道。确实，可能是因为保养的关系，再加上一张苹果脸，红扑扑、水嫩嫩的，所以显得特别年轻。

"其实我已经工作十年了，因为工作久了，也想见识一下外面的世界是什么样的，就跟我的妹妹合开了一家服装店，平时都是她在管事，进货也大多都是她在跟，因为她更有空一些，偶尔我也会进货。这次我就是到广州来进货的，货物已经发物流了。做女装不比做男装，款式更新快，一次进的货不能太多，所以经常要跑广州，为了节省费用，我和我妹就经常坐这趟车。我妹坐得多些，我坐得少些。"林娟娟说道。

"哦，原来是这样，那蛮辛苦的呀？"王哲坤说道。

"是的，我平时还要上班，偶尔有空才能帮我妹管管店。如果碰到假期，就我守得多些。"林娟娟说道。

"一个未婚青年，干吗要这么拼命呀？别便宜了你以后的老公呀！"王哲坤开玩笑着说道。

"我老公肯定是一个对我好，值得让我托付终身的人。"林娟娟说这话时，偷偷地看了王哲坤一眼。

"那你为什么还不找个对象来结婚呀？"王哲坤说道。

"以前在大学时谈过一个男朋友，他对我很好，我们俩的感情也很深，他非常包容我。那一年，他考上了研究生，为了庆祝，他带我去爬山——一座很高的山。后来他在悬崖边上拍照，因为没站稳，摔到山下去了。我当时是亲眼看到他摔下去的，我始终忘不了那一幕。从那以后，不管我相亲也好，偶遇也好，都无法再开展一段新的感情。就这样，我的终身大事给耽搁了。为这事，我妈妈说她都不想理我了，说我将来会变成没人要的"老古董"。其实不是，我只是无法从那段感情的阴影里走出来。如果是他抛弃了我，或者是我们吵架分手的，可能我早就结婚了，可偏偏就是在我们热恋的时候，他就这样离去了。"一说到动情处，林娟娟的眼中又噙满了泪水。

"花若盛开，蝴蝶自来。像你这么优秀、这么睿智的女孩子，肯定会有好多优秀的男孩子暗恋你，哪还找不到对象呀！"王哲坤不住地安慰她。

"我喜欢的人，要有干净的生活圈子，要有规律的生活习惯。在一起时要充满了快乐。这个要求，看似简单，其实也是需要缘分的。"林娟娟说道。

"人都是一样的，都向往那种美好的生活。我也是属于这种死脑筋的人，谁若真心待我，我就会全力以赴地去付出，因为只有认真的付出，才会得到值得的生活。"王哲坤说道。

"所以我觉得像你这样，经历过了大风大浪以后，还依然很善良和温柔地看待这个世界，真的是好难得。"林娟娟对王哲坤赞扬道。

"谈了这段感情，我觉得自己的一生已经很值了，拥有了莫大的精神财富。她改变了我的心态和看待事情的方式，让我觉得哪怕世界对我再不公平，我也要以温柔来面对这个世界。因为在别人可能一辈子都还在寻找什么是爱的时候，我就已经拥有过了。"王哲坤说道。

"那是！真正的爱情，是既能欣赏你的优点，也能包容你的缺点；既能保持自己的性格，又能彼此影响。如果一辈子能碰到这种能够相互理解和相扶到老的感情，那真的好幸福。"林娟娟说道。

"我觉得我和玉玉就是，彼此包容，虽然不能完全理解，但那份纯洁的爱是完全能够忽略任何缺点的。"

"那你后来一直都没有再找过了吗？"林娟娟问道。

"因为和玉玉经历过的那些事情，变成了我一辈子最大的精神财富，让我一生享用不尽。所以，有时候我想，其实一个人的时候，也挺好的，无拘无束，可以时时刻刻感受那份温馨。所以，一个人只有经历过别人没有经历过的事情，才能体验到别人无法体验的感觉。因此，我从来不觉得孤独，反而觉得自己过得很充实。"王哲坤说道。

"是呀！拥有了美好的爱情就会拥有了美好的回忆，它会让人变得善良，不会很偏激或极端地去看待这个世界。"林娟娟说道。

"那是的，一个人拥有了美好的心灵，他就会善待他人，在自己的能力范围之内多做善事，总有一天，他也会被这个世界温柔以待的。"王哲坤说。

一路上，他们俩侃侃而谈，有说不完的话题。随着对彼此了解的深入，两人真有种相见恨晚的感觉。

不知不觉，火车马上就要进站了，需要下车的人早早就开始做准备了。

"我真的好开心，一晚上没睡，精神还如此之好，时间也过得好快，跟你过了一个好开心的夜晚。"王娟娟说道。

"也是大家有缘，又找到了共同的话题吧！"王哲坤说道。

下了车以后，一股冷意扑面而来，华新县的天气比起广州来，还是要稍微冷一点。

"我先送你回家，然后我再去医院吧！"王哲坤向林娟娟建议道。

"好吧！那先谢谢你了！"通过一个晚上的交谈和了解，此时的林娟娟，对王哲坤已经充满了信任和好感。

于是王哲坤拦了一辆的士，先将林娟娟送到她家小区的门口。林娟娟下车以后，又转过身来，对王哲坤挥了挥手，说了一句："你早点回去，我们改天见！"

从这句话中能够听出林娟娟是希望还能再见到王哲坤的。

看着林娟娟的身影进了小区门口以后，王哲坤才让出租车司机发动汽车，开到华新县人民医院去。

然后司机开着车左拐右拐向医院驶去。一路上，王哲坤看着外面的景色，发现县城变化好大，一栋栋高楼林立在街道的两旁，以前那些低矮的房屋要么是拆掉了，要么就是被高楼挡住了。王哲坤在外多年，虽然每年都有回家，但也是来去匆匆，所以此时才发现以前的那些痕迹都快找不到了，他以前和玉玉经常溜达的那些街道也都看不见了。

开了大约十几分钟以后，终于到了华新县人民医院。华新县人民医院已经迁到新的地方了。王哲坤一下车，映入眼里的是一个像花园般的大医院，正中央有一栋高楼，那是门诊部。

通过询问大门口的保安，王哲坤左转右转才找到住院部，此时已经是早上四点多钟了。坐电梯到了六楼，王哲坤走过长长的过道，找到了父亲住院的病房。他轻轻地推开门，发现只有姐姐陪护在病房，并在旁边的床上睡着了。他上前仔细地看了看父亲，发现父亲睡得正香，既然能睡着，看样子应该无大碍，他那颗悬着的心才放了下来。他悄悄地退出了病房，就回家去了。

到了家门口以后，他悄悄地开了门，然后进入了自己的房间，没有惊醒他母亲。他实在太疲惫了，毕竟一个晚上都没有睡，现在完全松懈下来了，他最想做的事情就是睡觉。

当他被一阵电话的提示音弄醒的时候，已经是下午三点多钟了。他打开手机一看，是林娟娟发来的微信消息，她转了几百块钱过来，并写道：

"王大哥，衷心谢谢你的帮助，并陪我度过了一个最快乐的夜晚，再次谢谢你！娟娟。"

看完信息以后，王哲坤瞬间一点睡意都没有了。他在床上坐了一会儿，昨晚的情景又在他的脑海里浮现出来。

林娟娟和玉玉长得像，但两个人给人的感觉却是不完全相同的，当然林娟娟所受的教育，还有见识肯定也是和玉玉不同的。王哲坤没有点林娟娟发来的红包，也没有立刻回复信息，就那么静静地在床上坐着，回味着昨晚的一幕。

坐了一会儿，王哲坤下了床，走到客厅里。只见饭桌上摆着用盖子盖着的饭菜，还有一张王哲坤的妈妈用信纸写的字条。

儿子：

　　早上起来，知道你回来了，我就特意做了你爱吃的红烧肉，还有苦瓜炒小鱼干。知道你昨晚坐车辛苦，就没有叫醒你，你起来以后就将饭菜吃了吧！我去医院了，晚上就在你姐那边吃饭。我告诉了你姐，说你已经到家了。你爸没啥事了，你放心，只是骨折，住上几天就没有什么大事了。只是你爸年纪已大，需要在家里休养一段时间，不能到处乱跑。好的，就此结语。

妈！

字迹很清晰，纸条写得很正式，像一封书信一样。看完纸条以后，一股酸涩的感觉涌上了王哲坤的心头。毕竟是母子，血浓于水，虽然以前他是那样痛恨自己的母亲，但经过十多年的时间，那份痛恨已经变成一份深深的牵挂了。很多时候，人生的爱恨就像一件肩上的行李，该放下的时候，还是得放下，不然，那份纠结积郁在心里，无法自在。而光阴有限，很多时候，尊重、包容才能放下恨与矛盾，放下才能自在。生活，再如何小心应对，也是无法做到完美的。他这么多年没在自己的父母身边，不知不觉中，父母都老了，而自己也由当初的翩翩男儿变成中年大叔了，时间过得好快呀！一想到这里，王哲坤不由得感叹了一声。现在终于明白了，人生其实就是一场修行。因为一个人的知识，通过学习就可以得到，而一个人的成长，则必须通过磨炼才能做到。

吃完饭以后，王哲坤就赶到了县人民医院住院部。此时的病房里已经围坐了一大帮人，有王哲坤的妈妈、姐夫、姨妈、伯伯和叔叔，还有一大帮子的后辈。这间小小的病房挤满了人，在这个县城里，王哲坤的家族也算是一个比较大的家族了。

"哲坤回来了啊！"王哲坤一进来，他姨妈就跟他打了个招呼。

"姨妈。"王哲坤看到姨妈也笑着叫了一声。

然后王哲坤又和伯伯、叔叔等几个主要亲戚也打了下招呼。

接着，王哲坤就问了下爸爸的情况：

"爸怎么样？没事了吗？"王哲坤边说边走到父亲身旁，仔细地看了看他的脸色。

"现在没什么事了。他是晚上上厕所时，因为地上有水，不小心摔了一跤，还好只是骨折，没什么大事。"王哲坤的妈妈抢先说道。

王哲坤伸出手摸了摸爸爸的脸。爸爸笑着点了下头，跟他打了下招呼。

"哲坤回来了，坐车辛苦了吧？"爸爸问道。

"还好，我今天清早到的，一下车就先到这里看了一下，当时姐睡着了，爸你也在睡觉，我就没有喊你们，先回家去了。"王哲坤说道。

"原来你先到了这里呀！你姐刚回家去做饭了。"王哲坤的姐夫说道。

"怪不得没有看到姐。"王哲坤接着说道。

接下来，王哲坤跟其他的亲戚一一打了下招呼。

"舅舅。"王哲坤的外甥此时不知道从哪里冒了出来，喊了一下王哲坤。

"几年不见，都长这么高了。"王哲坤亲热地摸了摸外甥的头。

"是的，都读初二了。"

"等下晚饭你到你姐那去吃，我就不去了，我要在这里守着你爸。你先在这里陪陪你爸爸，六点钟左右你再过去吧！"王哲坤的妈妈对他说道。

"晚上你们去吃吧！我在这里陪陪老爸。"王哲坤说道。

"没事，到时候你先去吃吧！这里有我和你姨妈他们在。"王哲坤的妈妈说道。

整个下午，王哲坤都守在医院里和他的亲戚们聊着家常，毕竟这些亲戚，他都有好几年没有看到过了。

"那我们先走了。"到了快要吃晚饭的时候，王哲坤的伯伯和叔叔们就先起身告辞了，病房里最后就只剩下妈妈、姨妈，还有姐夫和外甥，王哲坤到深圳一年以后，他姐姐就结婚了。姐夫在政法委工作，是县政法委的主要领导，王哲坤的姐姐现在也是县法院民事厅的厅长了。他们现在住在法院新建的家属区里面。

快六点的时候，王哲坤的姐姐就打电话过来了。妈妈催促王哲坤去他姐姐那里吃饭。

"你姐准备了好多菜，还买了你爱吃的麻辣猪脚，你和你姐夫赶快去吧！"他妈说道。

"妈，你也去吃吧！爸爸现在在医院应该没事的！"王哲坤说道。

"你去吧！我和你姨妈一起守在这里，现在我和你爸都老了，都说老来是个伴，能多待在一起就多待在一起。你去吃饭吧，就不要管我们了。"妈妈说道。

是呀！一晃就这么多年过去了，如果玉玉还在，也已经是三十多岁的人了，看着母亲的满头白发，王哲坤才感叹道，岁月不饶人呀！

随后，王哲坤就坐着姐夫的车，和外甥一起去姐姐家吃饭去了。

一路上，姐夫不断地介绍着县城这几年发生的变化。不一会儿，他们就到了法院门口，姐夫要将车开进地下车库里面去，于是就由外甥带着他上去。

姐姐住的小区出入都要刷卡，非常安全，小区里很漂亮，栽了很多花花草草，还有休息的亭子和健身操坪。王哲坤禁不住感叹时代发展之快，连个小县城都变得这么美了呀！

跟着外甥穿过一片绿化区之后，就来到了一栋小高层，然后坐电梯到了十楼。此时姐姐可能知道他们已经来了，已将门打开了。

"呀！哲坤来了，拖鞋就在门口。"一听到门口的声响，姐姐在厨房里面就赶紧跟他打招呼了。这是王哲坤第一次到姐姐的新房子里来。

房子的外面是一个小小的门厅，有一个 T 字形的大鞋柜，鞋柜的旁边有一个小小的假山，一进门就有一种很气派的感觉。

"姐。"进到大厅以后，王哲坤喊了一声。

"儿子，赶紧给你舅舅倒杯水。"姐姐又在里面喊道。

"好的。"

这孩子喊一句就动了，看样子姐姐对这孩子教育得很好。王哲坤看了之后，心里也觉得特别欣慰，毕竟这是他唯一的亲外甥。

在宽大的沙发上坐下来以后，王哲坤打量起姐姐家里的装修来：整体是欧式风格，显得富丽堂皇的。这是一个复式的楼层，有两百多平方米，因为是单位的福利房，所以买的时候是要优惠一些的。这么大的房子，要是放在大城市，那肯定是一般人买不起的。

姐姐做的菜很丰盛，有鸡，有鱼，还有他爱吃的麻辣猪脚。吃饭是另外有餐厅的，餐厅很大，中间摆了一个红木风格的圆桌，桌上装饰着米黄色的大理石。桌子很大，起码可以坐十个人左右，看样子，姐姐家应该经常有朋友来聚餐吧！

"哲坤，你喝什么酒？"姐姐问道。

"就喝点红酒吧！"王哲坤说道。虽然偶尔也喝点酒，但王哲坤的酒量不是很大，他对酒的感觉是可喝可不喝，没有酒瘾。

"今晚你姐夫在家，让你姐夫陪你喝点茅台吧！他一般在外应酬多，今天是特意在家陪你的。"他姐说道。

"好吧！但不能多喝，顶多二两。"王哲坤说道。

"好的，由你决定。"姐姐说。

不一会儿，姐夫进来了，手里拿着一瓶茅台酒。

"这个是一直放在车子里面的。哲坤来了，就拿来陪你喝点。"姐夫说道。

"我酒量不行，不能多喝。"王哲坤说道。

"你现在是大老板，咋没学会喝酒呀？"姐夫笑着说道。

"我一直不喜欢太多的应酬，因为在大城市混，讲的是能力，关系处理没有那么复杂，所以这酒量也一直没有练出来。"

"少喝点酒也好呀！别像你姐夫，经常喝得醉醺醺的回来。"姐姐笑着说道。

"没办法呀！工作需要呀！有好多酒局，推都推不掉，不过现在是尽量少喝。"姐夫说道。

当酒喝到尽兴的时候，王哲坤的姐姐突然很认真地对他说：

"哲坤，你也老大不小了，也该成个家了。"

"这事我知道的。"王哲坤回答道。

"虽然我们都知道，玉玉是为你而死，但她肯定也是希望你以后过得幸福的。"姐姐又说道。

"我们现在不谈这事，好吗?"一提到玉玉，王哲坤的心里就变得伤感。

"但太多的事情你总得去面对呀!"姐姐又说道。

"哲坤已经不是以前的孩子脾气了，他有自个的打算的，毕竟他的事业做得那么好，我们应当相信他会处理好自己的事情的。"姐夫怕气氛弄得有点僵，就赶紧出来打圆场。

王哲坤没有再说话，他又何尝不知道。道理是对的，但别人没有经历过，也无法体会到他的感受是那么深。

吃完饭后，姐姐想留王哲坤过夜，但王哲坤还是坚持要回去。毕竟他好久没有回来了，也想在自己从小长大的地方再细细感受一下。

"好吧!那我们一起走吧!我去医院顶替母亲，让你姐夫接上妈妈，然后再送你们回去。"姐姐马上做出了安排。

看到姐姐的安排和姐夫的配合，这时候王哲坤不由得从心里感叹了一下，幸好家里有姐姐在，不然父母有什么事，他是很难关照到的。

到了医院，姐姐替下了母亲，然后姐夫就送王哲坤和妈妈回家了。

到了家里以后，妈妈不停地为王哲坤张罗着洗脸毛巾、牙膏牙刷，换床单。看着妈妈有点蹒跚的脚步和那满头的白发，王哲坤内心的辛酸感油然而生。不知不觉间，父母就老了，而他也快步入中年大叔的行列了，时间过得好快呀!一想到以前的事情，却仍恍如昨日。

然后，妈妈给王哲坤煮了点家里的甜酒，让他睡前喝点，暖暖身子。

坐在客厅里，妈妈小声地问道：

"在外还好吗？"

"在外还好，等爸爸好了，你们有空一起到云南看看，到时候，我带你们到处玩玩。"王哲坤说道。

"云南我跟你爸爸以前去过，现在退休了，也有空了，我跟你爸也该到处走走了。"妈妈说道。

"趁着身体还好，是应当到处走走、到处看看。"王哲坤说道。

"我这一生也知足了，现在最想看到的就是你能有个家，那时候要不是我极力反对你和玉玉，你们的孩子说不定都上中学了。"妈妈感叹道。

"妈，那个也不怪你，您最后不是还同意了么！是玉玉没有那个命。"王哲坤有点伤感地说道。

"我要是早知道玉玉那么善良，我根本就不会反对。我一直以为她是有别的动机，毕竟你们俩在文化层次、生活环境上相差太远，而我也根本不了解你们那份真正的感情。现在我老了，才领悟到很多事情，觉得人的一生中，健康、幸福，家人和睦、相互恩爱才是最重要的。"

"我知道，您的出发点是好的，但那时候，是我们俩都没有静下心来和你好好沟通。"王哲坤平静了一些。

"那个时候，处在那个状况下，我也只能以我的观念来强迫你。好多事情，要看多了，才能领悟到。"妈妈感慨道。

"是呀！人的心态是随着环境的变化而慢慢改变的。"王哲坤说道。

"你知道吗？梦婷她后来嫁了一个条件很优越的男孩子，那男孩子通过他父亲的帮助当了一个局的局长。再后来，梦婷的爸爸在经济上查出了问题，被判了刑，工作也没了，退休工资也没有了。那男孩子就找各种关系调入省城，还在外面有了相好。梦婷知道后就和他分居了，现在既没有来往，也没有离婚。梦婷现在顶替了我们医院的副院长，你爸爸的床位就是她亲自给安排的。现在我才发现，如果婚姻过分强调利益和条件，其实也是不长久的。人这一辈子，活到老，学到老。现在我也终于明白，婚姻要维持长久，还是因为爱。你如果不是因为那么爱玉玉，也不会将自己拖到现在还没有结婚。"

"妈，别再自责了，我虽然还没有结婚，但我过得并不是很痛苦，只是将更多的时间都花在工作和事业上了。婚姻这东西，缘分来了，很快就会有的。"王哲坤说道。

"好的，我也不逼你了，毕竟你也难得回来一次，我只是希望老天爷早点让你碰到好的缘分。"妈妈关心地说道。

"妈，会的，人只要心存善意，缘分就总会有的。很晚了，您也早点休息吧！今天服侍了爸爸一天，您也累了。"王哲坤说道。

"好吧，那我去睡了，你也早点睡吧，别熬夜呀！"

第二天早上九点多钟，王哲坤就收到了林娟娟发来的信息。

"我转给你的钱你干吗不收呀？要不今天中午我请你到滨江饭店吃饭吧！中午十二点，不见不散！我已经订好了座位，一定要来哦！"

同时她还告诉了王哲坤那饭店的具体位置。

看到这条信息，王哲坤立马就睡意全无了。他觉得这个女孩子很有意思，是个重情重义的人。他也不好再拒绝，于是就决定去赴约了。

王哲坤告诉母亲他中午不回家吃饭，然后就准时来到了那个饭店。他找到了约好的吃饭的位置，临江，视野和风景都特别好，一眼就可以看到外面的沿江大道和资江河。

林娟娟早已在那里等候了，今天她穿的是一条浅黄色的裙子，上面套了一件黑色的短款皮衣。

一看到王哲坤来了，她就开心地和他招了招手。

"你好！"她伸出手来。王哲坤就轻轻地跟她握了一下手。她的手指纤细修长，摸起来软软的，好像柔弱无骨的样子。

"看到你都不收我的钱，我只好请你的客了，长到这么大，还是第一次主动请男生呀！"林娟娟微笑着说道。

"其实你不用那么客气！我不过是顺手帮了你一下而已，谁叫你那时碰到困难了，我们两个也是有缘呀！"坐下来以后，王哲坤说道。

"是呀！确实是有缘，我生平第一次遇到难处，就碰到了你，你让我很感动！"林娟娟说道。

听到林娟娟这样说，王哲坤对着林娟娟非常友好地笑了笑。

"我已经先将菜点了，怕你饿了难等，只是不知道我点的菜合不合你的口味。"林娟娟说道。

"谢谢你，我不挑食的。"王哲坤说道。

"我点了麻辣猪脚、红烧全鱼、红辣椒炒猪头肉，还有一个丝瓜汤。就四个菜，因为我想可能就只有我们两个人，要是你有朋友来，到时候再加，没想到还真的只有你一个人，看来真被我算准了呀！"林娟娟笑着说道。

　　一听到林娟娟点的菜，王哲坤惊讶于林娟娟的口味跟他是多么相似，他虽然对吃不挑剔，但还是有自己喜欢吃的东西的。

　　"你一个女孩子请客，我哪能带其他的朋友来呀！到时候朋友会笑话我，说我让一个女孩子请客，还带其他的人来吃。"王哲坤笑着说道。

　　"那也不一定，要看面对什么样的人。女孩子对于自己在意的人，也是会很大方的。"林娟娟说这话时，笑嘻嘻地偷看了王哲坤一眼。

　　"那也是，士为知己者死，碰到自己真正爱的人，连生命都可以给予，何况那些身外之物呀。"王哲坤接着说道。

　　"那是，就像玉玉曾经爱你一样。"林娟娟说。

　　"嗯，所以经历了玉玉之后，我对物质的东西都看得特别淡了。"王哲坤说。

　　"那你对以后的另一半有什么要求吗？"林娟娟问道。

　　"有，就是她真的爱我。"王哲坤说道。

　　"那你如何知道她是真的爱你呢？"林娟娟问道。

　　"用心去看人，而不是用眼睛去看。"王哲坤说道。

　　"可是现在这个社会，物质的东西实在太多了，如何才能找到自己真正的爱人呢？"林娟娟问道。

　　"用心珍惜对你好的人、善良的人。男女之间，只要是真正的爱人，任何东西其实都是可以包容的，什么性格呀，物质条件呀，其实都是可以迁就的。"王哲坤说。

　　"我要是碰到了，我一定会用心地抓住。"说了这句话以后，林娟娟的脸上忽然闪过了一丝红晕。那丝羞涩，使她显得格外动人。

　　"只要有缘，一定会的。"王哲坤随口说道。

"对爱执念太深，就会渴望爱的纯洁，希望自己一开始遇到的就是自己的真命天子。那该多幸福啊！"林娟娟说道。

"那是，我一谈恋爱，就遇到了这个世界上最奢华的爱情，所以，之后如果让我仅仅是因为孤独而去寻找一份陪伴，而不是因为真的被感动、真的动心，我确实没法去面对。"王哲坤说道。

"是呀！放下自己曾经深爱过的人，真的很难，因为太多美好的东西都会深深地刻进你的记忆里。"林娟娟说道。

他们两个人，有太多的相似了，经历相似，爱好相似，见解相似，不知不觉就聊了一个下午。

"都聊到这个时候了，你还有什么事情吗？"林娟娟突然问道。

"你要回去了吗？要不我送送你！"王哲坤说道。

"不是这个意思。你不是说你爸爸因为腿摔断了在住院吗？我想和你去看看你爸爸。"林娟娟说道。

"啊？不用吧！"王哲坤说道。

"没事的，你看你都那么帮我，正好碰到你爸爸住院，我去看看他老人家也是应该的呀！"林娟娟说道。

"你这么说，我就更不好意思了，我就只帮了你一下，你却还要经常提起。"王哲坤不好意思地说道。

"我要去看看，你就带我去吧！"林娟娟对王哲坤说道。

看到林娟娟执意要去，王哲坤只好先带着林娟娟去买了一些水果和一个花篮。当王哲坤去付钱的时候，林娟娟抢先就付了钱。

"是我去看你爸爸，这个当然应当由我来付钱。"林娟娟对王哲坤做了一个鬼脸。

"你真是太热情了，让我都不好意思了。"王哲坤说道。

　　当王哲坤带着林娟娟出现在他父母面前的时候，王哲坤的父母和姐姐都感到特别惊讶，因为自从玉玉去世以后，王哲坤的身边就没有出现过什么异性，所以对于林娟娟的到来，他们一家感到特别开心。

　　"爸、妈、姐，这是林娟娟。"王哲坤向他们介绍道。

　　"好，好。"王哲坤的妈妈不住地点头，王哲坤的爸爸立刻挣扎着想坐起来。

　　"哎！您不用起来！"林娟娟看到以后，赶紧上前去扶王哲坤的爸爸，因为一家人几乎都在注视着她，而没有人注意到王哲坤的爸爸。

　　"好好好！我不起来，姑娘，你先去坐吧！"王哲坤的爸爸说道。

　　林娟娟的到来，显然犹如贵人临门，让他们全家都有些不知所措。

　　"姑娘，你坐。"王哲坤的妈妈正要让出自己坐的凳子时，王哲坤的姐姐已经搬来了一条凳子，让林娟娟坐下了。

　　"哲坤，你去帮姑娘倒杯水来，意涵，你去给姑娘削个苹果。"王哲坤的妈妈不断地招呼着，生怕她哪个不小心的举动就会将林娟娟吓走了。

　　"阿姨，您不用麻烦了，我就在这里坐坐就行了。"林娟娟说道。

　　"没事的，你坐就是。"王哲坤的妈妈说道。

　　不一会儿，王哲坤就倒了一杯热茶上来，她刚喝了一口，王哲坤的姐姐就将削好的苹果递给了她。

　　"阿姨，哲坤，你们都坐吧！实在是太客气了。"林娟娟有点不好意思地说道。

"没事，我家里人都很好客的。"王哲坤随口说道。

"谢谢阿姨，谢谢姐姐！"林娟娟说道。

"要不今晚去我家吃饭吧！我这就回去做。"王哲坤的姐姐说道。

"谢谢谢谢！真的不用，下次吧！"一想到一来就那么麻烦王哲坤他们一家，林娟娟实在是不好意思。

"要不我们一家去外面吃，也是一样的。"王哲坤的妈妈说道。

"我和哲坤今天从中午一直吃到下午三点钟，完全不饿。"林娟娟随口说道。

"那好吧！先坐坐吧！"王哲坤的姐姐说道。

"好的，先坐坐，在这里陪陪叔叔。"林娟娟说道。

"按理，你应当叫伯伯吧，我爸爸肯定比你爸爸要大。"王哲坤笑着说道。

"好。"林娟娟不好意思地笑了笑。

"随便叫什么，都是一样的，开心就好！"王哲坤的妈妈赶紧说道。

此时，在王哲坤妈妈的眼中，只要王哲坤愿意正常和女孩来往，她就觉得特别开心，况且这个女孩子从外表上感觉还很不错，知书达理，容貌秀丽。

坐了一会儿，林娟娟就准备回去了。王哲坤的妈妈赶紧要王哲坤去送她。

"要不明天中午我们一起吃饭吧！还有我们家的一些亲戚也会来。明天你一定要来！"王哲坤的姐姐极力邀请着林娟娟。

"好的，谢谢你们了，明天我来！"林娟娟笑着应道。

一看到林娟娟同意了，王哲坤妈妈的脸上露出了开心的笑容。其实，他们再热情，能够留住女孩子的始终是王哲坤本人的优秀。

"哲坤，今天你姐夫出差去了，你拿我的车，去送送人家。"王哲坤的姐姐追上来，将她的车钥匙交到了王哲坤的手上。

看着王哲坤和林娟娟一直走了好远，王哲坤的妈妈才回到病房里。

"你家里人真好！"一出门，林娟娟就说道。

"你感觉舒服，不压抑就好。"王哲坤说道。

"没有呀！好热情的。我不明白，他们当初干吗那么强烈反对你和玉玉的事情呀！"林娟娟说道。

"因为他们不了解玉玉，了解了，自然就不会反对了，人的了解都是需要一个过程的。"王哲坤说。

"那是，那你家里人了解我吗？但他们挺热情的，他们肯定不知道我会来，你肯定也没有跟他们说过，但他们确实很好，很通情达理呀！"林娟娟笑着说道。

"时代在进步，自然我家里的人也在改变，这是能够理解的。"王哲坤笑着说。

聊着聊着，他们俩就到了王哲坤姐姐的车子旁边，然后王哲坤就开车送林娟娟回家了。

第二天中午，王哲坤的姐姐在饭店订了一个很大的包厢，里面是一张能够坐二十几个人的大圆桌。王哲坤的大伯、大伯母、二伯、二伯母、姑姑、姑父、姨妈、姨父、舅舅、舅妈陆陆续续地到了，还有那些晚辈们也到了，王哲坤的妈妈、姐姐、姐夫、外甥则负责招呼他们。正对着门的位置坐着的是他的大伯父和大伯母，因为他们辈分最高，其他的就随意坐了，毕竟是一家人，不是单位和领导的饭局，也就没有那么讲究了。一家人聚餐，主要是加深感情，让后辈们有个交流的机会。

"小娟怎么还没有来？"王哲坤的妈妈不住地问道。

"会来的，她清早就发了信息给我，说一定会准时到。现在刚刚十二点，人家一个大姑娘，太早来了，坐在这里会尴尬的。"王哲坤说道。

"好吧！我是担心她有什么事情忘记来了。"王哲坤的妈妈有点担心地说道。

"哎呀，就吃个饭，不要那么紧张，随意一点。"王哲坤说道。

"你姐昨天就想留小娟吃饭，她不吃，所以，今天才找个理由请客的呀！"王哲坤的妈妈说道。

"不用担心那么多，人家说来就一定会来的，她不想来，再邀请也不会来。况且我不会为了成个家就胡乱找个人结婚，我喜欢看感觉和缘分，不然还不如一个人自在，想干吗就干吗，一切随缘就好！再说我和人家认识还不久，还没有完全了解，现在还只是普通朋友，只是相互之间有一些共同语言而已！"王哲坤说道。

"我还不是担心你呀！年纪那么大了，人家像你这么大的，孩子早就读初中了。"王哲坤的妈妈说道。

"妈，他自己知道的，不要说了，今天大家开心，就少说几句好吗？"王哲坤的姐姐怕又勾起王哲坤的情绪，赶紧从中间插话道。

王哲坤正要说话时，他的手机响了。

"你们都到了吗？"林娟娟在电话里问道。

"都到了呀！怎么啦？"王哲坤问道。

"怎么了？"王哲坤的妈妈脸一下子紧张起来，也赶紧问道。姐姐在旁边赶紧拉了一下她，示意她让王哲坤接完电话再问。

"我找不到包厢了，你出来接我一下好吗？"林娟娟在电话里说道。

"好的，我就来！"说完，王哲坤就出去了。

"他怎么啦？"王哲坤刚一出去，王哲坤的妈妈立刻就问道。

"人家女孩子找不到包厢，在问哲坤呀！"王哲坤的姐姐立刻说道。

"哦！原来是这样。"王哲坤的妈妈感觉悬在心头的一块石头才放下来。

"哲坤的事我们以后不要过多掺和，他自己知道的。我们是他的家人，难道还不了解他呀！他不是找不到，他只是想找一份纯粹点的感情。"姐姐说道。

"我们不都是那样过来的吗？感情都是靠婚后慢慢培养的，至少，他有个伴，我们就不用为他操心了呀！"王哲坤的妈妈说道。

"我们以前就是帮他操心太多，才造成今天的局面的。"王哲坤的姐姐看问题还是比较透彻的。

"他是我儿子，我肯定是要操这个心的，这是没有办法的。"王哲坤的妈妈说道。

"好吧！不要说了，等下他们就来了。"为了不继续争执下去，王哲坤的姐姐赶紧找个理由中断了她和她母亲之间的谈话。

当林娟娟出现在门口的时候，大家的注意力不约而同地被吸引到她的身上去了。今天，林娟娟打扮得很漂亮，脸上还化了精致的妆，她穿着一条黑色的九分阔腿裤和一件白色衬衫，外面披了一件深紫色的双面尼的长风衣。

"阿姨,姐姐,你们好!"一进门,林娟娟就向王哲坤的妈妈和姐姐打了声招呼,然后就面带笑容看了一下大家。

"这个是哲坤的女朋友么?"王哲坤的大伯问道。

"大伯,这是娟娟,她是一位人民教师。"王哲坤赶紧说道。

"伯伯好!"林娟娟叫了一声。

"教师好,姑娘,在哪教书呀?"王哲坤的舅舅问道。

"这个是我舅舅。"王哲坤说道。

"叔叔好!"林娟娟又叫了一声。

"好吧!我们上菜吧,边吃边聊!"王哲坤的妈妈说道。

"好!"王哲坤的大伯应了一声。

菜很丰盛,摆满了一桌子。王哲坤的妈妈只要一看到好吃的,就按住转盘,招呼林娟娟夹菜。

"家里人多,还是热闹点,我也一直在劝哲坤要早点成个家,哪知道这孩子事业心重,就将个人大事给耽误了。"王哲坤的妈妈说道。

"阿姨,不会耽误的,每个人的生命中都有一个命中注定的人,缘分到了,就会遇到的。"林娟娟说道。

"希望他早日遇到就好,也好了却了我们做父母的心愿。"

"会的,他很优秀,一定会早日遇到的。"林娟娟说道。

在一片愉快的气氛当中,大家吃完了饭,然后相互打了招呼,就三三两两地离开了。

"哲坤,你要不要开我的车送小娟回去?"王哲坤的姐姐问道。

"谢谢,我和哲坤一起走走吧!刚吃完饭,好消化消化。你就送阿姨回医院吧!"林娟娟说道。而王哲坤的妈妈在旁边听到林娟娟这样说，虽然没有作声，但她满脸都是笑容。

"好吧！哲坤，那你好好照顾小娟，我就先送妈过去那边了。"王哲坤的姐姐说道。

"好的，你们去吧！"王哲坤跟姐姐打了一声招呼，随后带着林娟娟慢慢地走着。

"我们往哪边走？"走了十几步以后，王哲坤问林娟娟。

"我们去河边散散步吧。"林娟娟提议道。

"好。"王哲坤应了一声。

走着走着，他们俩就到了河边。现在的河边，变化很大，修了沿江大道，建了沿江公园，加宽了河堤，沿河公路的一边建了好多高楼大厦，绿化也搞得很好。

"突然想问你一个问题，想到了就问你了。"林娟娟问道。

"什么问题，你问吧！"王哲坤答道。

"你这么多年一直都没有寻找你的另一半，是因为要求太高还是放不下玉玉？"林娟娟问道。

"不是要求太高，而是我的心里一直装着玉玉，放不下她。我怕一找到属于自己的幸福以后，就会慢慢将她淡忘，但我不想这样，因为她是我内心里最重要的人。"王哲坤回答道。

"那你对你以后的另一半，在处理和玉玉之间的感情上面，你会怎么做？你总不会去寻找一个和玉玉相似的代替品吧？"林娟娟说道。

"不会的，因为这个世上没有相同的两个人，但我希望她能够包容我曾经对玉玉的爱，而不是妒忌。因为玉玉毕竟是一个已经去世的人。"王哲坤说道。

"其实，有时候我挺羡慕玉玉的，在这个世界上，有这样的一个男人，几十年如一日地在思念着她。你知道吗？好多夫妻，其中一个因为疾病而死，另外一个过几天就去寻找快乐去了。"林娟娟说道。

"你不也是吗？将自己的幸福拖到现在，其实我们都是内心善良的人，所以才会有太多相同的观念，并产生共鸣。"王哲坤说道。

"那是，这就是缘分，就像你曾经被玉玉感动了一样，我就是被你感动了，所以我的心情，和你当时被玉玉帮助时的心情是一样的。"林娟娟开心地说道。

"谢谢，帮助你的时候，是因为我发现你真的很无助，你的眼泪告诉我，你是真的碰到困难了，这让我内心的恻隐之心油然而生。所以，我总是告诉身边的孩子，在自己力所能及的时候，尽量去帮助身边真正需要帮助的人，那以后，你的人生将会越来越光明。"王哲坤说道。

"是的，我非常赞同你的看法。"林娟娟开心地说道。

"如果你以后找到了你的另一半，你会如何去处理你们之间的关系呀？"林娟娟问道。

"如果真的爱她，我就会给予她绝对的信任、绝对的包容。其实真正去爱一个人，是不需要想太多、太复杂的。我和玉玉的感情之所以这么深，其实我们都不知道，爱对方，到底是劫还是缘，但最后，我们俩都很幸运地碰到了真爱，这个就是缘。"王哲坤说道。

"是呀！爱上一个人，就不要过多去猜测，因为真爱是可以包容一切的。"林娟娟说道。

"是呀！我从遇见玉玉，爱上她，我靠的就是直觉，我觉得她就是那个值得让我付出的人，我从来就没有过多去想什么。在我眼里，她全身上下都是优点，所以我才会时时刻刻都想和她在一起，哪怕是因此而和家庭决裂。特别是在这方面，玉玉并没有很自私地将我与我的家人分开，而是默默地一直在成全我。所以，越相处，我就越感动。"王哲坤说道。

"和你聊天，我了解到你对爱情和婚姻的真实想法，并且是如何对待和处理的，不像好多人，讲故事只讲情节，而不去分析故事背后所要表达的真实思想。"林娟娟说道。

"谢谢你，我从来没有将我和玉玉的爱情剖析得这么深刻，当然也没有必要，别人也没有那个闲心来理解。我和玉玉相处的最大收获，就是她教会了我，让我变得宽容，所以以后，我会以她爱我的方式来回报我的家人、我的婚姻。我此生所拥有的最大财富，就是得到了玉玉的爱，所以，才会有了今天的我。"王哲坤说。

"婚姻最幸福的结果就是彼此有爱，让爱纯粹。"林娟娟说道。

"是的，你说得很对。"王哲坤说道。

"你还要在家里待多久？"林娟娟问道。

"我后天就要走了。因为爸爸没有多大的事情，我在那边还有很多事情要处理。"王哲坤说道。

"啊！这么快呀！那我到时送送你吧！"林娟娟说道。

"不要，我最不喜欢别人送我，我讨厌和人分别的那一刻。你要是哪天有时间，就来云南看我吧！到时我带你到处参观参观。"王哲坤说道。

"真的吗？"林娟娟开心地拍了一下手。

"当然是真的！"王哲坤很认真地说道。

"好吧！那我们就这么约定了。后天我就不去车站送你了，今天好晚了，我也该回去了。"林娟娟说道。

"好的，那我送你吧！"王哲坤说道。

王哲坤将林娟娟送到她家的小区门口。

"那我进去了！"林娟娟要进去的时候，对王哲坤说道。

"好吧！我站在这里看着你进去吧。"王哲坤说道。

走了几步之后，林娟娟又回过头来，转身对王哲坤挥了挥手，说道："你也回去吧！"

王哲坤一直等到林娟娟进了小区以后才转身离开。

两天后，王哲坤就去了云南。林娟娟没有去送他，因为她明白王哲坤说的那种感觉，也能理解，况且她也不喜欢分别。

此后的日子，他们俩就在微信上彼此联系着。

三个月后，有一天，玉落尘音客栈来了一位美丽的女孩，她带了很多行李。当她站在那充满诗意的招牌下面，瞬间就被这个客栈的温馨打动。

"娟娟，你来了！"王哲坤从里面走了出来，接过了林娟娟的行李，一起走了进去。